Dieciséis almas

Dieciséis almas

Rosie Talbot

Traducción de Raúl Sastre

Rocaeditorial

Título original: *Sixteen Souls*

Texto y mapa © Rosie Talbot, 2022
Ilustraciones de Andrew Davis © Rosie Talbot, 2022
Diseño interior del original: Becka Moor

Primera edición en este formato: julio de 2023

© de la traducción: 2023, Raúl Sastre
© de esta edición: 2023, Roca Editorial de Libros, S.L.
Av. Marquès de l'Argentera, 17, pral.
08003 Barcelona
actualidad@rocaeditorial.com
www.rocalibros.com

Impreso por Liberdúplex
Printed in Spain – Impreso en España

ISBN: 978-84-19449-71-9
Depósito legal: B 11334-2023

RE49719

Para los vivos
(por favor, leed este libro en voz alta para los muertos)

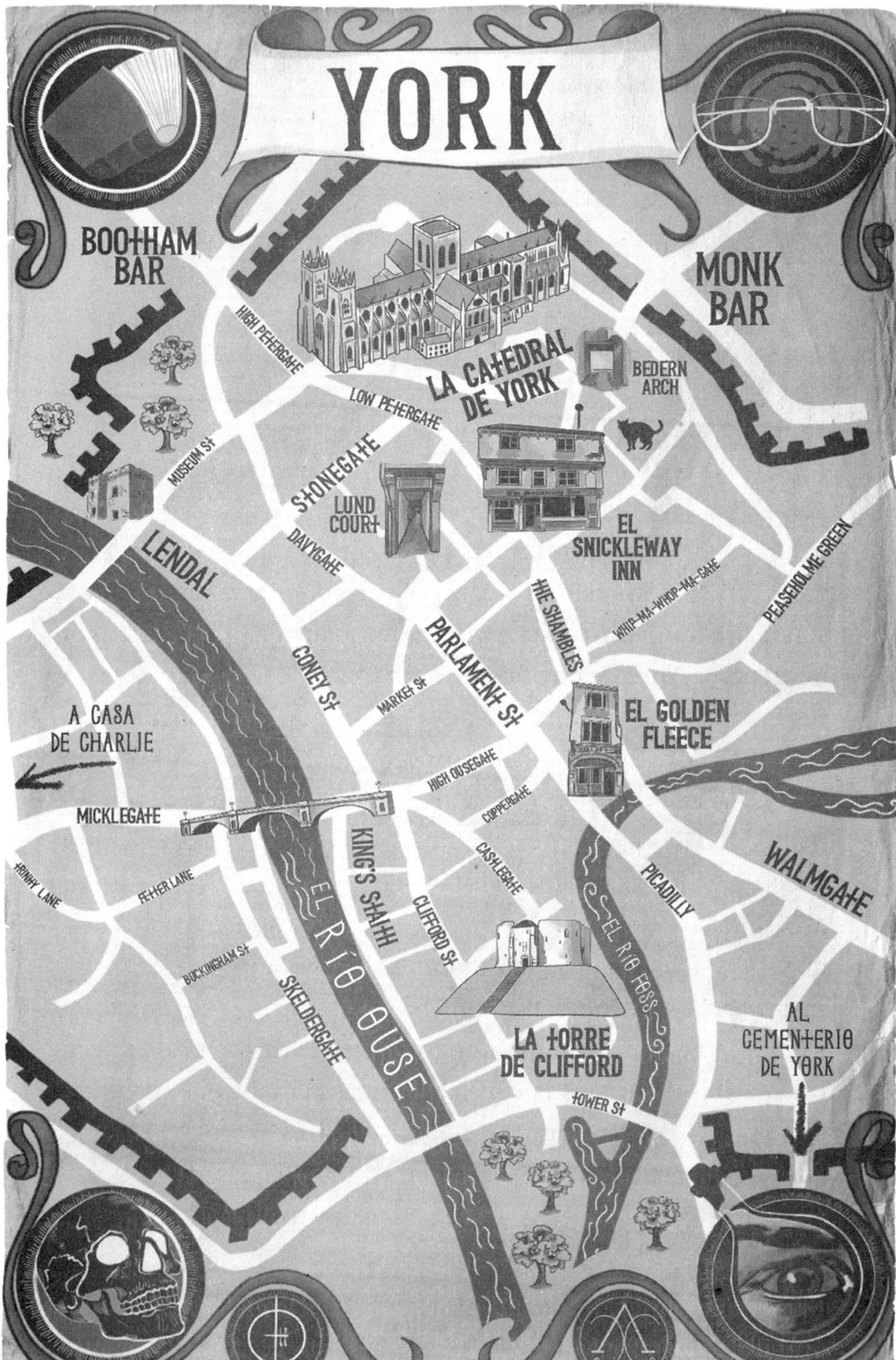
YORK
BOOTHAM BAR
MONK BAR
HIGH PETERGATE
LA CATEDRAL DE YORK
BEDERN ARCH
LOW PETERGATE
MUSEUM ST
STONEGATE
LUND COURT
EL SNICKLEWAY INN
DAVYGATE
LENDAL
PEASEHOLME GREEN
WHIP-MA-WHOP-MA-GATE
THE SHAMBLES
PARLAMENT ST
CONEY ST
MARKET ST
EL GOLDEN FLEECE
A CASA DE CHARLIE
HIGH OUSEGATE
COPPERGATE
MICKLEGATE
CASTLEGATE
KING'S STAITH
PICADILLY
WALMGATE
TRINITY LANE
FETTER LANE
CLIFFORD ST
EL RÍO FOSS
EL RÍO OUSE
BUCKINGHAM ST
SKELDERGATE
LA TORRE DE CLIFFORD
AL CEMENTERIO DE YORK
TOWER ST

1

La maldición de Charlie Frith

Los que han fallecido hace poco son los que más me preocupan. Los fantasmas antiguos no son tan malos; como siempre van vestidos con jubones y calzas o con corsés y faldas amplias, son fáciles de evitar; bajo la vista, con los auriculares puestos, y no tienen ni idea de que puedo verlos. Pero los que han muerto recientemente tienen el mismo aspecto que cualquiera, y eso es lo que los vuelve tan peligrosos.

No paseo por la parte vieja de York más de lo necesario y nunca lo hago solo. Hoy, Heather me acompaña mientras bajo hacia The Shambles, con su estetoscopio enredado en el cordón amarillo que sujeta su identificación del hospital. En los seis años que lleva muerta, no ha cambiado: siempre luce las mismas trenzas revueltas y la misma cara bonita y regordeta, y siempre viste los mismos pantalones grises de cintura alta y la misma camisa arrugada con las mangas remangadas, da igual el tiempo que haga. Aunque no para de hablar con esa voz tan suave, realmente no la estoy escuchando; sus palabras me resbalan y sigo caminando, intentando disimular la leve cojera que me lleva molestando desde el autobús.

Las prótesis me están rozando. Debería ponerme dos pares de calcetines, pero si lo hago los encajes me aprietan demasiado y acabo dolorido para cuando termina el día. Ahora no puedo hacer nada al respecto. Nunca me quito las piernas en público, sobre todo desde que las gemelas las pintaron con el esmalte de uñas brillante de mamá. Ahora tengo brillitos rosas y púrpuras por todas las cubiertas.

Avanzamos por el empedrado. Los viejos edificios de estructura de madera se proyectan hacia arriba, como si compitieran por alcanzar la luz del día. Da la sensación de que cada construcción de esa hilera se apoya la una en la otra, de que la joyería desea susurrarles un secreto a los fabricantes de dulces de enfrente. Aquí nada está nivelado, ni las paredes ni las jambas ni las puertas muy bajas, ni los paneles de cristal de los pintorescos escaparates victorianos. Algunos tienen letreros de metal con forma de tartas o escudos que cuelgan por encima de ellos, con unos soportes de metal ornamentados que los sujetan a unas paredes de ladrillo, adobe y madera; unas paredes que realmente no han estado limpias en cientos de años.

El pasado flota en el aire como una peste de la que no puedo escapar. Aquí nació Guy Fawkes, aquí ahorcaron a Dick Turpin y aquí santa Margaret Clitherow fue aplastada hasta morir usando para ello su propia puerta. Así que no es de extrañar que haya casi tantos fantasmas como turistas.

Me suelen decir que tengo alma de viejo para ser un chaval de dieciséis años, pero se equivocan. No tengo alma de viejo. En realidad, hago todo lo posible para evitar a las Almas Antiguas.

De repente, finjo que me interesa un escaparate donde hay unas prendas de franela y ropita de bebé para esquivar a un fantasma envuelto en una capa con ribetes de piel. A continuación me doy la vuelta, como si hubiera oído a alguien gritar mi nombre, para evitar que una mujer que lleva una gola se choque conmigo. Al contrario que el resto de la gente viva que hay en esta calle, yo sería tan sólido para ella como ella lo sería para mí.

Ese es el precio que debo pagar por ver a los muertos. Aunque pueden desvanecerse a través de las paredes y atravesar a la gente normal, yo soy de carne y hueso para ellos. Pueden tocarme, hacerme daño. Los muertos pueden ser muy pesados, por no hablar de lo peligrosos que se vuelven si se ponen muy intensitos y de que yo no puedo salir por patas si están dispuestos a derramar sangre.

Qué mierda.

Habría preferido coger el autobús en el centro comercial de Monk's Gate, donde los suelos son más suaves y hay menos fantasmas, pero hay una tienda aquí que Heather insiste en que debemos visitar.

—¿Y qué te parece un sujetalibros temático? —me pregunta, mientras me sigue medio paso por detrás, actuando como si fuera una fantasma confusa que intenta comunicarse desesperadamente con los vivos. Los muertos merodean junto a las personas de una manera tan obsesiva como rondan por los lugares. La verdad es que no tienen mucho que hacer, salvo dar vueltas y quejarse, aunque nadie más que yo pueda escucharlos.

No respondo a la pregunta que me ha hecho Heather, ya que sería una estupidez hablar con un fantasma en una calle que está repleta de espíritus. Sigue hablando, proponiendo diversas ideas para hacer un regalo, y yo sigo fingiendo que no sé que está ahí hasta que se calla en mitad de una frase. No puedo evitar mirar hacia donde ella mira, hacia un chico apoyado sobre el marco de una puerta de una tienda cercana. Es un crío de los barrios bajos que tiene los dedos congelados, va descalzo y lleva unos harapos apestosos que cubren un cuerpo esquelético y parpadeante.

No tengo un sexto sentido, ni noto unos leves golpecitos en el interior de mi cráneo, ni siento nada extraño que me avise de que algo sobrenatural acecha cerca. Esa clase de sensaciones solo existen en los libros y las películas. Para mí, el niño es tan real como cualquier persona viva, pero entonces unas botas y unas zapatillas deportivas lo atraviesan y se esfuma a medias de mi vista.

Un miedo gélido me aplasta. Heather se coloca en medio, de tal modo que ya no puedo ver al niño, y me habla para intentar calmarme, hasta que ya no puedo oír ni mis propios latidos.

De los tres tipos de fantasmas que existen, los libres, los atados y los atrapados en un bucle, estos últimos son los peores. Están atrapados en el recuerdo de su muerte y ni siquiera son conscientes de que están muertos; existen más allá de nuestro tiempo y espacio en una burbuja propia. Pero a veces su realidad personal se filtra hasta nuestro mundo, y eso es algo muy malo para mí.

Aparto la vista, pero me siento tan culpable que noto una opresión en el pecho.

Debo seguir teniendo muy claro qué es real.

Me tropiezo con el pie contra el borde del pavimento. Heather se abalanza hacia mí y me agarra del brazo; me sujeta de manera imposible mientras me caigo hacia el empedrado. Recorro la estrecha calle con la mirada, con la esperanza de que nadie me haya visto vulnerar la ley de la gravedad. Como veo que no estoy siendo atacado violentamente por unos muertos ansiosos, vuelvo a respirar.

—¿Estás bien? —me pregunta Heather. Asiento, de la manera más sutil que puedo. Me suelta pero tiene los labios apretados y se la ve preocupada.

Debemos tener más cuidado.

Tras recuperar el equilibrio, veo mi reflejo en el escaparate a oscuras de una tienda de regalos cerrada por remodelación. Aunque Heather está junto a mí, no la veo porque los muertos no se reflejan. Parezco uno de esos chavales que pueden liarla en cualquier momento, ya que tengo la cara cuadrada, la nariz chata y soy corpulento, musculoso y de hueso ancho, como mi padre.

Caminamos lentamente. Reconozco la tienda en cuanto veo el cartel con el libro y la pluma situado por encima de la puerta. A pesar de que me siento inquieto, sonrío de oreja a oreja.

Dentro, las paredes y los armarios verdes están llenos de un montón de cosas; aquí hay de todo, desde juegos de mesa a artículos de papelería de gran calidad, así como réplicas de coleccionista del Anillo Único y del bate de béisbol de Harley Quinn. Aunque está hasta los topes, Heather sabe cómo moverse por una multitud sin que la gente la atraviese. Pasamos un buen rato curioseando, pero parte de mi atención siempre está centrada en recordar que no debo revelar mis habilidades. Resulta muy fácil olvidar que nadie más puede verla u oírla.

—Charlie, no te des la vuelta —me dice alguien con voz de mujer que no es Heather, cuyo acento es tan entrecortado que suena deliberadamente pijo y bastante falso—. Alguien te sigue.

Me giro lentamente, orgulloso de mi autocontrol, para encararme con la mujer rubia de treinta y tantos años que se encuentra entre los maniquíes vestidos situados en el centro de la tienda. Por el collar de perlas naturales que lleva, el corte de su traje de falda y sus elegantes rizos, Audrey Nightingale parece salida directamente de una fotografía de los años cuarenta. Va impecable.

Aprieta los labios.

—Te he dicho que no te dieras la vuelta.

—¿Qué estás haciendo aquí, Nightingale? —pregunta Heather, a la vez que cruza los brazos.

—Cuidar de nuestro chico, por supuesto.

Tras esquivar a una joven pareja que se está haciendo un *selfie,* Audrey clava su mirada de halcón en mí una vez más e intenta arrebatarme el perro de juguete de tres cabezas que he cogido. Aparto la mirada rápidamente. Como les sucede a todos los fantasmas, su mano atraviesa los objetos sólidos. Ver esto siempre me da escalofríos.

Aunque Audrey odia mis reglas, normalmente las respeta, así que hoy debe de estar especialmente cabreada.

—¿Quieres que me marche o quieres saber quién te está siguiendo? —Mi cara estará siendo muy expresiva, porque añade—: Está fuera, es el del pelo oscuro y la chaqueta verde.

Para poder echar un vistazo a quien nos persigue, Heather hace como que está examinando el expositor de réplicas de espadas.

—¿Estás segura?

—Oh, sí. Se cree que está siendo sutil.

Una luz intensa le ilumina un lado de la cara a través del escaparate. Me doy la vuelta al mismo tiempo que él. Es de mi edad, quizá un año o así más joven, pero va vestido como si intentara parecer mayor, con unos pantalones chinos y un jersey de punto trenzado sobre el que lleva una chaqueta encerada nueva.

Sin lugar a dudas, me está siguiendo. Audrey rara vez mete la pata. Miro hacia atrás. Se atreve a echarnos un vistazo a los

tres, aunque su mirada se detiene en Audrey; después, se mete en la tienda de enfrente.

Si puede ver a Heather y Audrey, está muerto; y, a juzgar por su ropa, palmó hace poco. Quizá quiera que entre en contacto con sus parientes y les entregue un mensaje, algo que nunca hago. No soy el chico de los recados de los muertos.

Pero por experiencia sé que me equivoco. En primer lugar, no parece sentirse tremendamente aliviado porque alguien pueda verlo. En segundo lugar, hay algo en la expresión de Audrey que me da escalofríos; ese tendón que le sobresale en el cuello, esa tensa alerta que se refleja en sus ojos.

Mira a la calle y me dice:

—Tenemos que sacarte de aquí.

Ahí está otra vez ese destello de temor. Intenta esconderlo, pero tiene miedo y no es de esa clase de gente que se asusta fácilmente. Así, es probable que se trate de un Hambriento; un espíritu que cree que, si prueba mi carne y mi sangre especial de vidente, volverá a estar vivo.

Dios. Justo lo que me faltaba.

—Nos ha visto juntos —dice Heather, con un tono de voz más agudo de lo habitual—. Deberíamos separarnos.

—Nos veremos en la parada de autobús, ¿vale? —murmuro.

Tras asentir a regañadientes y mirar con cara de muy pocos amigos a Audrey, Heather me aprieta la mano y se escabulle. Uno de los dependientes me mira extrañado, lo cual resulta irónico viniendo de alguien vestido con unas prendas de cuero dothraki. Me dirijo hacia la caja registradora y, por el camino, cojo un poco de papel de regalo de un estante cercano; luego pago a toda prisa el perro de juguete.

¿Cómo voy a marcharme sin que Chaqueta Encerada me siga?

—Vamos a salir por la parte de atrás —susurra Audrey, mientras me indica dónde está el almacén—. La clave es 4531Y.

—¿Y eso cómo lo sabes?

—¿Que cómo sé qué? —me pregunta el tipo de la caja registradora, que da por sentado que estoy hablando con él.

—Oh… —Noto que me pongo colorado—. Nada.

Meto el juguete en mi mochila. El dependiente da forma de tubo al papel de regalo, el cual sostengo como una espada mientras me dirijo a la parte posterior de la tienda y a la puerta, solo para empleados, donde pone: PROHIBIDO EL PASO, SOLO PERSONAL AUTORIZADO.

Aunque me resbalan las manos porque las tengo sudadas, logro poner la clave y abrir la puerta. No me giro para comprobar si me voy a salir con la mía.

Audrey me espera al otro lado.

—Date prisa —dice—, pero no demasiada. Ve para allá como si estuvieras acostumbrado a estar por aquí.

Mientras dejo atrás unas estanterías muy sencillas repletas de productos, contengo la respiración al oír una voz que procede de la pequeña cocina que hay a un lado. Aunque me preparo para tener una dura confrontación con un empleado que me pregunte enfadado qué estoy haciendo aquí, alcanzo la salida de incendios sin toparme con nadie.

—Hay una alarma —señala Audrey.

Pongo cara de contrariedad, coloco las manos sobre la barra y presiono hacia abajo con fuerza.

Un instante después, estoy atravesando a toda prisa el mercado y aún me zumban los oídos. Tardo quince minutos en rodear el centro de la ciudad y dirigirme al norte, bajo la sombra de la catedral de York, porque hay demasiados muertos inquietos alrededor de la Torre de Clifford. Como Alice la Loca no está en su callejón, me escabullo por Lund Court para ir a Swinegate, donde evito por los pelos chocarme con un guía turístico que lleva un sombrero de copa y su congregación de ansiosos cazadores de fantasmas.

Para cuando cruzo el río por los Memorial Gardens y avanzo a lo largo de la vieja muralla de la ciudad en dirección hacia la estación de tren, estoy cojeando. Cuando al fin me detengo para tomar aire, Audrey ha desaparecido. Estoy solo. Nadie me sigue. Masco algo de chicle para quitarme el sabor del miedo de la boca.

Cuando llego, Heather está apoyada en la parada de autobús y me mira mientras rebusco el billete en los bolsillos de mi plumífero. El muñón izquierdo me duele; tendré que quitarme las prótesis en cuanto llegue a casa. Para calmar el dolor, me siento en el banco metálico y me reclino sobre el cristal posterior. Heather se sienta a mi lado y, como no hay nadie más cerca, me apoyo un poquito en ella.

No paro de pensar en ese chaval muriendo bajo el frío una y otra vez. Ojalá pudiera ayudarle, pero la última vez que…

No. No puedo pensar en la última vez.

Después de colocarme el rollo de papel bajo el brazo, saco el juguete de la mochila, porque de repente me preocupa no haber elegido bien.

Lo giro hacia Heather para que lo evalúe.

—¿Crees que le gustará?

—Le encantará —responde con un cierto tono de voz que deja claro que se guarda algo, pero no tengo fuerzas para insistir.

Nuestro autobús llega; como solo va medio lleno, podemos volver a casa juntos. Siento tal alivio que me animo inmediatamente. Nos ponemos de pie. El autobús se detiene y, cuando subimos, le muestro rápidamente el billete al conductor de mirada aburrida. Apenas le echa un vistazo, pero sonríe al ver el perro de juguete.

—Le compré uno a mi hijo por Navidad. Se llama Guardián del Inframundo o algo así.

Asiento y sonrío.

Heather y yo nos sentamos junto a la ventana, situada cerca de la parte frontal, para que pueda estirarme. Mientras el autobús arranca, me fijo en una figura que mira desde la zona de la muralla antigua de la ciudad que se encuentra frente a la estación. Chaqueta Encerada está ahí de pie, a pleno sol, en plan chulo, como si quisiera que yo supiera que está ahí. Heather no lo ha visto. Bien, así no se preocupará.

De repente, se me pasa algo por la cabeza; es un pensamiento escalofriante que hace que me enderece en el asiento.

No me ha seguido; Audrey lo habría visto. Así pues, sabía adónde iba yo. Llegó aquí primero y me esperó.

Me sobresalto, pero no por culpa del repentino ruido que hace el motor del autobús al recorrer Queen Street para girar en Blossom. No, no poseo un sexto sentido, pero es como si los huesos me pesaran más y estuviera sometido a una fuerte tensión mental porque me resisto a conocer las respuestas a una pregunta que nunca quise hacer.

Por primera vez en mucho tiempo, me siento maldito.

2

Tus amistosos vecinos fantasmas

Aunque hay muchos menos fantasmas donde vivimos, también los hay; deambulan por los pasillos del supermercado B&Q local, hacen cola en el *fish and chips* por los viejos tiempos o van de aquí para allá por la parte superior de nuestro callejón sin salida, lamentándose del estado de sus rosas de concurso.

—No les importan, chaval —grita el señor Broomwood, quien arrastra por el suelo la punta del cinturón de su bata mientras cruza la calle hacia nosotros. Por encima de una boca torcida, tiene unas cejas enormes y un montón de arrugas que ocupan gran parte de su cara—. Con nada más que jabón y agua bastaría para acabar con los pulgones, pero no tienen ni idea, y dejan los cubos de basura en la calle durante días después de que haya pasado el camión. Días. Esa fue mi casa durante cuarenta años, esos inquilinos que ha metido David no respetan nada, nada en absoluto. Con una carta bastaría, anónima como…

—No es mi problema, señor Broomwood —respondo, como he hecho casi todos los días desde que murió el octubre pasado.

—Entonces, ¿de quién es, eh? —El viejo me señala con un dedo con chulería, como si yo fuera un cachorro travieso o uno de esos hombres del ayuntamiento—. Si puedes hacer algo para remediar una cosa que está mal, tienes la obligación de hacerlo.

Me meto las manos en los bolsillos. Aunque es primavera, hace bastante frío.

—Si hiciera eso, parecería un bicho raro.

—¿Y eso qué importa? Siempre has sido un chaval raro.

—¿Es que sus rosas importan algo?

Lace se mueve nervioso en el bungaló opuesto. La señora Ginty probablemente se está preguntando por qué este chico, Frith, está en la calle discutiendo consigo mismo de nuevo.

—Te ha dicho que no y ahora déjale en paz —le espeta Heather, agarrándome del brazo. Dejamos atrás al señor Broomwood, quien sigue yendo de aquí para allá.

No siempre los he visto. Cuando era muy crío, tuve la gran suerte de que no me acosaran los espectros, pero todo cambió cuando me puse malo a los nueve años. La meningitis actuó con rapidez y brutalidad, dejándome sin mis piernas por debajo de la rodilla. Luego, me mató. De alguna manera, los médicos me trajeron de vuelta; según mi yaya: «Fue un milagro de Dios».

El mundo al que volví está mucho más abarrotado que aquel que dejé.

El taxi de papá se encuentra en el camino de la entrada de nuestro bungaló. Al ver las luces de casa encendidas, ya noto el cálido confort de mi hogar. Hay botas y abrigos junto a la puerta; marcas en el pasillo de cuando la silla de ruedas se enfrentó a la aspiradora en una justa; una mancha en el techo, allá donde reventó una tubería que papá intentó arreglar él mismo; una alfombra desgastada por el medio que todavía conserva su grosor por los bordes.

Mamá me dice a grito pelado que tengo la cena en el horno. La tele está encendida y puedo oír cómo una discusión, que se ve que es muy falsa, alcanza su punto álgido; la tetera silba justo cuando empiezan los anuncios.

—¡Gracias! —grito, y me voy a mi habitación.

En cuanto entro por la puerta, Dante, el collie fantasma, alza las orejas. Lo rasco un poco. Lanza un gemido de felicidad que casi hace que me alegre de ser capaz de tocar a los fantasmas.

Un chaval delgado y pelirrojo está sentado, con las piernas cruzadas, sobre mi cama. Cuando nos conocimos teníamos más o menos la misma edad. Ahora, yo estoy creciendo y Ollie tendrá once años para siempre. Es nuestro Peter Pan.

Señala unas fotocopias que están pegadas a las paredes.

—¿Dónde te habías metido? Ya he leído esto dos veces.

—Ahora sabrás por qué, viejete —responde Heather.

Quiero darle su regalo ahora mismo, pero primero tengo que sentarme en mi silla. Es como cambiarse unos zapatos que te aprietan para ponerse unas zapatillas de andar por casa muy cómodas. Me remango el pantalón del chándal y suelto la clavija que mantiene unidos el *liner** de silicona y el encaje de cada prótesis, y me las quito de una en una; luego me quito los *liners* y los calcetines. Ollie respira hondo y Heather pone mala cara. Tengo algunos trozos de piel en carne viva en las zonas donde me ha rozado el borde superior de los *liners*. Como he sudado bastante, me pica.

Me dejo caer en mi silla de ruedas, que es ultraligera, tiene un respaldo bajo y sin asas para empujar. Esta habitación, que fue antes de la yaya, tiene un baño muy espacioso. Tardo unos minutos en limpiarme las heridas y ponerme unas gasas; después, limpio los *liners* y los cuelgo para que se sequen.

Cuando vuelvo al dormitorio, Ollie está charlando con Heather sobre el último cómic que he colgado en la pared. Fotocopié *Hellboy: La mano derecha del destino* en la biblio-

* El *liner* es una cubierta protectora hecha de un material flexible y acolchado que se coloca sobre el muñón para disminuir el roce de este con la prótesis. *(N. del T.)*.

teca y lo colgué en la pared como si fuera un *storyboard* para que Ollie tenga algo que leer cuando yo estoy fuera, aunque seguramente ha estado casi todo el día rondando por las aulas de la universidad. Como cuando estaba vivo Ollie no tuvo muchas oportunidades de estudiar, ahora que está muerto intenta ponerle remedio.

Gran parte de mi dormitorio está ocupado por sus frikadas. Las estanterías de encima del escritorio son el santuario de nuestros vengadores favoritos: Thor es el de Ollie, y Spiderman, el mío. Aunque Heather se niega a elegir uno, ambos estamos bastante seguros de que a ella le mola la Bruja Escarlata. Cualquier espacio libre que hay en las paredes se usa para colgar *collages* siempre en constante cambio de novelas gráficas, cómics y libros que estamos leyendo.

Últimamente, Ollie está leyendo lo que él llama «los antiguos clásicos»: Homero, Eurípides y Ovidio. Las señoritas de la biblioteca local piensan que soy todo un intelectual. Mamá dice que, con la cantidad de libros que cojo cada semana, debería sacar unas notas mucho mejores. Solía irme bastante bien en los estudios cuando Ollie venía conmigo a clase y me susurraba las respuestas al oído. Los profesores echan la culpa del repentino bajón que he sufrido en mi rendimiento académico al trauma que sufrí, y yo les dejo que lo piensen. Lo cierto es que, sin Ollie, soy un estudiante del montón. Aunque me gustan las historias, soy muy lento leyendo y, si a él no le hiciera falta que le pasara las páginas, nunca habría acabado ninguno de los libros que me pide que le traiga a casa.

Saco nuestro regalo de mi mochila y se lo muestro. Me siento muy satisfecho con cómo lo he envuelto, sobre todo si tenemos en cuenta que lo hice en el autobús.

—Feliz cumplemuertos, viejo.

Ollie sonríe de oreja a oreja.

—No teníais que regalarme nada.

—Queríamos hacerlo —dice Heather.

El día que murió, Ollie estaba tan enfermo que no puede recordar lo que pasó; solo sabe que hacía frío para ser primavera. El año pasado eché un vistazo a los archivos y descubrí que Oliver John Shuttleworth había muerto un 11 de abril por culpa de la gripe. En ese mismo instante, decidí que deberíamos celebrar esa fecha todos los años.

Habría hecho lo mismo por Heather, pero ella prefería olvidar lo que le había pasado.

Da la impresión de que Ollie está a punto de estallar de emoción.

—Pues entonces, ábremelo.

Con cuidado, rasgo el papel por donde él me indica; primero, por la esquina, luego, por las líneas de los pliegues. En cuanto le quito todo el envoltorio y sostengo en alto el perro de tres cabezas, en la cara de Ollie se dibuja una amplia sonrisa que deja ver todos sus dientes.

—¡Es Cerbero! Cómo mola, colega. Gracias. ¿Sabías que Hesíodo decía que tenía cincuenta cabezas en vez de tres?

De repente, todo merece la pena; el haber ido a The Shambles, el dolor que siento donde me he rozado, incluso que me hubiera visto ese Hambriento.

Dante me acaricia la mano con el hocico, recordándome que quiere salir para poder ladrar con fuerza a las ardillas del vecindario.

—Ya lo saco yo —dice Heather.

Es probable que eso sea lo mejor, porque esta noche no tengo una excusa decente para salir a pasear por el barrio.

Debo abrir las puertas a Heather, ya que si no, tendrán que atravesar la pared, y esa es una de mis reglas.

Regla número uno: nada de atravesar objetos sólidos, paredes o setos cuando yo estoy mirando.

Regla número dos: nada de flotar o de violar la ley de la gravedad de cualquier otro modo.

Regla número tres: nada de desaparecer o reaparecer.

Mientras acompaño a Heather y Dante a la calle, asomo la cabeza por la habitación de las gemelas. Una adormilada Poppy, que está calentita y a gusto bajo su edredón de la reina Elsa, me saluda con la mano. Lorna levanta la mirada del libro que está leyendo el tiempo suficiente como para decirme que huelo a pedo de queso. Está compartiendo su cama con nuestra prima Danielle. Los chicos, Anton y Jamie, están tumbados sobre la cama nido. Me saludan tirándose unas pedorretas y yo me siento un tanto marginado por culpa de los diez años que me llevo con los demás críos de la familia.

Si el trío calavera ha venido aquí para quedarse a dormir en un día de colegio, eso quiere decir que la tía Chrissie lo está pasando fatal después de la quimioterapia. Por aquí, a todo el mundo le encanta lamentarse de las desgracias que asolan a nuestra familia y afirmar que estamos malditos: yo tuve meningitis, luego la yaya se fue muy de repente y ahora Chrissie ha enfermado. Pero también dicen toda clase de estupideces como que «todo sucede por una razón» y «si tienes un cáncer, al menos este es el mejor que puedes tener, ¿eh?». Como si eso pudiera esperar una respuesta.

Acompaño a Heather y Dante hasta la puerta principal sin hacer ruido. Cuando vuelvo, mamá me está observando con esa mirada embobada y sentimentaloide que reserva para la gente que ama.

—Has vuelto tarde.

No me gusta mirar a mamá cuando le miento, así que abro el horno y saco mi cena: pastel de carne, guisantes y zanahorias.

—He estado en la biblioteca.

—Me alegra saber que te estás tomando tus exámenes muy en serio. —Me pasa unos cubiertos y me acerco con la silla a la mesa. Sé que ha visto que me he puesto unas vendas nuevas cuando me dice—: Si las prótesis te están haciendo daño, deberías salir a la calle en silla de ruedas.

Le digo que lo haré, pero no voy a hacerlo. Aunque mi silla es cómoda y fácil de manejar y tengo mucha suerte de tenerla, me he hartado de que la gente me mire, me ignore totalmente o le pregunte a quienquiera que me acompañe qué me ocurre, como si no fuera capaz de hablar por mí mismo. Las prótesis me ayudan a integrarme, pero no puedo llevarlas mucho tiempo sin que me hagan rozaduras. Quedan cinco días hasta mi próxima revisión médica, donde me darán unos nuevos encajes. Esperemos que esa sea la solución, aunque lo dudo mucho.

Mamá se apoya en la encimera y no para de hablar mientras yo ceno. El linóleo beis, las paredes amarillas y los portalámparas son los mismos que cuando la yaya estaba viva. Cuando nos mudamos, me pregunté si su fantasma me estaría esperando, pero en la casa reinaba el silencio.

Ollie está en la entrada, escuchando los cotilleos que mamá trae de la peluquería. Le miro a los ojos y sonrío. Mamá palidece un poco y mira para allá, pero no dice nada.

Que estúpido soy. Qué descuidado. Por mucho que intente esconderlo, ella intuye que pasa algo. Pero tengo que ocultar esto, sobre todo a ella. En la peluquería interpreta su papel a la perfección; con su gran melena, sus uñas pintadas, sus sonrisas y sus carcajadas. Pero en realidad tiene tres críos en casa, una hermana enferma y muy poco tiempo y dinero para afrontar todo esto.

Después de cenar, me ofrezco a sacar la basura, por lo cual mamá, quien está de nuevo ante la tele con una montaña de cosas para planchar, me da las gracias a voz en grito.

Tras echar la bolsa de basura al contenedor, examino nuestra calle sin salida, por si veo a Chaqueta Encerada. El señor Broomwood se ha marchado; probablemente habrá ido a rondar a los molestos inquilinos de su nieto.

—No está aquí.

Me pongo muy nervioso y giro la silla. Pero se trata simplemente de Audrey, que está merodeando por un lateral de la casa.

—He inspeccionado el barrio. No te ha seguido a casa.

—Bien. ¿Quién es?

—Alguien del que debes alejarte.

—Entonces es un Hambriento, ¿no?

Audrey duda.

—Lo mantendré alejado de ti, pero ten cuidado.

Su miedo sigue ahí, enterrado profundamente, pero ella me ha enseñado muy bien a leer las caras como para que eso se me pase por alto.

—Le tienes miedo.

Me mira con frialdad.

—Asegúrate de que Ollie se queda contigo esta noche.

—¿Por qué no me cuentas lo que pasa?

—Porque no estás preparado.

—Lo estoy —contesto por inercia, en vez de porque realmente crea lo que digo.

—Ves, pero no quieres ver.

Me pongo rojo de furia.

—¡Pues sí! Porque me ha jodido la vida.

Su reacción es sonreír con tristeza. Es una actitud muy condescendiente, como si me dijera que, si todo esto se me diera mejor, compartiría conmigo unos asombrosos secretos fantasmales. Tal vez así podría dejar de tener miedo a los muertos. O quizá tendría todavía más miedo. No lo sé.

Ojalá hubiera podido sacar a ese chico de The Shambles de ese bucle de muerte en el que estaba atrapado. Pero lo más probable es que el bucle me hubiera arrastrado hasta su interior y me hubiera encontrado solo en una calle nevada en la que me congelaría hasta morir. Quiero ayudarlo, sí que quiero, pero no puedo.

Todo sería mejor si no pudiera ver ningún fantasma.

Dante pasa a todo correr a nuestro lado, desaparece a través del seto y vuelve a salir con la lengua fuera. Me vuelvo. Heather está de pie, mordisqueándose un labio.

—Bueno, vale... —digo por decir algo, porque ya me siento avergonzado por haberme dejado llevar por mi cabreo. Pero cuando me giro para mirar a Audrey, el camino de la entrada está vacío.

Siempre incumple la regla número tres.

—Ella se ocupará de este problema, Charlie. Procura dormir un poco —me dice Heather con una sonrisa triste. Entonces, se marcha. Le doy las buenas noches, deseando que ojalá se quedara. Me sentiría mejor con ella cerca, pero tiene su rutina.

De vuelta en casa, coloco la hamaca para Ollie, que lleno de almohadas que tengan su forma para engañar con más facilidad a mi cerebro, para que piense que está tumbado en ella en vez de flotando en el aire. Cuando me tapo con la manta, Dante se coloca a mi lado. Ojalá fuera un perro guardián mejor, pero si ve a un fantasma desconocido es igual de probable que se ponga patas arriba para que este le acaricie la tripa como que ladre y me despierte. Permanecemos ahí tumbados y hacemos como que dormimos. No puedo evitar pensar en Chaqueta Encerada.

No parecía desesperado, sino decidido.

Y eso me da aún más miedo.

Me aclaro la garganta y me incorporo.

—Ollie, no has visto a nadie nuevo merodeando por aquí, ¿verdad? Es que alguien me ha seguido hoy en la ciudad. Seguramente no es nada, pero...

No termino la frase, para que el silencio se convierta en un cebo.

Ollie lo muerde.

—Estaré atento por si aparece. ¿Qué aspecto tenía este fantasmilla?

Le describo el pelo rizado de Chaqueta Encerada y la inclinación de sus hombros y menciono que lleva siempre las manos en los bolsillos. La curiosidad de Ollie se mezcla con mi espanto de un modo muy contradictorio.

—Si aparece algún muerto, despiértame, ¿vale? Y no me refiero solo a él —le digo, intentando no parecer muy preocupado. Ollie se ríe y he de reconocer que finge muy bien que no se ha dado cuenta de que estoy asustado.

3

El Ahorcado

Es lunes y estoy nervioso de narices. Clases, sesiones de repaso, un momento lleva al siguiente, los segundos pasan a ser horas, y sigo sin quitarme esta sensación de encima de que estoy esperando que ocurra algo. Es como cuando un chaval muy cachas y mayor que tú jura que irá a por ti. Quizá lo hará, o volverá a centrarse en beber cerveza y romper paradas de autobús y se olvidará totalmente de ti. De un modo u otro, es una promesa que no vas a olvidar enseguida.

Mi escuela es un conjunto de edificios bajos de ladrillo gris, juntados de forma improvisada y tirados de cualquier manera junto a un aparcamiento de coches, unos campos de deportes y un gran polideportivo. No conozco a todos los estudiantes, pero ellos sí parecen conocerme. Si uno suele discutir con la nada tiende a llamar la atención.

—¡Eh, Olímpico! —grita Mitch desde el final del pasillo. Es un chico larguirucho pero de espaldas anchas y piel pálida, con una boca bonita y un pelo rubio ondulado. En estos momentos, rodea con un brazo a su novia, Leonie. Ambos han atraído a un enjambre de parásitos, la mayoría de los cuales son examigos míos. En cuanto Mitch grita, todos giran la cabeza hacia mí.

Hago todo lo posible para no refunfuñar porque es muy estúpido pensar que todo chaval al que le falta una pierna o las dos se va a poner unas prótesis especiales para correr como Johnny Peacock, pero, por lo que parece, la gente espera que yo acabe convirtiéndome en una leyenda del deporte. «Sí, fui a la escuela con Charlie Frith. Por aquel entonces ya era un chaval raro, que hablaba solo y al que en un viaje escolar se le fue tanto la olla que se cortó las venas».

Podría ignorar a Mitch. Suelo hacerlo, incluso cuando finge que aún le caigo bien. Me ha invitado a sentarme con él y sus colegas durante el almuerzo en alguna ocasión, pero él estaba allí cuando aquello sucedió, al igual que Leonie. Recuerdo sus caras de miedo y cómo hablaban sobre mí entre susurros.

Y también está lo del beso.

A lo mejor lo ha olvidado, o perdonado.

O a lo mejor me está tendiendo una trampa para que caiga en ella. Mi reputación no podría soportar algo así. Por lo que hago como que no le oigo y saco el móvil. Corre por el pasillo hasta alcanzarme y me sonríe. Me da envidia su actitud, como si supiera que todo el mundo lo adora. Y así es. Siempre ha sido así, incluso cuando íbamos a primaria.

—Oye..., Charlie —pronuncia mi nombre con suavidad—. Esta mañana, un chico nuevo ha preguntado por ti.

Un chico nuevo: ¿quién iba a venir a una escuela nueva cuando el curso estaba a punto de acabar? ¿Y de qué podía conocerme? Durante un tiempo, acudí a las reuniones de un grupo de apoyo para jóvenes amputados y estuve un par de años en los *boy scouts*. Intento recordar los nombres de esos otros críos, pero me resulta imposible.

Entonces me pregunto por qué Mitch se ha tomado tantas molestias para comentarme esto, como si fuéramos amigos cuando no lo somos. Ya no. Igual hay algo que estoy pasando por alto.

—Hola, Charlie.

Leonie se ha acercado con el resto de la manada. Unos rizos mullidos se amontonan en la parte superior de su cabeza y lleva en los lados unas horquillas dispuestas en forma de V; un estilo que todas las chicas parecen estar copiando esta semana.

Mitch le rodea el hombro con un brazo de un modo posesivo, para reafirmar así que es digno de ella, aunque estoy bastante seguro de que no lo es. Todas las chicas de la escuela quieren ser la mejor amiga de Leonie, y todos los chicos (salvo yo), morrearse con ella. Lo entiendo, es muy guapa: tiene unos pómulos perfectos y unas pestañas muy largas, es menuda y curvilínea y de piel morena. Es la delegada de clase y en las asignaturas de ciencias es de las mejores. Seguramente acabará trabajando para un multimillonario y montará una colonia en Marte o algo así. Joder, será multimillonaria algún día.

Pero él no tiene nada de especial.

Así que ¿por qué verlo rodeándola con un brazo me hace sentir tan mal?

—Ah, vale —respondo rápidamente—. Gracias por contármelo.

Y entonces alzo la vista, miro hacia alguien situado más allá de estos parásitos, una figura que me observa desde un pasillo iluminado.

Titubeo más que quedarme helado. Leonie dice mi nombre y me hace una pregunta, pero no la estoy escuchando. Mascullo que llego tarde y me largo a toda prisa.

Los fantasmas se mueven silenciosamente, así que si me sigue, no voy a oírlo.

Al abrir de un empujón las puertas dobles y entrar trastabillándome en el aparcamiento, me atrevo a mirar hacia atrás. Leonie me está observando como si fuera un objeto curioso expuesto en un museo. Mitch parece confuso.

Por detrás de ellos, se acerca corriendo Chaqueta Encerada. Me tiene en su punto de mira y ahora viene a por mí.

El viento norte me azota y siento su frío a pesar de llevar el jersey de la escuela. No sé adónde voy; lejos, fuera, a cualquier sitio donde él no esté. Suena la campana. Nadie me detiene mientras doblo la esquina del bloque de ciencias lo más rápido posible.

Mis prótesis no están diseñadas para correr; sus pies no tienen la flexibilidad necesaria para eso. Como me veo obligado a ir más lento, salgo del sendero situado en la parte posterior de las aulas, donde las plantas han crecido descontroladamente. Aunque este sitio no tiene salida, me siento más seguro rodeado por el olor de las hojas frescas y la tierra húmeda. Cierro los ojos y cuento mis respiraciones.

Audrey sabría cómo darle esquinazo, pero estoy solo y me cuesta pensar.

No puedo ir a casa porque papá no irá a trabajar hasta más tarde. Si llego pronto, me montará un pollo. Como ahora tengo una hora libre para estudiar, no me van a echar de menos en ese espacio de tiempo. Si no puedo correr, tendré que esconderme y en un sitio mejor que este.

En cuanto suena la campana me dirijo al campo de deportes. Al sur de ella hay un viejo pabellón que se usa para almacenar equipamiento deportivo. Como este campo abierto se encuentra bastante alejado del edificio principal, no corro el riesgo de que me vean cruzándolo, ni de que me vea nadie desde las aulas; además, al ser un sitio bastante seco, no pillaré un resfriado. Puedo pasar el rato allí y volver después a clase sin que me vean. Encuentro la puerta entreabierta y, cuando estoy a punto de tirar de ella para abrirla, me entran las dudas.

Si Chaqueta Encerada me pilla aquí dentro, no tendré escapatoria. Y yo no puedo atravesar paredes. Así que me dirijo a la parte de atrás, donde el césped está tan pisoteado que se ha convertido en una franja de barro repleta de colillas.

Aquí suelen venir los fumadores y las parejitas que vienen a morrearse entre clase y clase. Si las cosas hubieran sido distintas, si hubiera hecho caso a Heather y no hubiera ido a Normandía, a Saint-Lô, en ese puto viaje escolar, tal vez ahora estaría viniendo aquí todo el rato para darme algún morreo que otro.

Pero todo aquello también empezó en Francia, ¿verdad? Así que quizá no.

Mitch y yo nunca hemos hablado del tema, ni del beso, ni de lo que me pasó al día siguiente, ni de lo que le contó a todo el mundo. Probablemente nunca lo hablaremos. Recuerdo cómo me miró antes de besarnos. Ahora es así como mira a Leonie.

Pues me parece estupendo.

Oigo un ruido sordo que procede del interior del pabellón. ¿Hay alguien ahí dentro? Retrocedo, con los ojos clavados en la ventanita. Por encima de mí, el gran castaño cruje y se estremece. Algo me golpea en la parte posterior de la cabeza. Veo una bota manchada de tierra y unos pantalones de pana marrones, veo que no lleva calcetines…

El hombre tiene la cara hinchada y una lengua inflamada sobresale de sus labios curvados por el dolor. Su cuerpo pende en el aire, con una soga tensa alrededor del cuello. Me asalta la peste de sus entrañas. Con el pulso a mil por hora, me alejo tambaleándome.

En teoría, él no debería estar aquí.

La escuela es un lugar seguro. Heather examinó este terreno de arriba abajo, y no halló ni el más mínimo rastro de ningún fantasma atado ni mucho menos de ningún bucle de muerte. Este hombre es como el niño en la nieve: no sabe que está muerto y revive sus últimos instantes una y otra vez. En cualquier momento, sus recuerdos me asaltarán. Tengo que marcharme.

De repente, el hombre abre sus ojos inyectados en sangre.

La escuela se esfuma y me encuentro ante una pared de azulejos blancos, entrecruzados por unos símbolos extraños y oxidados. Hay una gran estancia con varias velas colocadas sobre unos platos de barro poco profundos. Huele a comida podrida y aire rancio. Sobre una mesa larga, veo unas gafas de media luna. Estoy bajo tierra, tal vez en un sótano. Hay un equipamiento antiguo de laboratorio, unos tubos de goma en espiral y dos matraces con forma de globo colocados sobre unos soportes y en cuyo interior gira algo carnoso.

Tengo que salir de aquí. Tengo que salir antes de...

El hombre baja por una escalera situada en mitad de la cámara, con una soga enrollada en los brazos. Es blanco, de mediana edad y tiene el pelo rapado. De sus ojos hinchados caen unas lágrimas. Enciende un fuego en el fregadero y arroja montones de páginas escritas a mano a las llamas mientras da unos tragos a una botella de whisky. Lo último que arde es una fotografía en blanco y negro donde aparece un hombre y una niña. No consigo verla bien, ya que la foto se ampolla y se curva bajo el calor.

No puedo moverme porque estoy muerto de miedo. Aunque, si pudiera, no sería capaz de ir a ningún lado, salvo adelante y atrás en un bucle infinito. Noto el tirón e intento resistirme a él, pero soy tan débil como lo fui con catorce años. El hombre abre la boca para hablar con una voz que recuerda al ruido del aire al ser empujado a través de un fuelle roto, y me veo envuelto por el olor a sudor y a sustancias químicas, así como por una pena tan profunda que me resulta insoportable.

Rachel.

Algo cambia.

Noto cómo la soga me roza con dureza la palma de la mano. El peso de la resignación me aplasta. Preparo la soga. Me subo a la mesa. Doy un paso al frente. La silla tiembla. Le doy una patada.

Caigo.

Me da un vuelco el estómago, se me acelera el corazón. Siento dolor, pero no se me parte el cuello. Por un momento, me siento esperanzado; luego, noto que algo me aprieta muy fuerte y me clavo los dedos en la garganta. Una presión espantosa me aplasta el pecho. El hombre está debajo de mí, observando. La oscuridad avanza por mi campo de visión periférico. Mis pulmones piden aire a gritos.

Haremos esto una y otra vez, hasta que mi cuerpo muera y mi fantasma se una al suyo para toda la eternidad.

Algo choca conmigo. Alguien me agarra del pecho y tira de mí hacia abajo. El nudo corredizo se tensa y a continuación se desliza. El aire que me queda sale a borbotones de mis pulmones cuando me estampo contra el césped húmedo. Algo pesado me aplasta las costillas y entonces dejo de sentir ese peso.

Tengo el pulso débil y me cuesta pensar. Consigo apoyarme sobre los codos, que he clavado en la hierba. Cada bocanada de aire que doy es la más dulce que jamás he dado. Chaqueta Encerada está junto a mí y me agarra del brazo.

—Eso ha sido o muy valiente o muy estúpido.

Tiene un acento que me recuerda al de esos tipos engolados de la BBC.

No me quedan fuerzas para huir.

—¡Eh, chavales! ¿Qué pasa?

Ambos levantamos la vista y vemos al vicedirector andando hacia nosotros. Al señor Farrell le gusta pasar por la parte posterior del pabellón de deportes para pillar a los fumadores con las manos en la masa; lo sabía. Lo sabía y lo olvidé porque nunca vengo aquí.

Chaqueta Encerada no se queda a esperar, sino que se levanta y se va a todo correr. Puedo ver cómo el señor Farrell duda; no sabe si tiene que ir a por él o no. Obviamente concluye que yo soy la presa más fácil porque unos instantes después lo tengo encima acribillándome a preguntas.

Noto el sabor de la bilis en la garganta y acabo vomitando el almuerzo sobre los zapatos del señor Farrell.

Entonces, me doy cuenta de una cosa. El señor Farrell ha dicho «chavales», lo cual quiere decir que podía vernos a los dos; además, bajo su chaqueta encerada, el fantasma llevaba puesto nuestro uniforme: el mismo jersey gris arrugado, la misma corbata de rayas y los mismos pantalones demasiado largos, como si los hubiera sacado de objetos perdidos.

Eso significa… que no es un fantasma, para nada.

4

Las desapariciones

En algún momento me he meado encima. Suele pasar cuando te ahorcas. Ahora estoy sentado delante del despacho de la directora, con una toalla encima que me tapa la mancha de la entrepierna.

Me duele la garganta, es como si Hulk me hubiera atizado en toda la tráquea. Me hacen preguntas, pero a duras penas puedo contestar con un hililllo de voz.

Bien. No quiero hablar; de todos modos, no me creerían. Dan por supuesto que Chaqueta Encerada y yo nos estábamos peleando por culpa de alguna chica o por cualquier otra cosa por la que presumen que los chavales se suelen pegar. Nadie sabe quién es, y yo no les puedo dar un nombre. Cuando logro decir con una voz muy ronca que es el nuevo, me responden que no hay ningún estudiante nuevo, lo cual quiere decir que tengo las mismas esperanzas de localizarlo que si fuera un fantasma; o sea, ninguna. Si quisiera volver a encontrarlo, que no quiero.

Pero claro, si no es un fantasma, es un vidente.

De crío, pensaba que debía de haber muchas personas capaces de ver a los muertos, ¿sabes? Pues estaba equivocado. Aun así, siempre tuve la esperanza de que algún día un médico les pediría a mis padres que se sentasen para explicarles que su hijo veía ahora fantasmas, una simple secuela poco conocida de la meningitis por la que no debían preocuparse.

Pero eso nunca sucedió, por supuesto. Además, lo importante no es cómo morí, sino por qué volví. Y de eso no recuerdo nada.

Aunque estoy abrigado con una manta, sigo sintiendo frío. Esa gelidez se me ha metido en los huesos y no me la puedo quitar de encima.

Durante un momento, vuelvo a la habitación con azulejos. Huelo el humo de los papeles ardiendo en el fregadero, noto la dura soga y entonces…

La campana suena y una avalancha de estudiantes irrumpe por los pasillos. Unas grandes ventanas separan la zona de administración del pasillo principal, a través de cuyos cristales me miran con curiosidad, como si fuera un animal del zoo. Leonie y Mitch están justo al otro lado de las puertas batientes. No quiero que él me vea así. Lo único que puedo hacer es llevarme las manos a la cabeza y agacharme para esconder mi vergüenza.

Y esta da paso a la furia. Audrey me ha mentido, lisa y llanamente. Si hubiera sabido que Chaqueta Encerada no era un fantasma, no habría huido, no me habría escondido detrás del maldito pabellón de deportes y no habría acabado enredado en un bucle de muerte.

La puerta batiente cruje cuando Leonie entra. Es sorprendentemente imponente para ser tan bajita. Me retuerzo en mi asiento. Si se acerca algo más, olerá mi pis y sudor. Dios, seguro que apesto. Mitch sigue al otro lado del cristal, contemplándome como si quisiera golpear algo y no le importara que ese algo fuera yo.

—Charlie —dice Leonie con un tono suave—. ¿Qué te ha pasado?

Tengo la mirada clavada en el suelo. Nunca permitirán que me olvide de esto. Probablemente ya soy la comidilla de la escuela. «Ha vuelto a hacerlo; sí, como en el viaje a Normandía; bueno, yo no estuve ahí, pero Alyssa dijo que... blablablá». ¡Anda y que os den por el culo!

No puedo parar de temblar. Entonces, para mi alivio, los de la ambulancia llegan al mismo tiempo que papá, y Leonie y Mitch se pierden en la conmoción antes de que puedan atormentarme con cualquier fragmento del pasado que tuvieran previsto restregarme por la cara.

Papá se agacha para mirarme y clava sus ojos grises en los míos. Es un tipo grande, de pecho robusto y extremidades gruesas, con el pelo batiéndose en retirada en sus sienes hasta llegar al fino pelo de la coronilla. Me da un apretón en el hombro y murmura algo reconfortante antes de que la directora, la señora Prabakar, y el señor Farrell se lo lleven para hablar con él en privado. Los dos técnicos de urgencias me toquetean y me conectan a dos monitores portátiles para medir la tensión o algo así. Cuando papá sale del despacho, tiene muy mala cara.

Quiero pedirle perdón por hacerle pasar por todo esto.

Quiero saber por qué Audrey no me dijo que Chaqueta Encerada era un vidente.

Quiero hablar con Ollie y Heather, porque, en teoría, ese bucle de muerte no debería estar ahí.

Había caído en él y había vuelto a pasar lo mismo que la otra vez: me había topado con un fantasma atormentado, un miedo muy doloroso y un pánico impotente. Nuestra clase había hecho un viaje a Normandía para aprender más sobre la Segunda Guerra Mundial y habíamos visitado los campos de batalla, los museos y los cementerios. De alguna manera, logré evitar cualquier bucle de muerte hasta el último día. Me confié y no lo vi venir. Dos años después, sigo sintiéndome tan débil e inútil como entonces. Si Audrey no me hubiera sacado de allí...

¿Y si algo ha cambiado y todos los bucles de York se han

desplazado? En ese caso, las calles serán un puto campo de minas.

Se me llenan los ojos de lágrimas. El frío que siento me paraliza. Uno de los técnicos de urgencias me hace una pregunta, pero me limito a negar con la cabeza, pues no puedo hacer nada más.

—Tiene la tensión muy baja. Está cayendo en picado.

Abro la boca para decirles que estoy bien, de verdad, y entonces la habitación da vueltas, me quedo sin aire y se me apaga el cerebro.

Cuando me despierto, Chaqueta Encerada está en el hospital, sentado en la silla que hay junto a mi cama, garabateando algo en un cuaderno con tapas de cuero. Me incorporo con dificultad, muy cabreado con él. Pero no se entera de nada. Simplemente, se queda ahí sentado, vestido como un imbécil con esos pantalones chinos de color rojo apagado y ese jersey de abuelo. Lleva unos zapatos de viejo de cuero marrón desgastado y con unos patrones estampados.

Al menos no calza mocasines con borlas. La yaya siempre decía que no había que fiarse de nadie que calzase mocasines con borlas.

—¿Qué estás haciendo aquí? —pregunto con la voz rota y la garganta dolorida.

—He venido a verte.

—Aquí solo puede estar la familia.

Como me han hecho un montón de cirugías para quitarme tejido cicatricial y que pudiera llevar prótesis, conozco las reglas.

Cierra bruscamente su cuaderno.

—Les he dicho a las enfermeras que soy tu novio secreto y me han dejado entrar.

—¿Que qué?

—Cálmate, he puesto énfasis en lo de secreto. Por cierto, tu madre se acaba de ir.

—No le habrás dicho que soy gay…

—¿Lo eres? Oh. No, claro que no se lo he dicho. He puesto como excusa que era tu amigo; parecía encantada de haberme conocido y me ha dicho que me quede el tiempo que quiera.

—Creen que me has atacado —digo.

—¿De verdad? —Arquea una ceja, como si estuviéramos conspirando—. Porque he oído comentar a las enfermeras que el atacante era un estudiante de la Escuela Secundaria de York, y yo voy al St. Matthews, así que estoy descartado como sospechoso.

Sí, estaba encantado de conocerse.

Puto engreído.

El enfermero entra deprisa, grita de alegría al ver que estoy despierto, comprueba mis constantes vitales y me explica que el médico llegará en breve.

Cuando se marcha, mira elocuentemente a Chaqueta Encerada, le guiña un ojo y corre las cortinas para que tengamos algo de privacidad.

Me he pasado los últimos días viendo la cara de este chico cada vez que cerraba los ojos, pero en carne y hueso es distinto, menos siniestro, más irritante que intimidante. Está delgado, tiene la piel ligeramente morena, una nariz larga y recta y un hoyuelo en el mentón. Por encima de su sien izquierda tiene un mechón blanco que destaca entre esos rizos de color bronce, como si lo hubiera alcanzado un rayo.

Me doy cuenta de que le estoy mirando fijamente. Y él me devuelve la mirada, evaluándome como si nunca antes me hubiera visto. Hay algo en esos ojos que odio (curiosidad, desde luego, pero también compasión). Me siento tentado a echarlo, pero necesito saber qué quiere: porque tengo clarísimo que quiere algo de mí.

No soy el único vidente que existe.

—¿Quién eres? —pregunto.

—Samuel Harrow, pero puedes llamarme Sam.

—¿Por qué me estás siguiendo, Harrow?

Aprieta los labios y se inclina hacia delante, con las manos entrelazadas. Por primera vez no parece que todo esto solo sea un juego para él.

—Hace seis meses, poco antes de que nos mudáramos aquí, yo... tuve un accidente y morí... durante cuarenta y cinco minutos. Entonces, de alguna forma, volví. Y ahora puedo ver fantasmas. Como tú.

Por un momento me quedo alucinado. Ya lo sabía, pero oírselo decir... Ahora mismo, si mi garganta hinchada me lo hubiera permitido, me habría echado a reír y le habría confesado entre lágrimas lo bien que me siento al saber que no soy el único.

Y entonces pienso que me encantaría darle un puñetazo.

¿Es consciente de lo que me ha hecho sufrir? No, se cree que puede hacer lo que le dé la gana; se cree que puede seguirme por la ciudad, presentarse en mi escuela, hacerse pasar por mi novio. Sí, ya, como si yo alguna vez...

Agacho la cabeza. No es mi tipo. Ni soñarlo.

Harrow continúa hablando.

—Tengo muchísimas preguntas que hacerte sobre el cómo y por qué te pasó lo que te pasó, pero eso no es lo importante ahora mismo. Estoy aquí porque necesito tu ayuda con las desapariciones.

—¿Las qué?

Parpadea rápidamente, como si no pudiera creerse lo idiota que soy.

—Las desapariciones.

—¿Eh? Pero ¿de qué hablas?

Entorna los ojos y una arruga se forma entre ellos.

—Charlie, los fantasmas de York están desapareciendo.

Niego con la cabeza. Se le ha ido la pinza.

Harrow da unos golpecitos a su cuaderno.

—Estoy haciendo mi propia investigación a nivel local y te juro que han empezado a desaparecer. —Cuenta con los dedos—: Reid el Gaitero desapareció hace un par de semanas, una chica llamada Millie también se ha esfumado y no se sabe nada de Alice la Loca desde hace más de una semana. He intentado investigar, pero los fantasmas de por aquí no quieren hablar conmigo, o huyen aterrados o… —se señala una zona en la palma de la mano donde la piel tiene un color rosa muy feo— me muerden.

Los muertos son peligrosos.

—¿Qué puedo hacer?

No le estoy ofreciendo mi ayuda, solo pregunto.

—Tú eres de aquí; tienes más experiencia en esto que yo y eres amigo de algunos de ellos. Esperaba que pudieras ayudarme a resolver este misterio.

Podría contestar que sí. Por un instante, quiero responder eso porque él es como yo y ya no estoy solo. Pero Audrey intentó impedir que nos conociéramos. ¿Por qué? ¿Porque Harrow no es de fiar? No puedo correr ese riesgo, no hasta que haya hablado con ella.

—¿Ves esto? —Giro los brazos para mostrarle las cicatrices gruesas que tengo en la parte interior de cada antebrazo—. Si me he mantenido escondido es por una buena razón.

Sam pone cara de decepción.

—Pero… entraste en los recuerdos de ese espíritu.

Debe de referirse al bucle de muerte.

—Por casualidad —le aclaro.

—¿No entraste para liberarlo?

—No puedes liberar a un fantasma de un bucle de muerte. Mira, no vi que estaba ahí, caí en él y me quedé atrapado.

Una sonrisilla se asoma a su boca.

—Así que te he salvado la vida.

—No...

Sí. Lo había hecho, y tal vez esté en deuda con él, pero si piensa que voy a darme a conocer a todos los fantasmas de York e iniciar una cruzada que podría matarme, está loco.

—¿No te pica la curiosidad? —Se inclina aún más cerca—. Morimos. Deberíamos haber seguido muertos, pero volvimos; sí, regresamos transformados. Tiene que haber una razón para ello, ¿verdad?

—No, no la hay. —Intento no pensar en el chaval congelado de The Shambles o en la tristeza del Ahorcado porque no puedo ayudarlos—. A veces, a la gente le pasan cosas muy chungas, como tener una meningitis o un cáncer, así son la vida y la muerte. Cosas que pasan, sin más. —Se me quiebra la voz—. ¿Cómo me has encontrado?

Por primera vez, baja la mirada. Pero yo no aparto la mía de él. Si no responde mis preguntas, no va a poder exigirme nada.

—Investigué un poco y di con varios testimonios de médiums victorianos que afirmaban que habían adquirido sus habilidades después de una experiencia cercana a la muerte como la que tuve yo. Así que me puse a buscar gente que hubiera tenido experiencias similares. Pero no tuve suerte, desgraciadamente. —Sam hace una pausa. Está nervioso—. Pero después de que nos mudásemos aquí, encontré un montón de ejemplares viejos del *York Herald*. En uno de ellos, había un artículo sobre un club para jóvenes amputados, donde se hablaba de que sufriste una enfermedad repentina y te llegaron a declarar muerto, decía que eras un milagro. La noticia incluía una foto grupal, en la que estabas mirando hacia arriba, sonriendo a alguien, pero no había nadie allí. Así fue como..., hum, te localicé.

Recuerdo ese artículo. Mamá todavía tiene ese recorte en casa, en una de sus cajas de recuerdos. Se publicó un mes después de que Heather me presentara a Ollie, quien se había colocado junto a mí para la foto, pero no había salido en ella porque las cámaras no captan a los fantasmas.

—¿Y cómo me localizaste exactamente?

Sam se frota la nuca.

—A mi amiga Miri se le dan muy bien los ordenadores. Hizo su magia y me dio tu nombre, así como tu dirección y la de tu escuela. Creo que accedió a los expedientes de la organización benéfica que te pagó la silla de ruedas.

Se pone de pie justo cuando aparto las sábanas, dispuesto a alejarme de él, pero no hay ninguna silla de ruedas y mis prótesis tampoco están aquí.

—Lárgate.

Me tiembla la voz. No tenía ningún derecho a hacer eso. Todo lo relacionado con temas médicos es privado por una buena razón. Aunque podría llamar al enfermero, no quiero montar un numerito, sobre todo porque, gracias a él, pensarán que esto es una riña de enamorados.

Como la mayoría de la gente no puede evitar quedarse mirando fijamente mis muñones, espero que él haga lo mismo ahora que la bata de hospital ya no me los tapa. Pero me está mirando a la cara, con un gesto implorante. Seguramente piensa que podrá convencerme porque es guapo. Al igual que Mitch, seguramente siempre consigue lo que quiere gracias a su atractivo.

—Lo siento —dice, como si una disculpa lo cambiara todo.

¿Cómo pude confundirlo con un fantasma? Este chico está más vivo que cualquiera que haya conocido jamás. En su cara se dibujan unos pequeños gestos fugaces y le tiembla la barbilla cuando intenta contener alguna emoción. Intenta buscar un sentido a las cosas, por eso cree que esta desgracia que sufrimos es una especie de misión. Es de esa clase de personas lo bastante atrevidas y egocéntricas como para llamar a la puerta de una viuda apenada, sentarse en la sala de estar a comer galletitas con ella y decirle: «Tengo un mensaje de su marido», esperando que todo fuera bien.

Yo fui como él en su día. Pensaba que podría arreglarle la vida a todo el mundo y, al final, eso casi me destruyó.

—No les debemos nada a los muertos —afirmo—. Y no deberías entrometerte en la vida de los demás.

Él asiente lentamente.

—Tienes razón. Me he pasado y lo siento, pero creo que si tenemos unos dones es para usarlos.

No respondo. No puedo.

—¿Charlie?

Odio el modo en que pronuncia mi nombre, como si tuviera derecho a usarlo. Si cierro los ojos, todavía puedo sentir el nudo de la soga apretándome la garganta, y el vergonzoso dolor de mi temor.

—Vete a tomar por culo —le espeto.

Durante un segundo creo que va a discutir, pero entonces coge su diario pijo y aparta la cortina.

—Y si uno de tus amigos desapareciera, ¿esto sí te importaría?

Se marcha sin esperar a que le conteste.

Me hago un ovillo. Ha sido muy listo al hacer ese comentario al irse. Es un desafío; sabe que soy un hipócrita. Pues claro que buscaría a Ollie o a Heather si les pasara algo, son mis mejores amigos. Incluso buscaría a Audrey porque, a pesar de que la mitad de las veces ignora mis reglas, me salvó la vida en Normandía. Siempre estaré en deuda con ella.

Pero también le prometí a Heather que dejaría de intentar ayudar a los muertos. Es demasiado peligroso.

Harrow no me está pidiendo que entre en un bucle de muerte, sino, simplemente, que hable con algunos fantasmas.

Y luego, ¿qué pasaría? Probablemente los espíritus me pedirían favores sin parar y se presentarían en mi escuela o en mi casa para dar conmigo, y los muertos Hambrientos que desean resucitar me atacarían. Estaría tirando por la borda cualquier posibilidad de ser normal.

Mientras estoy tumbado, escuchando los ruidos de esta ala del hospital, una mujer pálida de mirada triste le besa la frente a la chica que duerme enfrente. El enfermero se acerca para mirar su historial y atraviesa a la mujer pálida. Me estremezco y cierro los ojos.

La normalidad es algo que dejé atrás hace mucho.

5

Una perturbación en la fuerza

Papá llega unas horas después, pero antes de que me den el alta, me examinan e interrogan tres doctores distintos. Me muero de ganas de llegar a casa y de hablar con Ollie y Heather sobre el bucle de muerte y que he conocido a Sam Harrow, pero con todo lo que ha pasado se me ha olvidado que hoy tengo cita para que me den mis nuevos encajes. Después de tanto interrogatorio y tantas segundas opiniones, llegamos tarde.

Aunque tenemos prisa, me detengo en el vestíbulo, donde hay colgadas unas fotos de Heather entre mensajes escritos a mano de sus familiares, colegas y pacientes. Han pasado seis años y todavía no han quitado esto. La querían. Todavía la quieren.

Papá me da un apretón en el hombro. Dice que la recuerda, pero él estaba muerto de miedo y exhausto, y ella era solo una más de los muchos médicos residentes, enfermeras y pediatras que me vieron cuando me ingresaron. Fui el último paciente al que Heather vio antes de que acabara su turno. Un hombre la atacó a menos de quinientos pasos del hospital. Aunque llegó viva hasta el quirófano junto al mío, se desangró antes de que sus colegas pudieran salvarle la vida.

Morimos al mismo tiempo.

La suya fue la primera cara que vi cuando recuperé el conocimiento, confuso y dolorido, en el ala infantil; sin ser consciente aún de que me habían amputado la parte inferior de una pierna, ni de que la otra tenía tantos coágulos que también tendría que ser amputada, ni de que había estado muerto un rato.

Fue mi primer fantasma. Desde entonces, no se ha separado de mí.

Hoy hay alguien nuevo en recepción, una mujer simpática, con un hiyab morado, que consulta mi ficha y nos dice que igual tendremos que esperar bastante rato. Después de que anota todos los datos, papá se va a la cafetería para tomar un café.

Mientras hago pis rápidamente, me veo reflejado en el espejo del baño. Se me ha reventado un vaso sanguíneo del ojo derecho y tengo un moratón en la garganta allá donde la soga se tensó. Luzco un aspecto espantoso, con las pintas que debería tener un muerto: tengo la piel gris y estoy cansado y me siento muy perdido.

Ya veremos si Sam Harrow sigue pensando que lo nuestro es un don cuando caiga en un bucle de muerte o cuando pierda a todos sus amigos porque lo pillan manteniendo una larga charla con la nada. Si ha estado husmeando por York, haciendo preguntas sobre fantasmas desaparecidos, no tardará mucho en llamar la atención de los Viejos Decrépitos.

No tiene ni idea de a qué se enfrenta.

Y le he dicho que se enfrente a eso solo.

Me agarro al lavabo y respiro lentamente. Tengo un bucle de muerte desplazado del que preocuparme y los exámenes finales el mes que viene. Ya estoy de mierda hasta el cuello. Sam Harrow no es mi problema.

¿Y qué pasa con los fantasmas desaparecidos?

Probablemente, eso se lo ha inventado solo para tocarme las narices. O igual está totalmente equivocado y Reid el Gaitero y Alice la Loca simplemente se han ido a otro lugar.

De vuelta en la sala de espera, me acomodo en la esquina más tranquila y echo un vistazo a mi móvil. No tengo nuevos mensajes porque todos mis amigos están muertos. Harrow no tiene ni Twitter ni TikTok, pero lo encuentro en Instagram. Su página es privada. No hay mucho que ver: tiene una foto en plan artístico como imagen de perfil situada por encima de una breve biografía, en la que se menciona su edad (diecisiete años), y hay un emoji con la bandera trans azul y rosa, seguido de sus pronombres (él/elle) y una cita pedante. No le envío una petición para que me siga, sino que me quedo contemplando la pantalla un rato mientras pienso que ojalá yo fuera lo bastante valiente como para poner una bandera del orgullo gay en mi perfil.

En la gran pantalla situada en la pared de enfrente, que tiene el volumen bajado, se pueden ver las noticias locales. Están entrevistando a un anciano que podría rivalizar con el señor Broomwood por el título de Cabrón Más Cascarrabias de York. Los lentos rótulos mencionan algo sobre unos vándalos locales. Tras mostrar un plano donde se ve una cinta de policía sobre una lápida rota y unos grafitis pintados sobre la hierba, vuelven al tipo que está hablando de «la profanación de un lugar de reposo» y que eso «ha conmocionado mucho a todos los voluntarios».

Un chico delgado y pelirrojo, con el pelo revuelto y que me resulta familiar, sigue a unas personas a través de las puertas de recepción, me mira y se acerca.

—Estás hecho una mierda. —Ollie se desploma sobre la silla vacía que hay a mi lado—. Te lo advierto, tu madre está histérica. Cuando llegues a casa, te espera la Inquisición. No te has peleado, ¿verdad?

Tuerzo el gesto.

—No. He caído en un bucle de muerte.

La amplia sonrisa que había en la cara de Ollie se esfuma al instante.

—¿En dónde?

—En el campo de deportes de la escuela.

Aunque estoy hablando entre dientes, la pareja de estirados que está sentada enfrente me mira raro.

Abro el ColorNote de mi móvil y tecleo:

Varón. Ahorcado. Habitación con azulejos. ¿Bajo tierra? ¿Primera mitad del siglo XX?

Ladeo la pantalla para que Ollie pueda leerlo.

—¿Un ahorcado? Qué sitio más raro para ahorcarse.

Si bien la parte vieja de York está llena de fantasmas, hay menos apariciones en los suburbios y en los distritos cercanos. Tyburn y The Knavesmire son las únicas excepciones. Ambas zonas están a rebosar de cúmulos de bucles, todos ellos de ahorcados.

No fue una ejecución, sino un suicidio.

Pero hay algo que no encaja. Sé por experiencia que los bucles de muerte se quedan en el lugar donde la persona murió. Estoy bastante seguro de que, antes de que York se expandiera, el terreno que rodea la escuela estuvo ocupado por unas tierras de cultivo, así que ¿de dónde salió esa habitación bajo tierra? Tecleo la pregunta para Ollie, que la lee y se encoge de hombros.

—Los granjeros tienen sótanos.

No, algo se me escapa. Cierro los ojos e intento recordar cómo era la habitación. Allí había unos aparatos científicos raros y unas luces eléctricas tenues; además, olía a sustancias químicas, pero no a tierra ni estiércol.

—Entonces, ¿ha sido una perturbación en la fuerza? —pregunta Ollie.

Ese es el nombre que le ha dado al fenómeno que descubrimos el año pasado, cuando casi me atraparon tres bucles de muerte que se desplazaron de la estación de tren a Gale Lane. Resulta que si se hacen unas reformas importantes en un edificio o se producen otras perturbaciones, un bucle puede moverse a una ubicación nueva y más estable.

—Nadie está cavando hoyos alrededor de la escuela —susurro con la mano en la boca—. Así que, si vino de otro lugar, ¿qué provocó que se desplazara y de dónde procede?

—No lo sé. —Ollie arruga la nariz—. Busca en qué sitios están arreglando carreteras, a ver si eso encaja con alguno de los bucles.

En el sitio web del Ayuntamiento hay una lista de las obras que se están realizando en la localidad. Están cambiando unas tuberías de agua en Monk Gate, pero el único bucle de muerte que recuerdo ahí es el de un ciclista al que atropelló un camión. También están haciendo obras en Todcaster Road, lo cual parece prometedor, porque los bucles más cercanos son todos de ahorcados. Pero en Tyburn las ejecuciones se llevaban a cabo en un patíbulo al aire libre, donde la muchedumbre pedía sangre a gritos, así que los ahorcados no morían en soledad en una habitación bajo tierra.

Consumimos más datos investigando sobre ahorcamientos que tuvieron lugar en York. Todos son o bien historias de fantasmas que ya conocemos (la mayoría de las cuales son gilipolleces inventadas), o bien ejecuciones históricas que tuvieron lugar un siglo antes de que mi muerto se ahorcara. La ropa que vestía era como la que un jardinero podría llevar en uno de esos dramas históricos que tanto les encantan a mamá y a la tía Chrissie. Necesito información sobre los suicidios que se produjeron en esta ciudad desde principios del siglo XX hasta la década de 1950. Y eso no es algo que se pueda encontrar fácilmente por internet.

Estoy googleando por los archivos de los periódicos cuando Heather entra. En cualquier otro lugar parecería estar fuera de lugar por culpa de su tarjeta de identificación y su estetoscopio, pero aquí podría coger un portapapeles y ponerse directamente a trabajar. Sé que echa de menos su empleo y suele ir a ver a sus viejos colegas. Aunque me he ofrecido para intentar hablar con ellos en su nombre (esa sería mi forma de devolverle el favor de haberme salvado más veces de las que recuerdo), no me deja hacerlo. Es como si pensara que no se merece que le hagan favores. A menudo me he preguntado qué es lo que la mantiene atada a esta ciudad y le impide abandonar sus fronteras. Se lo preguntaría, si no fuera porque está incluida en la lista de «cosas de las que Heather no habla».

Me sonríe de forma incómoda.

—¿Qué ha pasado?

Ollie la pone al día. Luego, tecleo en mi móvil que Chaqueta Encerada se llama en realidad Sam Harrow y no está muerto para nada, que me ha seguido en la escuela, me ha visitado en el hospital, me ha investigado por internet y ha accedido a información privada sobre mí.

—¿Es otro vidente? —Heather parece estar alucinando—. ¿Estás seguro?

—Segurísimo, joder —contesto—. Y es un capullo.

La pareja de estirados se va a toda prisa a la otra punta de la sala de espera.

Con la cabeza gacha, escribo:

Harrow es peligroso.

—Pero te ha salvado el pellejo —comenta Ollie, que parece impresionado, lo cual me acaba cabreando aún más.

—Di por hecho que era un alma porque hay muy pocos videntes —dice Heather.

Audrey me advirtió de que debía alejarme de él. ¿Por qué? ¿Y por qué no me dijo que era un vidente?

Heather frunce el ceño.

—Ya la conoces, seguramente esta es una prueba rara que te ayudará a desarrollar tus habilidades o algo así.

Tiene miedo.

Heather se pone aún más seria.

—¿A un chaval? Por mucho que sea un vidente, lo dudo.

Estoy a punto de explicarles lo de los fantasmas desaparecidos, pero no lo hago. No sé por qué no; tenía previsto hacerlo. Pero Ollie se lo tomará muy a pecho y querrá investigar, y Heather probablemente dirá que hice bien al mandar a Sam a tomar por culo porque no es mi responsabilidad. No obstante, a una parte de mí le preocupa que sí lo sea. No es que quiera volver a ver a Sam, porque podría estar mintiendo sobre todo esto, y lo más seguro es que sea así. No obstante, Alice la Loca no estaba rondando por su callejón la última vez que pasé por allí. En ese momento me sentí aliviado porque no tuve que desviarme por el camino más largo para evitarla, pero ahora que lo pienso es algo muy raro.

—Audrey tiene sus propios planes ocultos —afirma Heather.

Eso es cierto, pero Audrey prefirió que yo creyera que estaba huyendo de un Hambriento a correr el riesgo de que conociera a Sam. ¿Por qué? Quizá no quiera que sepa lo de los fantasmas desaparecidos, o quizá sepa que solo está soltando gilipolleces y no crea que necesite estresarme por esto. ¿O es porque Sam también es un vidente? Aunque no soy capaz de entender por qué eso la molestaría.

Audrey me enseñó a leer la cara de la gente, ya que creía que eso podría ayudarme a saber quién está muerto y quién no. No siempre acierto, pero no dudo de lo que vi en su rostro. Hay algo en Sam Harrow que la aterra.

Heather no quiere saber nada de esto. Ellas dos no se llevan bien. Heather no puede perdonar a Audrey por lo que pasó en Normandía, a pesar de que si yo salí de allí fue únicamente gracias a Audrey. Y esta insiste en que Heather me mima al seguir mis reglas, unas reglas que Audrey piensa que me impiden alcanzar todo mi potencial como vidente.

Heather se frota la cara y suspira. Aunque tiene el mismo aspecto de siempre, intuyo que está cansada. Entonces dice:

—Voy a echar un vistazo a ese bucle de muerte para ver si puedo averiguar de dónde ha salido.

Únicamente cuando ella se va me doy cuenta de que tenemos público: papá, que sostiene un vaso de plástico y me mira fijamente como si yo hubiera perdido la cabeza.

El taxi de papá huele a ambientador de cereza y cuero nuevo. En vez de atravesar la ciudad y quedar atascados en el tráfico que rodea la estación, giramos en Water End, donde las casas de repente se dirigen al río revuelto y al terreno inundable verde. Se aclara la garganta un par de veces, pero tarda otro minuto, donde reina un incómodo silencio, en preguntar:

—¿A qué ha venido eso?

Miro por el retrovisor, porque quiero mirar a Ollie a los ojos, pero no aparece reflejado, por supuesto. Debo de estar cansado.

—Estabas hablando solo en la sala de espera.

Ah, cojones.

—¿Sigues oyéndolos? —pregunta papá.

Ojalá pudiera contarle la verdad y saber que se lo tomaría bien cuando le dijera: «Oye, papá, puedo ver a los muertos y hablar con ellos. Algunos están atrapados en sus propios recuerdos y me pueden dejar hecho polvo si me acerco demasiado. Sí, es una mierda, y ya que me he puesto a contarte mis grandes secretos, he pensado que debería mencionar que me gustan los chicos».

Me acerco a la ventanilla y me agarro los puños del jersey para tirar de las mangas hacia abajo.

—Esto no me lo hice yo.

—Nadie está diciendo eso.

Espero que la conversación termine aquí, pero mi suerte no es precisamente legendaria.

—Te hemos oído charlar bastante en tu habitación. Le he dicho a mamá que es así como estudias. Yo era igual de chaval, me gustaba leer las cosas en voz alta porque ayuda a que se te queden grabadas, ¿verdad? Sé que te cuesta concentrarte, pero si tienes problemas para saber qué es real y qué no, deberíamos volver a...

—No me jodas, papá, que solo estaba hablando por el móvil con un amigo.

—¿Con qué amigo?

—Con Harrow. Sam Harrow. —Se me acelera el pulso al mentir—. Mamá lo conoció en el hospital.

—Ah, vale..., sí.

Lo dice con un tono que me preocupa. ¿Acaso mamá oyó cómo Sam les decía a las enfermeras que era mi novio secreto? Tendré que decirles a mis padres que soy gay en algún momento, y lo haré. Probablemente mucho antes de que les cuente lo de los fantasmas, pero solo porque nunca les voy a contar lo de los fantasmas.

Papá se queda callado, dándole vueltas a lo que acabamos de hablar. Sus antepasados nacieron y vivieron en Yorkshire desde el alba de los tiempos. Y aunque esta ciudad está plagada de historias de fantasmas, es un hombre pragmático, la clase de tipo que simplemente tira para adelante sin importar lo que se le cruce por el camino. Si supiera la verdad sobre mis habilidades, eso sería exactamente lo que haría: tirar para adelante. Y si no puede verlo, no lo creerá, y entonces hará lo que juzgará mejor para mí, así que acabaré visitando médicos y tomando pastillas. Y eso empeorará mucho las cosas.

Frunce el ceño, preocupado. Supongo que está pensando en cuando yo tenía catorce años. Los médicos creían que esos cortes rectos que tenía en los antebrazos me los había hecho yo mismo adrede porque eso era lo que Mitch, Leonie y los demás chavales le habían contado a todo el mundo. Después del viaje a Normandía tuve que ir al psiquiatra y a muchas reuniones con la escuela. Mamá estaba todo el día llorando. Me sentía como un extraño en mi propia familia.

No quiero volver a eso.

Giramos hacia nuestra calle sin salida, y me baja la ansiedad cuando veo esos setos y céspedes tan familiares y los rayos de luz reflejándose de lado en nuestro bungaló achaparrado. El señor Broomwood está dando vueltas enérgicamente en su jardín delantero. Todo está en orden.

En cuanto paramos en el camino de la entrada a casa, tengo que transformar mi grito ahogado de sorpresa en una tos seca. Papá me mira, ya que no entiende por qué estoy temblando al ver nuestra casa.

Él no puede ver a la chica muerta que está en la puerta.

6

Una visita indeseada

Papá apaga las luces del coche y la fantasma se convierte en otra silueta en medio de las sombras que se expanden.

—No mires —me advierte Ollie cuando bajamos del coche.

Pero no puedo evitar echar un vistazo rápido, justo en el momento en que papá la atraviesa y entra en casa.

—¿Vas a entrar? —grita.

Aunque la chica está en mi camino, gruño algo similar a un sí. Su piel marrón y amarillenta casi brilla bajo la luz del atardecer. Está delgada y tiene el pelo apelmazado, y va vestida con una blusa asquerosa y un peto descolorido. Qué triste.

Si bien los fantasmas que quedan atrapados en un bucle siempre están muy marcados por sus muertes, los espíritus libres o atados a un lugar, como Heather, Ollie y esta chica, tienen el aspecto que recuerdan tener. Aunque Ollie hubiera muerto en la cama, probablemente en pijama o algo así, se recuerda a sí mismo vestido con pantalones, camisa, tirantes y una gorra. Esta chica, seguramente, es incapaz de recordar algún momento en que estuviera sana, o quizá nunca vistió una ropa mejor que esos harapos.

Doy un pasito hacia delante. De repente ella levanta la cabeza, alarmada, con los ojos abiertos como platos, y entonces… desaparece.

—¿Qué estaba haciendo aquí? —pregunta Ollie.

—¿La conoces?

—No sé su nombre. Es una Harapienta.

No me jodas, espero que no. Con solo pensar en ellos, me acojono.

Papá asoma la cabeza para ver por qué no entro. Me meto en casa muy alterado. Lorna me da un abrazo y no dice nada. Como normalmente es muy parlanchina, sé que ha estado muy preocupada. Poppy me pregunta por qué tengo el ojo tan asquerosamente rojo. Mamá me atrae hacia sí y me da un beso entre lloros; luego, pone mala cara mientras examina el moratón que tengo en el cuello.

Creo que me va a preguntar qué ha pasado, pero en vez de eso:

—Me ha encantado conocer a Sam.

—Mamá no quiere que estés solo —comenta Poppy.

—Ya. Bueno, eso no es exactamente lo que yo…, pero me alegra saber… O sea, ya nunca traes a amigos de la escuela a casa, así que no estábamos seguros… —mamá dice esas últimas palabras con un hilo de voz mientras echa la pasta al horno en unos cuencos—. En fin, Sam parece majo. ¿Por qué no le preguntas si quiere venir a cenar algún día?

Murmuro vagamente que se lo preguntaré pronto y le digo que necesito acostarme temprano para evitar que me interrogue acerca de él o de lo que pasó en la escuela.

Todo está en mi habitación tal y como lo dejé. Las cortinas a medio correr, la lección que debo repasar tirada sobre el escritorio junto a una pila de libros de Ollie, la ropa doblada en mi cómoda. Dante me olisquea las manos. Yo le rasco detrás de las orejas.

Debería sentirme a salvo de nuevo ahora que sé que Harrow no puede atravesar una pared cuando le venga en gana.

Pero no es así.

Los Niños Harapientos nunca se me habían acercado. Quizás esa chica me vio hablar con Heather en The Shambles y ha venido a pedirme un favor. O es una Hambrienta y ha venido aquí a despellejarme. Pero no lo creo.

De cualquier manera, no puedo esconderme en mi habitación el resto de mi vida ni depender de Heather y Audrey para todo. No soy un niño. Intuyo qué es lo que tengo que hacer y juro que no tiene absolutamente nada que ver con el puto Sam Harrow. Ni con esa mezcla de esperanza y espanto que siento al pensar en volver a verlo, lo cual es probable que suceda si vamos en busca de respuestas.

Tengo que averiguar por qué el bucle de muerte del Ahorcado se desplazó por si acaso vuelve a ocurrir. Y debo saber qué quiere esa chica Harapienta. No puede ser que un fantasma que no conozco se presente en mi puerta. Audrey me debe unas cuantas respuestas. En cuanto pueda le voy a contar lo de los fantasmas desaparecidos y le preguntaré qué leches pasa con Harrow.

Es hora de reclutar a un cómplice que se muere de ganas de colaborar.

—Ollie —digo, a la vez que me quito las prótesis—, tengo un misterio para ti.

Es más de medianoche cuando Dante se pone a gemir. Me incorporo y él me toca con su hocico húmedo en el cuello. Pongo cara de dolor porque me roza los moratones. ¿Por qué está tan nervioso?

Mi habitación no se encuentra a oscuras del todo porque siempre se filtra un poco de la luz del porche por las cortinas, pero hay bastante penumbra como para que no pueda distinguir demasiado. Pienso que debería despertar a Ollie, pero no me muevo. Reina una cierta sensación de opresión en el ambiente, como si algo estuviera conteniendo la respiración cerca.

¿Hay alguien más aquí?

Una avalancha compuesta de toda clase de miedos se abre paso por mis pensamientos: los fantasmas violentos a los que me he enfrentado, las muertes terroríficas a las que me he visto arrastrado, los espíritus obsesivos que me han acosado. Siempre se me ha dado fatal mantener a raya mis pesadillas. Cuando me despierto temblando de noche (y eso es algo que pasa continuamente), es mejor que me dé la vuelta en la cama, me arrime más a Dante y me duerma.

Pero ahora no puedo hacerlo, por mucho que esté agotadísimo. Tengo la cabeza como un bombo, probablemente por el dolor que siento en el cuello. Quizá debería levantarme y tomar otro analgésico. En vez de hacer eso, me vuelvo a tumbar; sin embargo, no puedo dejar de pensar en el Ahorcado y la Harapienta del porche. Como es mejor preocuparse literalmente de cualquier otra cosa, me pongo a pensar en Sam Harrow un rato.

Tenía los dedos manchados de tinta y olía a una especie de jabón con aroma a cítrico y madera almizcleña.

«Deberíamos haber seguido muertos, pero volvimos; sí, regresamos transformados».

«Tiene que haber una razón para ello, ¿verdad?».

«Si tenemos unos dones es para usarlos».

Agh, decía lo mismo que Audrey. U Ollie. En cuanto le he contado a Ollie lo de los fantasmas desaparecidos, en ese mismo instante, en plena noche, ha querido ir a echar un vistazo al callejón de Alice la Loca.

Siento la boca seca y el vaso que tengo al lado de la cama está vacío. A lo mejor me duele la cabeza porque estoy deshidratado.

Tras sentarme en mi silla de ruedas, me dirijo al pasillo y dejo que Dante se haga un ovillo sobre mis mantas. Nunca había pensado en el miedo que dan las cosas cotidianas en la oscuridad, ya que hace que los olores y ruidos del hogar parezcan distantes y extraños.

Una silueta pasa rápidamente por la puerta de la cocina.

Me paro, con las manos empapadas de sudor allá donde agarro los aros de las ruedas, dispuesto a salir pitando de allí con mi silla si algo aparece dando tumbos desde la oscuridad. Oigo una respiración superficial. No puede tratarse de una de mis hermanas que se ha levantado de la cama, porque nada vivo se mueve así, como si la gravedad no le afectara. Una vez más, tengo la extraña sensación de que me están observando.

Ojalá hubiera despertado a Ollie, pero si lo llamo ahora a gritos o doy un silbido para avisar a Dante, despertaré a mamá y no quiero que me pregunte por qué estoy levantado a estas horas.

Pero tengo una visita indeseada; un espíritu al que no he invitado a entrar.

Mierda. Mierda. Mierda.

Me inclino hacia delante y aprieto el interruptor de la luz que está junto a la puerta. Una luz fría ilumina la mesa, las encimeras y el fregadero. El frigorífico zumba suavemente. Nuestra cocina huele como huele siempre de noche: a espray de limón mezclado con los aromas de la comida que se van esfumando.

Aquí no hay nadie.

Lleno un vaso con agua del grifo y le doy un buen trago. Después, lo lleno otra vez y me lo llevo a la cama. Giro la silla, pero me freno en seco. Se me cae el vaso, que impacta contra el linóleo haciéndose añicos. El agua se derrama por el suelo.

Veo unos dedos con las uñas rojas y media cara morena con unos ojos plateados, que desaparece rápidamente detrás del marco de la puerta. La luz del techo parpadea y estalla, sumiendo la cocina en la semioscuridad al mismo tiempo que la mano regresa velozmente al pasillo. Se ha esfumado.

Joder.

—¿Charlie? —pregunta Ollie desde la entrada.

—Hay alguien aquí —susurro.

El interruptor no funciona. Ninguna de las bombillas del pasillo y la cocina se encienden. ¿Se ha saltado un fusible? ¿O acaso el fantasma de ojos plateados ha hecho algo? No, claro que no, porque eso es imposible. Eso de que los fantasmas son capaces de provocar que las luces parpadeen y de mover objetos de aquí para allá y todo lo demás son chorradas inventadas por Hollywood.

—¿Estás bien? —pregunta Ollie.

—Sí, es solo esa cría Harapienta que quiere acojonarme.

Recojo los fragmentos del vaso roto.

Pero no era ella.

Esa mano era muy grande para ser la de una niña; además, tenía las uñas rojas y unos ojos plateados brillantes.

Que no, ni lo pienses. Era la chica Harapienta. No he podido verla bien, sin más, y por culpa de que había poca luz me ha parecido que su mano era más grande y sus ojos eran… raros.

—Iremos a verlos para aclarar esto —dice Ollie—. Ya saben que no deben venir aquí.

Al entrar en el pasillo, no puedo evitar acariciar el punto donde esos dedos, cuyas puntas eran rojas, tocaron el marco de la puerta. No, más que tocar, se hundieron en él y lo atravesaron, porque los fantasmas no pueden tocar los marcos de madera de las puertas ni apagar las luces. No existen los *poltergeists*.

7

Los Niños Harapientos

En la parte de atrás de Goodramsgate, donde un callejón estrecho lleva a algunos garajes y pisos de ladrillo, los fantasmas de la Escuela Harapienta juegan bajo el sol del atardecer. Es el día más bonito que hemos tenido en semanas. Las nubes esponjosas parecen apoyarse en los tejados a dos aguas de la parte vieja de la ciudad. El aire huele a piedra polvorienta y a algo vagamente metálico. Ollie y yo pasamos por debajo del Bedern Arch, contemplando cómo esa masa de chavales de caras mugrientas corren descalzos por la calle.

—¿Quién sabe a cuántos habrá matado el viejo George? —pregunta Ollie, mirando a lo que me rodea—. Decenas al menos.

Aunque no hay nadie más aquí atrás, ni vivo ni muerto, estoy de los nervios. Hay un bucle de muerte en algún lugar, abajo, en el lado de los garajes, y seguimos sin saber si el desplazamiento del Ahorcado fue un caso único o si todos los bucles de York están cambiando de lugar. Debo tener mucho cuidado.

—A lo mejor tienes que esperar un rato —dice Ollie—. Los Harapientos no confían mucho en los demás.

Confían en Audrey, pero no he sabido nada de ella desde que me avisó de que no debía acercarme a Sam.

A Heather también se le dan bien los niños. Debería haber venido con nosotros, pero lo más probable es que hubiera intentado evitar que viniéramos en vez de haber accedido a ayudarnos. Me ha costado darle esquinazo. Por primera vez en años, tanto ayer como hoy me ha acompañado a la escuela. No le hacía mucha gracia que volviera con los moratones del cuello aún recientes, pero no puedo faltar a más sesiones de repaso y tenía que enfrentarme a los rumores tarde o temprano.

Menuda mierda.

Nadie se ha tomado la molestia de bajar la voz cuando hablaban sobre mí, y la forma en que me miraban fijamente..., joder. Además, creo que Leonie y Mitch me han estado siguiendo. No soy idiota. Si hasta han aparecido por la biblioteca pública cuando estaba revisando unos artículos de prensa antiguos para intentar averiguar algo sobre el Ahorcado.

Aún no ha habido suerte. Aunque me vendría muy bien poder acceder a los informes de la policía, ni siquiera sé si están disponibles para el público en general. Ollie se ha ofrecido a entrar en la sección de archivos de la comisaría, pero ¿de qué serviría eso? A menos que alguien sacara los archivos adecuados y ya estuviera hojeándolos, Ollie simplemente acabaría rondando por ese sitio de forma absurda.

Me he puesto el pantalón de chándal gris, la sudadera con capucha y la gorra que me he traído porque no quiero que nadie reconozca mi uniforme y llame a mi escuela para quejarse de que uno de sus estudiantes se está comportando de una forma extraña. Sobre todo cuando se supone que ahora mismo debería estar con mi grupo de repaso.

En cuanto me atrevo a entrar en la zona iluminada por el sol, los chavales Harapientos me miran y se desperdigan por los edificios de alrededor. Suelto una palabrota. Nunca hay nada fácil, ¿verdad? Ollie va a ver si puede convencer a alguno de que salga.

Deambulo por la carretera un rato, sin tener claro qué estoy buscando; simplemente, no quiero quedarme ahí sin hacer nada. Hay una mancha en la pared de ladrillo que me llega a la altura del hombro y me recuerda al cerco de mugre que queda en una bañera sucia. La raya también cruza los garajes y la carretera hasta doblar la esquina y llegar al borde del cobertizo situado junto al callejón que da a Goodramsgate.

Seguramente solo es suciedad vieja. Enseguida veo algo más prometedor. Allí donde los adoquines del antiguo callejón se encuentran con el pavimento moderno, hay unas manchas de lo que parece sangre que van a parar a un charquito rojo de esa misma sustancia. Me agacho (sintiéndome muy contento de lo cómodos que me resultan mis nuevos encajes después de haberlos llevado un día entero) y toco con cautela el charco. Es sólido, duro y brillante.

—¿Qué es? —pregunta Ollie, al acercarse.

Lo rasco con la uña.

—Parece cera.

—A lo mejor alguien derramó una vela. O selló una carta enorme.

—Seguramente las dos cosas. Bien hecho, Hastings, te estás estrujando la materia gris.

—Que te den.

Picado por la curiosidad, alguien asoma la cabeza por el lado de los garajes. Como este niño sucio es tan pequeño por culpa de lo malnutrido que está, es casi imposible adivinar su edad. Un segundo después, la chica de la blusa manchada y el peto descolorido atraviesa una zona cubierta de hiedra. Me estremezco y me obligo a mostrar una sonrisa amistosa.

—¿Estáis bien? Soy Charlie y este es Ollie. Solo queremos hablar.

Ella tira del chaval hacia sí y me observa detenidamente, quizá para asegurarse de que no soy el Hombre del Saco. Siempre se me olvida que algunos muertos podrían temerme.

Al final, el niño habla primero.

—¿Has venido a detener al Hombre Sombra?

Ollie y yo nos miramos.

—¿El Hombre Sombra? —pregunto.

—Se llevó a nuestros amigos, a Peter, la pequeña Beth y la otra señorita.

—¿Qué otra señorita?

El crío señala hacia Goodramsgate.

—La señorita a la que aplastó el carro. Ophelia vio al Hombre Sombra llevársela.

—Ophelia es una amiga nuestra —nos aclara la chica.

—¿Por eso viniste a mi casa? —pregunto.

Con la cabeza gacha, se agarra el peto y tira de él. Si no quiero que esta cría salga corriendo y no vuelva, debo tener cuidado y no presionarla demasiado.

—La señora Nightingale me lo pidió —contesta.

—¿Audrey te envió?

—Se fue a buscar a nuestros amigos. Me dijo que si no volvía con la luna creciente, yo tenía que ir en tu busca para darte

un mensaje. —La chica se muerde el labio—. Sé que se supone que no debemos ir a tu casa. Esperé todo lo que pude.

Pero ¿qué es esto? ¿Una prueba de Audrey para ver si estoy listo para conocer los secretos que tiene que compartir conmigo?

Me toco el puente de la nariz mientras me aguanto las ganas de soltar un taco.

—¿Y cuál es el mensaje?

La chica se cuadra de hombros, como si fuera a decir algo muy importante.

—Recuerda la capital de las ruinas.

Ollie parece estar un poco desconcertado. Yo estoy de muy mala leche. Es muy propio de Audrey negarse a contarme algo y luego enviar un fantasma a mi puerta con un mensaje críptico porque le viene bien.

—¿Sabes adónde se fue? —pregunto.

La chica niega con la cabeza.

Intento recordar si Audrey dijo o hizo algo que pudiera darme alguna pista, pero no se me ocurre nada. Tal vez no quiera que la encuentren, pero esto me da muy mala espina.

—¿Cuándo hablaste con ella por última vez?

—Hace ocho noches.

El jueves. Justo después de que me ayudara a escapar de Sam, cuando yo creía que este era un fantasma.

Él nos espía y Audrey desaparece. No puede ser una coincidencia, ¿verdad?

Pero si ella ya sabía que estaban desapareciendo fantasmas, ¿por qué no me lo dijo? Quizá creyera que a mí me daría igual. Con solo pensarlo, me siento muy inquieto.

En cuanto doy un par de zancadas hacia la esquina, los niños se largan corriendo.

—¡Esperad! —grito, mientras los sigo y doblo la esquina de los garajes. Ambos Harapientos atraviesan corriendo el ladrillo para meterse en las tiendas y los jardines cercanos mientras yo suelto una maldición por lo bajini.

Dos mujeres que van agarradas de la mano se me quedan mirando. Estoy farfullando una explicación cuando oigo un grito. Heather sale como una exhalación del callejón. En un primer momento, creo que está cabreada porque he pasado de ella, pero se la ve aterrada. Ollie levanta la mano para indicarme que me pare.

Me quedo helado al recordar que por aquí hay un bucle de muerte.

Es demasiado tarde. Un chaval aparece delante de mí. Tiene un lado de la cabeza aplastado; entre sus mechones revueltos se distinguen unas manchitas blancas. Jadea y la sangre le recorre la barbilla.

Me giro y cambia lo que veo; la calle se esfuma. Estoy en una habitación mal iluminada. Una rata pasa a toda velocidad por encima de mis zapatillas deportivas y desaparece bajo un montón de andrajos. El hedor es insoportable: apesta a gente sin lavar, aire rancio y suciedad. Me muero de hambre; siento un dolor sordo en el estómago mezclado con acidez. Hay niños aplastados contra las paredes; la mayoría tan débiles que no pueden moverse. Algunos tosen, otros lloran.

El chaval está de pie en la esquina y, aunque aún está ileso, su miedo es amargo. Sé cosas que no debería saber, sus recuerdos y emociones se mezclan con los míos. Oigo unas pisadas por el pasillo, alguien se acerca. Intento salir. Sé lo que viene porque él lo sabe y tiemblo de espanto.

Sabía que le castigarían por haber hurtado ese pan, pero Sal se moría de hambre y esa mañana, al despertarse, había descubierto que Isaac, su mejor amigo, había muerto por culpa de la fiebre envuelto en los harapos infestados de alimañas que compartían a modo de cama. Si Sal, su única familia, también moría, no podría soportarlo.

La puerta se abre y un hombre entra rápidamente, habla con furia y el aliento le apesta a ginebra. Gracias a los recuerdos del muchacho, sé su nombre: George Pimm, quien nos derriba con un solo golpe de revés.

El impacto que recibo en la mandíbula es tal que me estrello contra los tablones del suelo. Recibo una lluvia de golpes y levanto los brazos para defenderme patéticamente. Pimm me da una patada en el estómago. Me tenso de agonía, inhalo la intensa peste a alcohol y me encojo de miedo bajo la furia de sus ojos inyectados en sangre. Está chillando, me llama ladrón. Me va a dar una lección que no olvidaré jamás. Su saliva sale disparada hasta estrellarse contra mi mejilla. Me arrastra por los tablones de madera, a pesar de que me resisto e intento huir.

—¡Charlie! —exclama alguien en la lejanía, pero no puedo responder.

El muchacho muerto me observa.

Yo no soy este crío.

Su muerte no es la mía, pero no puedo liberarme de ella.

—¡Charlie!

Es Heather. Extiendo el brazo hacia ella y la fantasma tira

de mí. Ollie está ahí para sujetarme. Me da vueltas la cabeza por haber pasado tan rápidamente de la Escuela Victoriana de Harapientos a este callejón trasero del siglo XXI. Eso y que la patada que he recibido en el estómago casi seguro va a hacer que pote. Tambaleándome, alcanzo la pared del garaje y me apoyo en ella, respiro lentamente hasta que el mundo deja de girar; no, ya no voy a regar de vómito los adoquines.

—¿Estoy muy mal? —pregunto, mientras noto sabor a sangre en la boca.

Heather me examina con rapidez y eficiencia. Pongo cara de dolor cuando me toca la mandíbula. Me duele todo, pero seguramente eso es debido al shock.

—No demasiado si tenemos en cuenta lo que ha pasado —contesta—. Tienes un labio cortado, una laceración pequeña dentro del nacimiento del pelo y te van a salir unos cuantos moratones. La mandíbula y los brazos se han llevado la peor parte, pero no tienes nada roto. Aunque tendremos que vigilarte por si tienes una conmoción cerebral.

¿George Pimm habría tardado mucho más en reventarme el cráneo?

Cuenta la leyenda local que acogía a huérfanos y los empleaba como mano de obra a la vez que se quedaba con el dinero que daban por cuidarlos. Cuando morían de hambre o enfermedad, escondía los cadáveres para seguir recibiendo el dinero. Al final lo detuvieron y se ahorcó en prisión.

Me doy cuenta de que eso fue un ahorcamiento, pero descarto la idea enseguida, ya que sería el hombre equivocado, en el lugar equivocado, en el momento equivocado. La muerte de mi Ahorcado era más reciente y en él no había furia, solo tristeza.

—Gracias por haberme sacado. —Recojo mi gorra—. ¿Algún testigo?

Heather pone mala cara.

—Sí, esas dos chicas que han intentado ayudarte y se han

ido corriendo después de que te arrastrara algo que no podían ver.

Ollie me observa como si fuera a desplomarme de repente.

—Será mejor que nos vayamos. Quizá vuelven con unas horcas o un cura.

No puedo evitar resoplar dolorido al intentar reírme.

—Lo más probable es que vuelvan para hacer un *livestream* y un tour de fantasmas.

—¿En qué estabas pensando al venir aquí? —Heather me rodea con un brazo—. Deberíamos llevarte a casa.

—Aún no.

—Quedarse aquí no sería…

—Lo sé —la interrumpo con determinación.

Ella tiene razón. No sería seguro, pero me siento fatal por haber dejado a ese crío tirado. George Pimm lo asesinó y en esa burbuja de recuerdos sigue haciéndolo. Durante un momento de locura total, me planteo la posibilidad de volver para intentar ayudarle, pero todavía puedo sentir su miedo como si fuera mío. Y lo es, como la tristeza del Ahorcado también lo fue. Dentro de un bucle, me uno al alma del muerto, me pierdo en sus recuerdos y soy incapaz de salir de ahí por mí mismo, así que ¿cómo voy a sacar a otro que esté atrapado en él?

Ojalá hubiera una manera de romper el ciclo y liberar sus almas.

Me acuerdo de lo que dijo Harrow: «Y si fuera uno de tus amigos fantasma…».

—Audrey ha desaparecido —le digo a Heather, y paso a explicarle rápidamente lo que los Harapientos nos han contado: que Audrey estaba investigando la desaparición de los fantasmas y dejó un extraño mensaje y que hay un Hombre Sombra. También admito que Sam me comentó lo de los fantasmas y me pidió ayuda.

Con cada revelación, las finas líneas que hay alrededor de su boca se van marcando más y más. Al mentirle la he herido en sus sentimientos, pero no puedo enfrentarme a ese problema ahora mismo.

—Bueno, si me encuentro con el tal Sam Harrow, tendré algunas preguntas que hacerle. Pero sí, algo está pasando, ¿no? Audrey no habría dejado un mensaje como ese si no fuera importante. —Heather pone cara pensativa—. Aunque no sé por qué tenía que ser tan críptica, joder.

—Quiero hablar con Ophelia, la amiga que mencionaron los Harapientos —digo—. Para averiguar todo lo que podamos sobre ese tío Sombra.

—Según parece, vieron cómo se llevaba a Millie, a quien atropelló un carro que transportaba cerveza frente al Snickleway Inn cuando el pub se llamaba The Anglers —señala Ollie—. Hemos pasado por allí de camino aquí.

—Harrow sí que comentó que una de los desaparecidos se llamaba Millie —comento.

A Heather se la ve preocupada.

—¿De verdad crees que ese tal Hombre Sombra también se llevó a Audrey?

Después de limpiar una mancha de sangre que hay dentro de la parte interior de mi gorra, me la vuelvo a poner.

—Solo hay una manera de averiguarlo. No sé a vosotros dos, pero a mí me vendría bien beber algo.

8

Sombras en el Snickleway

El tipo que está tras la barra del pub Snickleway Inn tamborilea, enfadado, con los dedos sobre el mostrador.

—Si no me enseñas el DNI, no te serviré una pinta, colega.

Es absurdo ponerse nervioso, ya que siempre que lo intento

sé que tengo pocas probabilidades de salirme con la mía.

—Pues una Coca-Cola, entonces —contesto, procurando no mirar al fantasma vestido con un jubón azul y una gola que flota junto al barman.

—¿Con hielo?

—No.

—¿Quieres una pajita? —pregunta—. Es de papel, ecológica.

Me encojo de hombros y me paso la lengua por el corte reciente que me he hecho en el labio; pongo mala cara porque me duele. Añade la pajita y coge la calderilla que le doy. Entonces, busco un sitio donde sentarme.

Unos cuantos clientes están sentados metiéndose unas pintas entre pecho y espalda. El Snickleway Inn es una de las tabernas encantadas más famosas de York y alardea de que cuenta con siete fantasmas permanentes; aunque ahora que estoy aquí creo que al menos la mitad de los clientes están muertos y enterrados. El caballero isabelino que seguía al barman y la anciana junto a la ventana que da a la calle son fantasmas, sin lugar a dudas. Sospecho que el coreano de mediana edad que está apoyado en la barra también es un fiambre. No tiene ninguna bebida, y el barman no le ha hecho caso ni una sola vez desde que hemos llegado.

Dejo atrás las mesas del rincón para ir a la sala revestida de paneles situada tras las escaleras. Es pequeña, y las cortinas de color rojo oscuro y las paredes atestadas de viejas fotos sepia hacen que parezca más diminuta aún.

La prótesis de mi pierna izquierda cruje cuando me siento en un banco. El pie se ha aflojado del vástago, pero aquí no hay suficiente espacio para sacar el destornillador y apretarlo; además, me duele todo por culpa de la paliza que me ha dado Pimm. La pequeña estufa de madera, colocada en la vieja chimenea de ladrillo, ruge y recibo con agrado su calor. Cuando el primer sorbo de la Coca-Cola me llega al estómago, creo realmente que voy a potar, pero se me pasan las náuseas.

Heather se sienta a mi lado. Procuro no mirarla, porque no quiero ver la decepción en sus ojos. Cuando al fin me rindo y la miro, veo que en ellos solo hay preocupación.

—¿De verdad quieres hacer esto? —pregunta.

Trago saliva y miro al suelo.

—Sí.

Ella inclina la barbilla.

—Vale.

—¿De veras?

—Es tu decisión. ¿Cómo interpretas el mensaje de Audrey?

—Si te soy sincera, no tengo ni repajolera idea de qué quiere decir.

Tecleo «capital de las ruinas» en mi móvil, pero, como el wifi aquí es una mierda, la página tarda una eternidad en cargarse.

Una mujer de mejillas sonrosadas que viste una falda larga y tiene el ceño fruncido atraviesa la pared. Casi tiro mi bebida del susto. En un primer momento, a ella casi le da un soponcio, pero luego una sonrisa enorme de complicidad se le dibuja en la cara.

—Bueno, al menos tú tienes pinta de haber probado una comida decente en tu vida. El otro vidente estaba delgadísimo.

—¿Era un chico de mi edad con el pelo rizado? —pregunto.

—Sí, el mismo. Entró con ese cuaderno en la mano y le estuvo dando la lata a Roderick para que le contara lo que le pasó a Millie. Si lo veis, decidle que me rayó la mesa, que hasta entonces la tenía inmaculada.

Rápidamente coloco mi vaso sobre un posavasos.

—Bueno, ¿qué le pasó a Millie?

La mujer pone cara de estar pensando: «Y vuelta la burra al trigo».

—Nada. Rompió sus ataduras y se marchó. A veces pasa. Marmaduke Buckle estuvo atrapado aquí al lado durante dos siglos y ahora campa a sus anchas por ahí. Sospecho que Millie estará por algún sitio, viendo mundo.

A Heather se la ve pensativa.

—¿Lleva mucho tiempo aquí, señora...?

—Tulliver. He sido la dueña de este negocio desde hace trescientos inviernos. Este lugar hay que llevarlo con mano firme. —Señala con la cabeza a la barra y al tipo que me ha servido—. Al menos no lo está llenando de pólvora como los anteriores.

Dos gatos negros y lustrosos cruzan corriendo la puerta de atrás, lanzando un aullido. Segundos después, un gran gato pelirrojo los persigue a toda velocidad.

—¡Ay! Seamus, deja a esas criaturas en paz —grita la señora Tulliver—. Ojalá esos dos no fueran capaces de salir del Starre. Siempre le están haciendo la vida imposible a mi Seamus, ojalá no pudieran atravesar esa pared.

—Señora Tulliver —digo—, ¿está segura de que Millie se fue por voluntad propia y no se la... llevaron?

—¿Llevaron? —De repente, levanta los brazos—. ¡Esa chica no ha salido de esa maldita habitación en ochenta y pico años y sigue causando problemas! A Ophelia se le ha metido en la cabeza que han secuestrado a Millie; dice que lo vio todo, pero esa muchacha tiene mucha imaginación.

Me pongo en pie.

—¿Podríamos hablar con ella?

La señora Tulliver arruga el ceño.

—Suele mostrarse recelosa con los desconocidos y soltar toda clase de sandeces. Lo más probable es que no podáis entender nada de lo que parlotee, pero no os puedo impedir hablar con ella. Está arriba.

Tras mascullar un «gracias», cojo mi refresco y subo por la escalera desvencijada hasta la planta siguiente. Heather y Ollie me siguen. Es un cuartucho que tiene los mismos paneles oscuros y tapizados del bar de abajo y unas ventanas hechas con unos cristales pequeños con forma de diamante. Lejos del calor de la estufa, vuelvo a sentir un frío terrible.

Sobre el banco situado bajo la ventana, se encuentra hecha un ovillo una mujer menuda con un vestido de lana. No lleva ni una caperuza de lino ni una cofia, lo cual es muy poco habitual en un fantasma de su época, y el pelo suelto le cae por la espalda.

—Prometió que volvería —susurra. Tiene lágrimas en las mejillas.

En cuanto doy dos pasos dentro de la habitación, advierto que no estamos solos. Una de las mesas está ocupada por un grupo de veinteañeros. Me acerco, sin tenerlo nada claro. No puedo hablar con Ophelia con ellos aquí, pero si es tan asustadiza como afirma la señora Tulliver, tal vez no vuelva a tener otra oportunidad para hablar con ella.

La fantasma gime, un gemido largo y triste que termina en llanto. ¿Qué se supone que debo hacer? A pesar de que no está en un bucle y sabe perfectamente que está muerta, alguna especie de superpegamento espiritual la mantiene atada a este cuarto.

Me siento, como quien no quiere la cosa, dejando una distancia decente entre nosotros para no asustarla, pero lo bastante cerca como para no tener que alzar la voz.

Heather esboza una sonrisa forzada. Cree que no voy a tener mucha suerte y está nerviosa; lista para colocarse de un salto entre los dos si Ophelia se pone desagradable. Esta sigue mirando por la ventana, sin prestarnos ninguna atención.

Necesitamos respuestas o lo único que tendremos es lo que unos cuantos críos asustadizos nos han contado sobre un Hombre Sombra, una línea como las que deja la marea en una pared donde nunca llega ni llegará el agua, un misterioso charco de cera y un mensaje críptico.

No sé si el grupo de la esquina se ha fijado en mí cuando he entrado, pero si fuera así, no me han hecho ni caso desde entonces. Llevo unos auriculares en el bolsillo. No tienen micrófono, pero a esta distancia nadie puede verlo. Los conecto, finjo que hago una llamada y respiro hondo para calmar mis nervios.

—Ophelia, soy… Soy Charlie —digo.

Abre la boca, sorprendida. Le faltan dientes. Tiene las sienes y las mejillas acribilladas de marcas de viruela.

Lo intento de nuevo.

—Supongo que desde aquí arriba ves todos los cambios que sufre el mundo, ¿eh?

Adopta un gesto más serio.

—Me prometió que no me dejaría sola; las promesas se hacen para romperlas.

Extiende el brazo y recorre con un dedo la parte de la mandíbula que tengo hinchada.

Me estremezco y Heather se tensa; entonces, levanta una mano para impedir que Ollie nos separe. Ophelia me acaricia suavemente. Me ladea la cabeza y suspira al ver el moratón del cuello, compadeciéndose de mí.

—No deberías dejar que te hagan daño así; no, eso no es

nada bueno. Tienes que ayudarles a recordar para que no puedan hacerlo.

—¿Para que no puedan hacer qué?

—Llevarte con ellos. —Se coloca a mi misma altura para mirarme a los ojos—. ¿Por eso me abandonaste?

—Yo no te abandoné.

Parpadea.

—Por supuesto. No fuiste tú. ¿Sabes dónde está mi Simon?

—No. Lo siento. —Me aclaro la garganta—. Esto…, he venido para preguntarte por Millie. La señora Tulliver dice que viste cómo alguien se la llevaba. —Señalo a mis amigos—. Queremos ayudar.

Aunque llevo unos auriculares puestos, el grupo de la esquina me mira porque se ha dado cuenta de que estoy hablando solo. Intento ignorar lo tremendamente humillado que me siento al oír cómo murmuran muy tensos y me miran de reojo. Van a llamar al encargado enseguida para que me eche.

—Ophelia, ¿qué le pasó a Millie? —le susurro con insistencia.

Se incorpora y señala hacia la calle de abajo.

—Se la llevaron de donde había muerto. Justo ahí, donde cayó la ceniza.

Le copio la postura, de tal modo que acabo de rodillas, con los codos apoyados en el alféizar. No veo ninguna ceniza, solo unas pocas hojas y una bolsa de plástico vieja que danza bajo la brisa. A algún crío se le ha caído un helado y está berreando como si no hubiera un mañana.

—¿Cuándo ocurrió eso?

—Hace semanas. Han pasado semanas y nadie me escucha. Se lo dije cantando a los niños; canto para mantenerlos a salvo, ¿sabes?; pero entonces la ceniza vino a por ellos también. —Se inclina sobre el alféizar—. Cenizas y sombras y polvo sobre polvo.

—¿Viste quién lo hizo?

—Un hombre hecho de sombra.

—Entonces, ¿no le viste la cara?

Ophelia niega con la cabeza.

—A Millie le gustaba comprobar hasta dónde podía llegar antes de que su atadura la volviera a traer de vuelta. Después de haber dado un paso más que la vez anterior, me llamó a voz en grito y me dijo que debería bajar para probar yo también, porque seguramente si quiero volver a ver a Simon, tendré que buscarlo yo misma. Si lo han capturado, nunca volverá. Oh, había estado muy preocupado porque su hija se había visto obligada a marchar y por culpa de ese hombre que venía a hacer preguntas. Si yo hubiera bajado, Millie se habría ido conmigo. Sí, me lo juró. Me asomé por la ventana para observarla y entonces el Hombre Sombra estaba ahí, y las cenizas se elevaron del suelo. Cuando todo se despejó..., ella había desaparecido.

Miro hacia atrás, a Heather y Ollie. La gente de la otra mesa me mira descaradamente mientras se dan codazos unos a otros.

Es hora de irse.

Le doy las gracias a Ophelia y le digo que, si descubrimos algo nuevo, se lo haremos saber. A pesar de que según mis reglas no debería hacerlo, me entran ganas de preguntarle si puedo hacer algo más por ella. Nunca hago esa pregunta, jamás. Porque no puedo resolver misterios de hace trescientos años, ni entregar un último mensaje a nadie ni poner punto final a cualquier asunto pendiente que mantenga atados a un lugar a unos fantasmas como ella. Abro la boca para decir algo reconfortante, pero ella hace un gesto de negación con la cabeza.

—No me hagas promesas que no puedas cumplir.

Y se gira hacia la ventana.

Tras dejar mi bebida allí, bajo por esas escaleras desiguales a más velocidad de lo que sería sensato. Como en el bar no se ve a la señora Tulliver por ninguna parte, me dirijo a la salida y me veo reflejado en el cristal que hay junto a la entrada. Tengo el pómulo hinchado, la mandíbula en carne viva y el labio inferior manchado de sangre seca. Mamá va a pensar que me he peleado otra vez.

A pesar de que la pared de fuera está pintada con un color demasiado oscuro como para que se vea en ella alguna línea de mugre, busco una.

Ollie se me acerca.

—¿Qué estás mirando?

—Había suciedad en esa pared de Bedern. Podría ser un rastro que ha dejado la ceniza que ha mencionado Ophelia.

—O podría ser solo suciedad —afirma Heather.

Aunque me entran ganas de discutir, al final me lo pienso mejor. Odio esto. Solo quiero ser capaz de charlar sin tener que preocuparme por nada, pero aquí no podemos hablar libremente. Los turistas podrían pensar que esto es un espectáculo que se monta al lado del pub para atraer clientes, pero aquí fuera, en la calle, solo sería un impresentable que farfulla y al que alguien le ha puesto la cara como un cromo.

—Millie, Peter el Harapiento y la pequeña Beth no se esfumaron envueltos en una nube de humo —dice Ollie—. Además, ¿cómo se pueden crear unas nubes más oscuras que la noche?

Examino la calle en busca de algún rastro de cera roja, pero no veo nada. Ha sido una primavera lluviosa. Según parece, Millie desapareció hace tiempo, por lo cual, a estas alturas, la lluvia ya habrá borrado cualquier prueba o un millar de turistas y despedidas de soltero la habrán pisoteado.

¿La cera tiene alguna relación con todo esto?

Da la sensación de que Heather está atando cabos, pero no dice nada. Miro qué hora es. Casi las cinco. No es tarde, pero si no llego dentro de un rato a casa, mi madre se extrañará, porque se supone que salgo enseguida del grupo de repaso y estudio al que estoy apuntado.

Recuerdo que Google sigue abierto en mi móvil. La búsqueda de «la capital de las ruinas» se ha cargado. La primera entrada es un programa de radio escrito por Samuel Beckett en 1946. No puedo escuchar la grabación, pero hay una foto en blanco y negro. Pincho en el enlace y el paisaje de una ciudad en ruinas llena la pantalla: veo montones de escombros, unos charcos de agua estancada, un barro revuelto y los restos esqueléticos de unas casas quemadas.

Es Saint-Lô, en Normandía.

Me tiemblan las piernas. El miedo se apodera de mi corazón y, durante medio segundo, vuelvo a esa plaza, donde unos compañeros de clase caminan en fila por delante de mí. Mitch y Leonie se están lanzando pullas por algo. Por aquel entonces, los tres éramos uña y carne. Me estoy riendo, y entonces los edificios desaparecen, son reemplazados por unas ruinas bombardeadas. El aire huele a polvo y piedra quemada. Algo, o alguien, me arrastra hasta una sala oscura.

—¿Charlie?

Heather me ha agarrado del brazo.

Deslizo un dedo por la pantalla y cierro la aplicación del móvil.

—Estoy bien, solo cansado, nada más.

—Deberíamos volver.

Sí, deberíamos. Quiero volver a casa, acurrucarme junto a Dante y olvidarme de todo este asunto. Pero regresar ahora a casa sería rendirse. ¿Cómo es posible que los fantasmas que han desaparecido en York tengan algo que ver con el peligroso bucle de muerte en el que caí en Normandía?

—Deberíamos atajar por el callejón de Alice la Loca —digo—. Para ver si hay ahí alguna marca en las paredes.

Para mi sorpresa, Heather no discute mi decisión.

9

El aroma de la hechicería

Lund Court, antes conocido como el callejón de Alice la Loca, es una callejuela de ladrillo que une Low Petergate y Swinegate. Como es una trampa para turistas, cuando intentamos atravesarla, nos topamos con un tour de fantasmas que pasa por ahí. Reconozco vagamente al guía, un tipo blanco y larguirucho de mediana edad con un sombrero de copa grande. Ha reunido a su rebaño en un lugar donde el callejón se ensancha hasta convertirse en un patio estrecho, que utiliza a modo de pequeño escenario para contar la leyenda de Alice la Loca: quién la asesinó y a quién había asesinado ella misma antes.

Una mujer que viste un abrigo caro me mira fijamente un buen rato con cara de pocos amigos, como si quisiera recordarme que ha pagado por escuchar esas historias tan entretenidas repletas de terribles sufrimientos y muertes espantosas, y yo no, así que debería seguir mi camino.

Pero si la historia de Alice la he oído mil veces.

Es una de las fantasmas más famosas de York. Hasta le han dado su nombre a un puñetero callejón. Alice Smith vivió en esta callejuela en algún momento de la década de 1860. Era una esposa infeliz que tenía un marido violento, al que mató a cuchilladas, y la ejecutaron en el castillo de York por el desgraciado crimen de estar loca.

Sí, es un relato de esos que te hace sentir muy bien, repleto de diversión y risas.

Recorro con la mirada los alrededores, en busca de una mancha de ceniza, y veo una tenue línea que discurre por debajo de las ventanas del lado izquierdo del callejón, pero no puedo acercarme, no con esta multitud en medio. El guía sigue hablando, exprimiendo la historia al máximo.

—Me ha mirado directamente —susurra Ollie.

Heather resopla.

—No, no te ha mirado.

—Que sí, lo juro. Charlie, tú lo has visto, ¿no?

—No —contesto.

—Va vestido todo de negro, podría ser nuestro Hombre Sombra.

¿De verdad es él? ¿Y eso cómo podemos saberlo? Observo a Sombrero de Copa con atención. Parece una parodia de un enterrador victoriano: lleva un abrigo largo, un chaleco negro, ese estúpido sombrero de copa y unas gafas plegadas de media luna con una montura de plata en una cadena que lleva al cuello. Está mirando a la multitud con los ojos entornados mientras baja la voz. Todo el mundo en el callejón se inclina hacia él, expectante.

Grita. Se abalanza hacia delante, actúa como si fuera Alice la Loca y estuviera acuchillando a su marido. Se oyen unos chillidos y unas cuantas risitas nerviosas. Tras concluir la historia, reúne a su grupo para seguir el tour.

Cuando pasa junto a la línea de hollín de la pared, se detiene. Un nervioso Ollie agita una mano hacia mí. Le mando callar mientras el guía frota la marca con el pulgar y frunce el ceño. Un turista le hace una pregunta. Levanta de repente la cabeza y se marcha; no para de hablar mientras abandona Lund Court para contar alguna otra historia espantosa sobre una muerte prematura.

¿Puedo interpretar ese gesto como una pista? ¿Es el Hombre Sombra?

A medida que el callejón se despeja, me doy cuenta de que otro vivo se ha quedado atrás. Alguien que creo que como posible sospechoso es mejor que un viejo guía turístico. Sam Harrow está apoyado en un bajante, y su cuaderno con tapas de cuero sobresale del bolsillo delantero de su chaqueta encerada.

Cierro los puños.

—Eh, ¿qué le has hecho a Audrey?

Parpadea.

—¿A quién?

—A Audrey Nightingale. Ella me ayudó a darte esquinazo en The Shambles y me advirtió de que no me acercara a ti. Ha desaparecido.

—¿Es una fantasma?

—Sí, lo es. Te recuerdo que la miraste embobado.

—No, te miraba a ti.

Noto un cierto calor que va en aumento bajo el moratón del cuello. Como no sé qué decir, me limito a mirarle muy cabreado.

Harrow me mira directamente a los ojos.

—Yo no me he llevado a tu amiga. Pero te ayudaré a encontrarla.

Niego con la cabeza.

—Esta no es tu ciudad y ellos no son tus amigos, así que no debería importarte una mierda que hayan desaparecido unos fantasmas.

A Sam se le borra la sonrisa de la cara.

—A alguien le tiene que importar.

Como tengo la sensación de que me acaba de lanzar una pulla, estoy a punto de mandarle a tomar por culo, pero entonces alza la vista y veo algo en su cara que reconozco bastante bien: sí, es tristeza.

Audrey no quería que nos conociéramos. Pero ahora que ha desaparecido, aliarme con Harrow podría ser la única manera de encontrar un sentido a todo esto. A lo mejor se le escapa algo y confiesa, o a lo mejor tiene algo útil anotado en su cuaderno.

De mala gana, le presento al resto. Ollie se limita a asentir a modo de saludo, como si pasara de él bastante, a pesar de que intuyo que ha despertado su interés; lo hace para que no me sienta dolido. Heather se muestra educada, pero distante, como cuando un médico examina a un paciente y no está seguro de qué respuestas va a darle.

—Bueno —dice Sam, metiendo las manos en los bolsillos—, ¿tenéis alguna teoría al respecto?

—Ollie cree que era ese guía —respondo—. Basándose en que viste de negro y en que se ha fijado en esa marca rara de la pared.

—¿Qué marca?

Señalo la línea de suciedad que mancha los ladrillos.

—Hay una línea como esa en Bedern y fuimos al Snickleway Inn a hablar con Ophelia…

—¿Ha hablado con vosotros?

—Sí.

Aunque de forma enigmática casi todo el rato, pero eso no se lo voy a contar. En vez de eso, comparto con él lo que los Harapientos y Ophelia nos han contado sobre el Hombre Sombra.

Harrow saca el móvil y va pasando con rapidez algunas fotos, donde se ven sitios famosos de los alrededores de York, hasta detenerse en una de una pared con una marca de suciedad similar.

—Después de que fuera linchado, arrastrado y descuartizado —comenta—, los restos de James Reid fueron colgados al final de esta calle llamada Walmgate. Creo que fue el primero en desaparecer. Y mirad… —Señala un charco de cera roja situado en la parte inferior de la foto, donde la muralla se encuentra con el pavimento—. No sé quién o qué se está llevando a los fantasmas, pero sí sé que deja un rastro visible, lo cual quiere decir que es un fenómeno físico. No es algo que venga del más allá, y no creo que otro fantasma hiciera esto.

Heather asiente.

—Esto es obra de alguien vivo.

Por alguna razón, me enfada que se muestre de acuerdo con él.

—Sabes mucho para ser alguien que solo es capaz de ver a los muertos desde hace unos pocos meses.

Pero Sam ni siquiera me escucha. Tiene la cabeza levantada, las fosas nasales bien abiertas.

—Y ahí está ese olor otra vez también.

—¿Qué olor?

—No es un olor exactamente, sino un cosquilleo que uno siente en la mente, es… un picor.

—Yo no siento nada de eso.

—¿No?

—No puedes tener un sexto sentido. Eso no existe.

—Claro que sí, pero eres un cabezota. —Se agacha para examinar la línea que recorre el ladrillo—. Es sal. Y carbón. —Olisquea de nuevo, mientras se limpia la mano en la chaqueta y se endereza—. ¿De verdad no lo hueles?

Me está empezando a cabrear.

—Mira, cierra los ojos e inspira —me dice—. Vamos, cierra los ojos. Concéntrate. Abre la mente.

Ollie se encoge de hombros como si dijera: «Daño no te va a hacer». Heather observa a Sam en silencio.

Aunque esto es muy estúpido, cierro los ojos y respiro hondo. Vale, abro la mente o lo que sea que debo hacer.

Lo primero que percibo es el intenso hedor de la orina rancia. Es tan punzante que tapa los demás olores, y hay otros, distribuidos por capas como si fueran rocas sedimentarias. El de la cocina de una cafetería cercana, el de las piedras mojadas, una especie de aroma a madera almizcleña. No es lo que estoy buscando, pero todo está aquí y ahora y es real.

Respiro hondo de nuevo. Seguro que parezco un gilipollas integral. Harrow probablemente se está echando unas risas a mi costa. Estoy a punto de rendirme y mandarle a la mierda cuando noto un repentino olorcillo a carbón y algo más fresco.

Abro los ojos y parpadeo, sorprendido.

—¿Lo captas? —pregunta, sonriendo de oreja a oreja—. Bien, ¿qué más?

Me enfado y entonces me doy cuenta de que está hablando consigo mismo. Se gira mientras se pregunta en voz alta cuánto tardaría una cera fresca en ser borrada por unas pisadas.

¿Qué tiene este chico que me pone tan de los nervios? Parece tener buenas intenciones, por eso no puedo criticarlo, pero tiene esa forma de pavonearse al andar, como Mitch..., no, Sam anda dando zancadas, no se pavonea.

Saca su cuaderno y hojea sus páginas llenas de anotaciones.

—¿Qué sabes sobre conjuros?

—¿Conjuros?

Ahora sí que se está cachondeando de mí.

—Sí, sobre conjuros. Magia.

Resoplo y me vuelvo hacia Ollie, esperando que esté sonriendo ampliamente ante algo tan estúpido. Pero no es así. Heather parece perpleja, pero no le echa en cara a Harrow que esté diciendo gilipolleces.

—O sea..., venga ya —respondo—. ¿Magia?

Harrow me mira muy fijamente.

—¿Puedes ver, hablar y tocar a los muertos y no crees en la magia?

Bueno, visto así, me siento como un grandísimo idiota.

—No, no sé nada sobre ningún puñetero conjuro mágico. ¿Qué hay que saber sobre eso?

—Pues cómo huelen, por ejemplo. —Hojea más páginas de su cuaderno—. El carbón y la sal se usan para ocultarse.

Me rasco la nuca.

—Entonces, quienquiera que hiciera esto no quería ser visto, ¿verdad?

—Obviamente.

Empieza a deambular en círculos, como si fuera un gran detective que le suelta un discurso largo y aburrido al pobre capullo que no tiene ni idea de qué está pasando.

O sea, yo.

—El secuestrador hizo todo lo posible por ocultar cómo se llevó a las víctimas —me explica Sam—. En primer lugar, eso significa que hay alguien en York que quiere ocultar lo que está haciendo, tal vez para que no se enteren de ello los propios fantasmas, o tal vez para que no te enteres tú, Charlie.

Resoplo. Sí, claro, como que yo soy una gran amenaza. O a lo mejor hay alguien más en York, aparte de Sam y de mí, que conoce bien a los fantasmas.

¿Podría ser Sombrero de Copa, el guía turístico? Frotó la marca que había en el ladrillo como si intentara borrarla. Tal vez fuera eso lo que estaba haciendo. Tal vez no se había dado cuenta hasta entonces de que había dejado una prueba.

O es a él a quien el Hombre Sombra tiene miedo.

O es simplemente un guía turístico viejo, sin más, que se ha dado cuenta de que había algo distinto en el sitio que suele frecuentar, y no hay que darle más vueltas.

—Y en segundo lugar —sigue hablando Sam—, eso significa que quienquiera que hiciera esto seguramente planea atacar de nuevo.

—¿Alice era su objetivo? —pregunta Ollie.

Sam asiente.

—Pero ¿cómo la contuvo? A menos que la destruyera…

¿Destruyera? Siento una opresión en el pecho. No sé si es posible que los muertos mueran de nuevo, pero con solo pensarlo se me ponen los pelos de punta. Los fantasmas son almas: tienen personalidad y recuerdos e ideas. Son personas.

Sam se da unos golpecitos en la barbilla, se dirige hacia la marca y entonces se gira, apoyándose sobre el talón.

—Necesitamos realizar un conjuro; bueno, ni siquiera hay que hacer un conjuro de verdad, solo algo para limpiar este espacio. ¿Hay algún sitio donde vendan té cerca?

Ollie señala la calle.

—A patadas.

—Dime dónde.

Es una orden, pero Sam la da como si ni siquiera fuera consciente de que la está dando. Le brillan los ojos y su entusiasmo es contagioso. Ollie duda, como si estuviera esperando a que yo le diera permiso, pero no pienso hacerlo porque él puede hacer lo que le dé la gana.

—Charlie y yo vigilaremos este lugar —dice Heather.

Sam y Ollie se marchan y, a pesar de que Heather se queda aquí conmigo, me siento como el chico impopular que se queda al margen.

—No se parece en nada a ti —afirma Heather cuando los perdemos de vista—. ¿Desde cuándo es un vidente?

—Desde hace seis meses.

—Hmmm, y sabe hacer magia.

—Espera, ¿tú también...?

—Puedo percibir algunas cosas que están... fuera del mundo físico; todas las almas pueden, pero lo de los conjuros y demás... No, eso es nuevo para mí.

—Entonces, ¿crees que son gilipolleces?

—Ya veremos. —Mira la marca de hollín de la pared—. Ojalá entendiéramos el mensaje de Audrey.

—No podemos fiarnos de él.

—¿De Sam? —Se queda callada un buen rato—. No creo que fuera él quien hizo daño a Audrey y parece sincero cuando dice que quiere ayudar. —Hace una hora estaba empeñada en llevarme a casa lo antes posible. Ahora, parece que ha caído bajo el hechizo del irritante encanto de Sam Harrow—. Creo que cuando Audrey te advirtió sobre él intentaba mantenerte alejado de todo esto. Pero como ha debido de pasar algo, te ha dejado ese mensaje y, bueno, al final has acabado metido en este lío.

—Así pues, ¿crees que deberíamos seguir colaborando con Sam? —pregunto.

Heather asiente.

—No nos vendría mal averiguar qué sabe, y tú siempre has necesitado..., ya sabes...

Ella carraspea y no concluye la frase. Yo dejo que el silencio se prolongue.

Un par de minutos después, Harrow y Ollie vuelven a toda prisa por la callejuela; Harrow trae varias cajas de té a granel y una taza blanca mientras lee algo que tiene anotado en su cuaderno. En vez de metérselo en el bolsillo, me lo da. Como eso me deja muy sorprendido, prácticamente me tiene que obligar a agarrarlo. Las tapas están calientes porque han estado en sus manos. Quiero abrirlo, pero me da la sensación de que sería una indiscreción. Aunque después de que haya husmeado en mi vida, tengo todo el derecho del mundo a leer su estúpido diario.

Pero no lo hago.

Se agacha y abre los paquetes de té, lo cual libera un intenso y fresco olor a menta y algo cítrico. Mezcla las hierbas en la taza y saca un mechero Zippo antiguo. Las hojas secas arden en un santiamén. En cuanto brota humo, lo esparce por el callejón.

Juro que en cualquier momento se va a poner a entonar algún cántico.

Aunque debo de dar la sensación de estar bastante confuso, se limita a sonreírme.

—La mayoría de las hierbas que son realmente buenas para esto son tóxicas y no se venden en tiendas, pero la menta, las ortigas y el limón también sirven para purificar y limpiar.

—Agita los brazos para expandir más el humo—. Es lo mejor que puedo hacer, espero que sea suficiente.

Agarro el cuaderno con más fuerza si cabe.

—¿Cómo sabes todo esto?

—Por Google. Hay mucha información sobre esto ahí, pero la mayoría es errónea. Las prácticas modernas paganas, cuya religión es la magia, no siempre usan los elementos prácticos que realmente funcionan. Las supersticiones antiguas y los rituales de magia simpática, si das con algunos que sean auténticos, son más fiables a la hora de aplicarlos al mundo real. Espera, ¿qué es eso?

Señala, pero lo único que veo son las mismas losas grises plagadas de hierbajos. Entonces, una zona del aire se vuelve borrosa, como cuando el asfalto alquitranado desprende mucho calor, y una marca oxidada aparece con suma claridad sobre las losas.

Sam se agacha para examinarla más detenidamente. Aunque parece que una parte de ella se ha descascarillado, está casi intacta: se trata de un círculo roto, similar a una herradura de caballo redonda, atravesado por una línea vertical y otra línea más corta que cruza su centro exacto. Hay algo en ella que me recuerda a una runa vikinga, pero tiene un estilo distinto. Sea lo que sea ese símbolo, me resulta... familiar. He visto algo parecido antes, pero ¿dónde?

—Sin duda, tiene algunas similitudes con el futhark antiguo, el alfabeto usado por los protonórdicos, pero también es cuneiforme, que es una escritura mucho más antigua —comenta Sam—. Qué interesante.

No tengo ni idea de qué está hablando, pero no dejo que se note que estoy desconcertado.

—¿Qué es?

—Es una trampa para fantasmas. —Coloca la palma de la mano sobre ella—. Si un espíritu cruza esto, queda atrapado. Es una presa fácil.

—¿Eso también lo has encontrado en Google?

Me ignora, me quita su cuaderno y se pone a hacer bocetos y garabatear notas en los márgenes.

Ollie no para de mirar la marca. Le toco el brazo y se estremece.

—Ya sé quién se ha llevado a Alice —susurra—. Sé quién se los ha llevado a todos. Hay un trampero de almas en York.

10

El gabinete de las almas

Damos un rodeo para volver a Bedern Arch, con el fin de que Sam pueda esparcir su humo por ahí, con la esperanza de dar con una segunda trampa para fantasmas. Al cabo de unos segundos, aparece brillando en la carretera.

Como no quiero quedarme ahí, Sam nos lleva a un sitio para hablar.

El lugar que escoge es bastante pretencioso. Encima del mostrador, sobre una madera vieja y gastada, hay un letrero de neón donde pone CAFETERÍA con unas letras brillantes y onduladas y diecisiete tipos distintos de té de hierbas. Está muy concurrido; lleno de turistas y estudiantes y capullos con portátiles que fingen estar escribiendo una novela.

Lo más seguro es que la camarera se esté preguntando qué estamos haciendo aquí juntos porque no tenemos pinta de ser amigos, y mucho menos novios. Sam le pregunta si hay una mesa libre. Después, con una seña, les indica a Heather y Ollie que se sienten; acto seguido, se sienta torpemente junto a Heather y pide un café con leche. Aunque no me gustan mucho las bebidas calientes, pido un café solo con la esperanza de ser capaz de tragármelo.

Sam se vuelve hacia Ollie y Heather.

—¿No os apetece tomar nada?

¿A qué está jugando? No pueden comer ni beber. Seguramente parezco tan desconcertado como la camarera.

—¿Un... chocolate caliente? —se atreve a responder Ollie.

Sam mira a Heather, quien niega con la cabeza.

Sam pide el chocolate caliente. Como la camarera duda, le sonríe de oreja a oreja y le dice:

—Sígueme la corriente.

La camarera le muestra una amplia sonrisa nerviosa, propia de alguien que se enfrenta a lo extraño e impredecible.

—¿Les apetece un poco de nata y unos malvaviscos?

—Ollie..., ¿sí? Sí, por favor, eso sería estupendo.

O bien Sam no se da cuenta de que está logrando que la camarera se sienta incómoda, o bien le da igual. Tras dudar de nuevo brevemente, toma nota y se larga cagando leches para contarles a sus colegas que en esa mesa hay unos chavales muy raritos.

Ollie no me mira a los ojos, por si acaso estoy cabreado con él. Y lo estoy, pero no con él, sino con Sam. Me inclino hacia delante para hablar en voz baja.

—La gente nos está mirando.

—¿De veras? —Mira a su alrededor—. Oh, sí, así es. La gente hace eso mucho. Cuesta impedírselo.

—Podrías disimular un poco más, o intentarlo al menos.

—Así que tengo que ser algo que no soy solo para que unos desconocidos se sientan más cómodos, ¿eh? No, gracias. De todos modos, nos van a mirar igual.

Abro y cierro los puños bajo la mesa, procurando controlar la respiración para calmar mis nervios. Si algún Hambriento nos ve a los cuatro sentados juntos (a dos personas vivas y dos fantasmas), estaremos en un buen lío.

Sam abre su cuaderno, saca una pluma estilográfica de metal, que probablemente cuesta más de lo que mi madre gana en un mes, y pregunta:

—¿Qué es un trampero de almas?

—Un cazador de fantasmas —contesta Ollie.

Ahora es a Sam al que le toca poner cara de estar confuso.

—¿Te refieres a esos pseudovidentes que salen en la tele?

Sé a qué programas se refiere. Tienen nombres estúpidos como *Las tiendas de kebabs encantadas de Reino Unido* y están presentados por «expertos» que serían incapaces de ver a un fantasma de verdad ni aunque lo atravesaran. Tampoco puedo saber gracias a esos programas si esos lugares están realmente encantados, ya que los muertos suelen aparecer en las grabaciones tan a menudo como en las fotografías o los espejos.

—No, a los de verdad —responde Ollie—. Aunque no pueden vernos ni tocarnos, como podéis hacer Charlie y tú, tienen sus propias maneras de cazarnos. La primera semana que estuve nomuerto, el conde Percy me contó que los tramperos pueden destruir nuestras almas; si nos dan una puñalada con una daga mágica, nos esfumamos, como si nunca hubiéramos existido. Pero como es un capullo, creo que es una gilipollez, como lo son esas historias que cuenta sobre fantasmas que poseen a los vivos. Todo el mundo sabe que eso de las posesiones es una chorrada, algo que no se puede hacer. No, lo que yo tengo entendido es que los tramperos, después de atraparnos de algún modo, nos colocan en unas estanterías como si fuéramos trofeos.

Sam arruga el ceño.

—¿Como un gabinete de curiosidades?

—¿Un qué? —pregunto.

—Los ricos blancos solían comprar, o a menudo simplemente robar, curiosidades a lo largo y ancho del mundo, que luego exhibían en sus hogares para mostrar a sus amigos lo sofisticados y eruditos que eran.

—Así es —dice Ollie—. Pero en vez de ejemplares disecados de especies en peligro, fósiles y cabezas reducidas, los tramperos tienen gabinetes de almas. Imaginaos estanterías y estanterías llenas de fantasmas atrapados.

Aunque parece una historia inventada para asustar a los niños fantasma con el fin de lograr que se porten bien, Ollie no está mintiendo. Todos los fantasmas desaparecidos son famosos y forman parte de tours y guías. Seguramente, cuanto más famoso es el fantasma, mejor para el coleccionista que se esté construyendo un gabinete de trofeos fantasmales. A menos que solo haya ido a por ellos porque eran presas fáciles.

Con una sonrisa incómoda, la camarera, que ya ha vuelto, coloca el chocolate caliente delante del lugar vacío situado a mi lado. Mi café está amargo y muy cargado; tengo que echarle cuatro azucarillos para poder tomármelo. Sam me observa con cara de que esto le está haciendo gracia.

Al ver el chocolate caliente, a Ollie se le ilumina la cara. Acerca la nariz al humo que desprende para olerlo profunda y exageradamente.

Entonces lo entiendo y me odio a mí mismo.

El chocolate caliente da igual, lo importante es que él sienta que forma parte del mundo de los vivos. Estoy cabreado con Sam por haber sido capaz de darse cuenta de lo que Ollie necesitaba cuando yo he sido incapaz. Y odio no tener las agallas necesarias para pedirle una consumición a una persona invisible ni el descaro necesario para pagar algo que nadie va a beber.

—Había unos cuantos tramperos, más o menos —continúa Ollie—, pero entonces, esa monja que estaba cerca del York Arms, la que fue emparedada por quedarse embarazada (la hermana Agnes, creo que se llamaba), se comió al último vidente de York. Al final, un trampero fue a por ella y la capturó; o al menos nadie la ha visto desde hace décadas, así que supongo que está en alguna parte, en una estantería. Había un símbolo, como los que hemos visto en el callejón de Alice la Loca y en Bedern, grabado a fuego en los adoquines del lugar donde se esfumó. Yo mismo lo vi.

—Espera. ¿La hermana Agnes se comió a un vidente? —pregunta Sam.

—Algunos fantasmas creen que si comen nuestra carne y beben nuestra sangre, volverán a la vida —le explico.

—¿Y eso es cierto?

—No. Pero no te sirve de mucho si deciden comprobar si es verdad.

—¿Has oído hablar de Jack el Destripador? —pregunta Ollie—. Dicen que esas chicas eran todas videntes y fueron cazadas por un alma repugnante que era incapaz de dar la espalda a su pasado.

—Es una de las razones por las que procuro ser discreto, y tú deberías hacer lo mismo —afirmo mientras finjo que le doy otro sorbo a mi café azucarado.

—Es bueno saberlo —dice Sam, a quien se le ve nervioso.

—No bromeo cuando digo que no deberías llamar la atención, Harrow. Y no solo has de tener cuidado con los Hambrientos. Algunos fantasmas simplemente están cabreados y nosotros somos algo sólido con lo que pueden desahogarse. Y luego están los Viejos Decrépitos…

—¿Los Viejos Decrépitos?

—Las Almas Antiguas —contesta Heather, rompiendo su silencio—. Unos fantasmas antiguos y poderosos que forman parte de una especie de consejo fantasma y mantienen la paz entre los muertos de York. Son siete. —Los cuenta con los dedos—. Lady Alice Peckitt, sir Gosselin Danville, el conde Henry Percy, santa Margaret Clitherow, Inge de Jorvik, el rey Aelle y el emperador Septimio Severo, su líder, quien ronda por la catedral; esta se construyó sobre el centro administrativo del fuerte romano y, por suerte, el emperador rara vez sale de ahí. Pero no puedo decir lo mismo de los demás, así que debes tener cuidado.

Puedo ver que Sam está desconcertado.

—Según cierta costumbre fantasma muy antigua, los videntes solo existimos para servir a los muertos como enlaces con el mundo de los vivos —señalo.

—O eso dicen las Almas Antiguas —apostilla Heather—. En su momento, intentaron convertir a Charlie en su sirviente, pero… yo intervine.

Se lo explica todo a Sam y le avisa de qué lugares debe evitar. Por lo rojo que se pone, puedo deducir que ya se ha paseado por toda la ciudad interrogando a los muertos. Si ha llamado la atención de la señora Tulliver, seguro que ya hay otros que saben que está en York. Es un milagro que todavía los Viejos Decrépitos no hayan intentado ejecutarlo o esclavizarlo.

Ollie tiene la mirada clavada en la nata de su chocolate caliente; los malvaviscos se han hundido en la espuma.

—Menos mal que poca gente vuelve de la muerte con el poder de vernos —dice.

—Pero nosotros volvimos. —Sam me mira a los ojos. Agacho la cabeza y le doy un gran trago a mi café, poniendo mala cara por lo amargo que sabe. Cuando alzo la vista de nuevo, veo que ha adoptado un gesto con el que parece querer preguntarme: «¿No quieres saber por qué?».

«No, Sam, no. Estas mierdas pasan, sin más».

Junta ambas manos, formando un triángulo, y se inclina hacia delante.

—¿Y qué pasa con los *poltergeists*? ¿No son peligrosos para todo el mundo, con independencia de que sean videntes o no?

—Si fueran reales, sí, lo serían —responde Ollie.

Niego con la cabeza.

—Nunca he conocido a un fantasma que pueda interactuar con el mundo físico, salvo…, bueno…, con videntes como nosotros.

Pienso en las luces de la cocina parpadeando…, en las uñas en el marco de la puerta…, en unos ojos plateados y raros.

¿Acaso estoy equivocado? No, se saltó un fusible, nada más. Joder, se me olvidó comprobar si esa Harapienta tenía las uñas rojas, aunque ahora que lo pienso, el esmalte de uñas es algo muy posterior a su época. Esa mano era muy grande; esos dedos, muy largos; esas uñas, muy afiladas. Así que ¿quién estuvo en mi cocina y por qué? ¿Acaso me lo imaginé todo?

—A menos que el Hombre Sombra sea un vidente como nosotros, los fantasmas no podrán tocarlo, y mucho menos combatirlo —afirma Sam.

Tiene razón, y eso me pone enfermo. Alguien a quien no puedes tocar y ante el cual no te puedes defender te atrapa y se te lleva y luego… ¿la nada? ¿La muerte de verdad? ¿O permaneces atrapado para siempre? Primero siento ira y luego tristeza por todos los desaparecidos, incluso por Alice la Loca.

A Heather se la ve preocupada.

—Somos demasiado predecibles. Alice la Loca rara vez abandonaba su callejón. James Reid el Gaitero era puntual como un reloj. A las almas nos gusta la rutina; rondamos por los mismos lugares, a las mismas personas.

—Si uno sabe qué buscar, son presas fáciles —digo.

—La cuestión es: ¿tiene ya el Hombre Sombra lo que quiere o capturará a más fantasmas? —pregunta un preocupado Sam, mirando en dirección hacia Ollie.

Heather ha adoptado la expresión seria que suele adoptar cuando está a punto de dar una orden.

—Voy a hablar con el emperador, a ver si puedo conseguir que convoque una asamblea de almas.

—¿Una qué? —pregunta Sam.

Al mismo tiempo, yo exclamo:

—¡Y una mierda!

—En una asamblea de almas se reúnen todos los fantasmas libres de York —le explica Ollie a Sam—. Heather, acuérdate de lo que dijo Septimio la última vez…

—Me las apañaré —nos asegura Heather—. Estoy de acuerdo en que los Viejos Decrépitos son unos capullos integrales, pero hay que informarles sobre esto y debemos avisar a todo el mundo para que esté alerta.

—Sí, por si se topan con un guía turístico con sombrero de copa —dice Ollie.

—¿De verdad crees que es él? —pregunta Sam.

—Es una posible pista que deberíamos seguir al menos —contesto, deseando que Ollie me apoye—. Yo lo investigaré.

Saco mi móvil con la intención de echar un vistazo a la página web de Sombrero de Copa y suelto una palabrota. Tengo dos llamadas perdidas y un mensaje de papá. Ha ido a la escuela a recogerme después de mi sesión de estudio y le han dicho que no he pasado por ahí.

—Debo irme a casa.

No tengo ni idea de cuánto cuesta un café aquí; probablemente más de lo que me puedo permitir. Saco un billete de cinco libras del bolsillo, lo dejo sobre la mesa y me levanto para marcharme.

Sam mira el dinero.

—Ya pago yo.

Quiero recuperar mi pasta, porque no es que esté forrado precisamente, pero como soy muy orgulloso, no lo hago. Él me mira fijamente de nuevo, ¿qué espera que haga?

—Bueno, vale, ya nos veremos —digo, y me voy. Le oigo gritar mi nombre. Pero para cuando miro brevemente hacia atrás, él ya se ha girado para decirle algo a Heather, y eso hace que me resulte más fácil seguir andando. Eso y el pánico de saber que debo enfrentarme a mis padres.

Le envío un mensaje a papá para hacerle saber que estoy bien, y me responde que vaya a la estación a encontrarme con él. Ollie y Heather me dan alcance; están enfrascados en una conversación sobre tramperos de almas y cuál sería la mejor forma de dirigirse al emperador sin acabar siendo confeti incorpóreo.

Papá aparca en la parada de taxis. Me subo al coche. Me echa una ojeada y, al ver cómo estoy, se pone a gritar.

11

Techo de cristal

Mamá casi se echa a llorar cuando ve que tengo el labio cortado y un pómulo hinchado.

Papá repite como un loro la mentira que le he contado en el coche.

—Dice que se cayó.

Nuestro bungaló huele a patatas asadas y detergente. Hay platos en el fregadero, un amasijo de cosas sobre la encimera y piezas de Lego desperdigadas por el linóleo. Me muero de ganas de largarme para poder quitarme las prótesis y sentarme en la silla de ruedas, pero mamá me mira fijamente; es esa clase de mirada que me indica que me quede quieto mientras rebusca en el botiquín un desinfectante. Me siento obedientemente a la mesa de la cocina, sin decir esta boca es mía, mientras me cura los cortes que tanto me pican con Cristalmina.

Como papá tenía prisa y se cabreó al verme cómo estaba, no se me ocurrió ninguna excusa para abrir la puerta del coche para que entraran Heather y Ollie, así que aún no han llegado a casa porque tienen que venir andando. Aunque el turno de papá debería estar empezando, no parece que tenga ninguna intención de marcharse ahora mismo. Enciende la tetera y echa una bolsita de té en mi taza favorita. La que tiene el logo azul, blanco y rojo de las paralimpiadas de Londres 2012, el cual apenas se ve ya por todas las veces que ha pasado por el lavavajillas.

Mamá me examina la mandíbula como si me estuviera intentando mirar con rayos X en busca de secretos.

—¿Te has peleado?

—Claro que no, me he tropezado con un adoquín.

Muevo la pierna izquierda y la prótesis chirría.

—Pensábamos que ibas a estar con el grupo de estudio.

Me encojo de hombros y aparto la mirada.

—Cambié de opinión, me fui a la ciudad con Sam en el último instante.

Va a decir algo, pero se lo calla y mira a papá.

—¿Qué? —digo—. Queréis que tenga amigos, ¿no?

Papá deja el té a mi lado.

—Pero nos has mentido sobre adónde ibas.

«Eso no es lo único en lo que os estoy mintiendo».

—¡Sí, se me olvidó llamaros! Pero ya no soy un niño.

—No, pero eres... —papá dice las últimas palabras con un hilo de voz.

«¿Qué soy, papá? ¿Un minusválido? ¿Un chico distinto?».

—Sigues siendo nuestro hijo —concluye, después de un silencio que se prolonga demasiado—. Mira, si alguien vuelve a molestarte otra vez, nosotros lo arreglaremos, pero tienes que contarnos qué está pasando. ¿Es alguien de la escuela?

—Ya lo he arreglado.

Otra mentira.

El año pasado, Josh Girshaw empezó a meterse conmigo, pero procuraba atizarme lo justo como para que la escuela no tuviera que tomar cartas en el asunto. Y de repente dejó de hacerlo. De un día para otro. Ni siquiera me miraba y no ha vuelto a mirarme desde entonces. A lo mejor simplemente se aburrió.

—¿O es uno de los chavales de por aquí? —pregunta papá.

—Nadie me está molestando.

Nadie vivo.

Sé que no me creen por el modo en que papá se mueve inquieto en la silla y por la arruga que le sale a mamá en la barbilla siempre que está enfadada. Siento una presión en el pecho; es como si una de esas criaturas alienígenas fuera a reventarme violentamente la caja torácica para poder salir de ella. Lo único que hago es mentirles. Y estoy harto. Menos mal que esto de que vea fantasmas es una habilidad que obtuve por casualidad, porque si esto fuera obra de alguien…

Creo que nunca podría perdonarle.

Me pican los ojos. Me muerdo la mejilla por dentro hasta que detecto un sabor a hierro.

—¡Se ha caído!

Poppy y Lorna irrumpen en la cocina con sus pijamas a juego de unicornios y astronautas. Lorna sostiene con aire triunfal un pequeño incisivo ensangrentado. Sonríe de oreja a oreja para mostrarnos el hueco nuevo que hay en sus dientes de abajo.

—¡Se estaba limpiando los dientes y se le ha quedado colgando y ha sangrado! —chilla Poppy.

Mamá se gira y, al instante, una sonrisa tapa lo frustrada que se siente por mi culpa.

—Será mejor que lo envuelvas en un papel desechable.

Arranca un trozo de papel a un rollo de cocina.

—¿El Ratoncito Pérez va a venir? —pregunta Lorna, mientras da brincos de aquí para allá.

—Eso espero. Ponlo bajo la almohada.

Tras envolver en papel su diente como si fuera una joya preciosa, Lorna vuelve corriendo a su cuarto y Poppy la sigue.

Reina un largo silencio. Papá toma aire y yo respiro hondo, porque sé que no importa lo que me vaya a preguntar: seguramente voy a tener que mentir.

Suena un móvil. Mamá lo coge y saluda a quien le llama con un:

—Sí, ¿qué pasa? —Luego, mira el reloj que hay sobre el frigorífico—. Ahora mismo voy. —Se vuelve hacia papá—. Chrissie necesita que cuidemos de sus críos esta noche.

Papá se pone de pie con dificultad, lanzando un gruñido de fatiga. Tiene ojeras. Lleva barba de un día y está a punto de volver a trabajar para hacer unas horas extra. Siempre hemos ido justos de dinero, pero ahora mismo está sometido a mucha presión. Los oí hablar del tema un día que estaba despierto a altas horas de la noche e iba a sacar a Dante a echar un pis de mentira. Mamá cada vez pide más horas libres en el trabajo para poder ayudar a Chrissie. Papá se está comiendo el marrón, pero sigue sin alcanzarles el dinero, sobre todo cuando una parte de este se dedica también a mantener a flote a mi tía.

—¿Y quién se ocupará de las niñas? —pregunta mamá.

—Ya las acostaré yo —contesto.

—Vale —dice, a la vez que coge el abrigo y las llaves—. Pero que no se queden despiertas hasta tarde ni le tiendan trampas al Ratoncito Pérez como la última vez.

Eso casi me saca una sonrisa. Cuando dejan de reñir y se alían, las gemelas son capaces de hacer cosas muy peligrosas. Papá todavía tiene una cicatriz en el dedo que lo demuestra.

—La charla queda pendiente —me advierte mamá mientras se quita las zapatillas con pompones para calzarse sus Uggs de imitación—. Si me necesitas, llámame al móvil.

Papá va a seguirla, pero entonces se queda dudando en la puerta. Yo no levanto la vista de mi té, que se enfría.

—No sé qué te ocurre, pero puedes contárnoslo, chaval. —Pasa de apoyarse en un pie a otro, y esa zona del linóleo que está mal cruje—. Pase lo que pase, te queremos, da igual a quién… —Se aclara la garganta—. Siempre puedes hablar conmigo sobre cualquier cosa o cualquiera.

«Cualquiera». La forma en que lo ha dicho. «Cual-quiera». Y cómo se han mirado cuando he mencionado a Sam. «Da igual a quién...». ¿A quién qué? Me da vueltas la cabeza y se me hace un nudo en la garganta.

Lo sabe. Lo sabe. Lo sabe.

—Papá..., yo...

Tengo la mente en blanco. He ensayado este momento en mi cabeza mil veces y, ahora que ha llegado, lo único que siento son náuseas, mis pensamientos van a mil por hora.

Cuando le confesé que era gay a Heather, me dijo que creía que debería decírselo a mis padres cuando estuviera listo. ¿Lo estoy? No lo sé, pero necesito con toda mi alma que este abismo que me separa de papá se cierre. La presión que noto en el pecho estalla y las palabras brotan de mí atropelladamente:

—Soygayyséquetalveznoeraloque...

Tras dar dos enormes zancadas, está junto a mí, con su pesada mano posada en mi hombro.

—Cálmate, Charlie. No pasa nada.

—¿Mamá lo sabe?

—Sí, se lo imagina. Y te quiere. Los dos te queremos. —Se le quiebra la voz y se frota los ojos—. Mira, ningún gilipollas homófobo le va a hacer la vida imposible a mi chaval, así que vamos a solucionar este problema, ¿vale? Tú y yo.

Durante un segundo, me siento como si me hubiera quitado un gran peso de encima.

«Lo vamos a solucionar».

Pero entonces, esa presión que siento en el pecho se recrudece. Creen que me están dando de leches por ser gay. Si no digo nada, dejarán de hacerme preguntas. Pero eso sería otra mentira más, y otra preocupación más con la que tendrían que cargar.

—El problema no es ese —digo.

Papá me mira extrañado, a la espera de que diga algo con sentido. Si no tiene ningún problema con que me gusten los chicos, quizá también comprenda lo de los fantasmas. Más tarde, Ollie podrá despeinarme o levantarme o hacerme algo para que papá vea que nada de esto es cosa de mi imaginación...

—¡Paul! —exclama mamá desde la calle.

La verdad se me queda atascada en algún lugar de la garganta. No puedo correr este riesgo. Así que trago saliva y asiento mientras miro al reloj que hace tictac, a la caja de té de Yorkshire que está junto a la tetera, a cualquier parte menos a él, porque si lo miro, lloraré y ninguno de nosotros puede afrontar eso ahora mismo.

—Gracias por apoyarme —le digo.

Le da unos golpecitos a la taza humeante.

—Échale leche y dos azucarillos. No dejes que se enfríe.

Un instante después resopla y se dirige hacia el coche.

Con las manos temblando, le doy un sorbo largo al té y recuerdo lo que él me dijo el día que me dio esta taza:

—Puedes hacer cualquier cosa que te propongas.

—Excepto bailar claqué —respondí yo a modo de broma desde la cama del hospital, todavía dolorido por una operación que me habían hecho.

—No lo descartes, chaval —me contestó.

Después de recoger todo rápidamente, me siento en mi silla de ruedas. Aunque mis zapatillas deportivas están bastante machacadas por el roce con los adoquines, mi prótesis izquierda ha sufrido un daño menor; solo se le ha aflojado un tornillo. Podré arreglarlo cuando haya conseguido acostar a las niñas.

Poppy insiste en que tiene que limpiarse los dientes otra vez, por si acaso logra así que se le caiga a ella también alguno de los que tiene bailando. Tras asegurarle que se le caerá enseguida y tendrá su regalo, la llevo al dormitorio, donde ayuda a Lorna a colocar una cama nido en el hueco que hay entre sus camas para cuando lleguen nuestros primos.

—Podéis leer diez minutos —les digo, sabiendo que van a estar leyendo mucho más.

Me suena el móvil. Es un remitente desconocido. Espero a estar solo en la cocina para abrir el mensaje.

Cuando sepas algo sobre ese guía turístico, házmelo saber. Tenemos que averiguar más cosas sobre los tramperos de almas. Espero que hayas llegado a casa sano y salvo. S.

Es de Sam. Aunque no le había dado mi número, no me sorprende que lo tenga. Siento una sensación familiar de enfado, suavizada por otra cosa.

«Tenemos».

Ha utilizado la primera persona del plural. Habla como si ahora fuéramos un equipo.

Estoy a punto de teclear una respuesta, pero dudo sobre si debo contestar o no. ¿Debería contarle lo del mensaje de Audrey?

Las ruinas sombrías de Saint-Lô se alzan amenazadoras sobre mí. Me cuesta respirar. Oigo unas voces ásperas. Unas pisadas. Algo metálico me roza la piel. Sangro. Noto unas punzadas en los antebrazos: intento tomar aire por la boca.

No quiero recordar.

Dante gime y coloca su barbilla sobre mi rodilla. Su familiar olor perruno me trae de vuelta a la realidad.

Estoy vivo. Puedo respirar.

Al final, no contesto al mensaje de Sam.

Tras servirme unas sobras, saco un destornillador y arreglo mi prótesis mientras intento pensar las cosas detenidamente. Reflexiono sobre los conjuros de los tramperos de almas, la cera roja y el mensaje estúpido de Audrey, quien también podría haber desaparecido. Sobre un guía turístico que cuenta historias de fantasmas, el cual podría estar involucrado o no en todo esto. ¿Y qué pasa con el bucle de muerte que se ha desplazado? Ese parece ser un misterio totalmente distinto, y tampoco entiendo por qué lo que sucedió en Saint-Lô es importante. Me siento un momento, me noto mareado, como si hubiera estado dando vueltas sobre un mismo punto.

Acabo de confesar a mi padre que soy gay. Hostia puta. ¿Y qué pasa con mamá? ¿Qué dirá? ¿Y si papá se equivoca y no lo sabe y no le parece bien?

Respiro hondo. Me controlo. Decido hacer flexiones y abdominales para no pensar en esas cosas. Después de dejar a mamá y a mis primos en casa, papá irá directamente a trabajar, y Heather y Ollie también volverán pronto.

Al final, Ollie llega a casa solo, lo cual es una mierda porque quería contarle a Heather que tenía razón en lo de que a mis padres no les importaría que fuera gay.

—Ha ido a solicitar al emperador que se celebre una asamblea —dice Ollie cuando le dejo entrar—. He intentado disuadirla, pero no he podido.

Mientras esperamos a que Heather llegue, los dos estamos muy tensos. Ollie quiere repasar las pistas de nuevo y se muestra entusiasmado con Sam porque es capaz de hacer magia. A lo mejor hay un tipo de conjuro en el cuaderno de Sam que podría ayudarnos a protegernos de ellos.

—¿Por qué nunca me has hablado sobre la magia? —pregunto.

—Pues porque no es magia «magia», ¿verdad? —Ollie se encoge de hombros. Está sentado de un modo encorvado, como si un anciano sabio estuviera atrapado en el cuerpo desgarbado de un muchacho—. Sam no va a subirse a un monopatín volador ni a hacerse amigo de un búho. Eso no son más que supersticiones y cosas así; además, casi nadie cree en ella ya, ni siquiera los muertos.

—Pero ¿es algo… real?

—Creo que hay tanta magia en el mundo como la que quieras dejar entrar en él. —Sonríe ampliamente—. Eso no ha sonado nada mal, ¿eh?

Pienso en Sam moviendo la taza humeante de aquí para allá por el callejón de Alice la Loca, muy concentrado y con el ceño arrugado, con una mirada esperanzada.

Sí, no ha sonado nada mal.

Mamá vuelve con el trío calavera. Por el modo en que me abraza, sé que papá y ella han charlado en el coche y que realmente no le importa tener un hijo gay. En realidad, lo sabía desde hacía tiempo.

Después de mantener una batalla con las niñas para contarles un cuento y que se duerman, me escabullo. Para cuando mamá se asoma por mi puerta, me he arropado y finjo que duermo, pero estoy inquieto. Si me duermo soñaré, y no quiero soñar.

En vez de eso, veo vídeos de TikTok sin ton ni son: de mi equipo favorito de baloncesto en silla de ruedas; de cuentas de *fitness*; de chicos guapos vestidos con sudaderas con capucha, en las que puede leerse el lema «El amor gana», que están tumbados en maizales con sus novios o acurrucados juntos en el sofá, cuyas vidas son mucho mejores que la mía. Como uno de esos chavales se parece un poco a Mitch, dejo de seguirle.

No puedo evitar mirar de nuevo la foto de perfil de Sam Harrow. Debería enviarle un mensaje, ya que podría ser mi única esperanza de encontrar a Audrey.

Al pensar en Audrey, me acuerdo de que tengo que investigar a Sombrero de Copa. No tardo mucho en dar con su sitio web. Se llama Peter Rawley y lleva un tiempo dedicándose al negocio de los tours de fantasmas. Según parece, fue uno de los primeros en York en dedicarse a eso. Pero si es un trampero de almas, ¿por qué ha iniciado ahora su caza de fantasmas y no lo hizo hace una década? ¿Qué ha cambiado?

Se me eriza la piel del cuello. Giro la cabeza. Hay una figura en mi ventana.

Me incorporo torpemente.

El señor Broomwood me saluda con la mano.

Suelto una palabrota mientras ignoro los ladridos de Dante y el gemido exagerado que lanza Ollie desde la hamaca, y bajo sigilosamente de la cama. Mis muñones pueden soportar mi peso. Puedo caminar con ellos distancias cortas, aunque es doloroso. Mi vecino muerto espera impacientemente mientras me acerco, levanto el picaporte de la ventana y la abro. El aire frío acaricia mi piel caliente.

—Si ha venido a verme por sus puñeteras rosas...

—¿Qué trama Heather? ¿Por qué intenta convocar una asamblea?

Miro mi móvil. Son las cuatro de la mañana. Ha tenido que estar muy atareada para que haya corrido la voz tan rápido. Cuento atrás de cinco a uno hasta calmarme. Podría mandar a la mierda al señor Broomwood, pero así solo conseguiría tener una bronca con él. Por tanto, le cuento lo que puedo. En cualquier caso, no es nada que no vaya a oír en la asamblea.

—Bueno, de todas maneras, no podré ir —dice—. ¿Y si algunos gamberros pasan por aquí y destrozan esta calle como hicieron con el cementerio de York? —Hace un gesto de negación con la cabeza—. Esos críos gandules y su vudú abracadabrante. Los jóvenes de hoy en día no respetan a los muertos. —Se abriga todavía más con su bata—. Lo vi en las noticias con los inquilinos de David. Al menos ven las noticias locales, no como los anteriores...

—Ya, bueno, Heather le pondrá al día después de la asamblea.

Contengo un bostezo y estiro el brazo para agarrar el picaporte y cerrar la ventana, pero el señor Broomwood no ha terminado.

—No se va a celebrar ninguna asamblea, chaval. El emperador ha intentado alcanzar un acuerdo, pero Heather no ha dado su brazo a torcer; al menos eso es lo que he oído.

Me golpeo el codo con el marco de la ventana.

—¿Ella está bien? ¿Él ha…?

—No, no, pero le echó un buen rapapolvo por meterse en unos asuntos que la superan con mucho. Las Almas Antiguas nunca le permitirían convocar una asamblea, ni aunque llevase una década muerta. Yo hablaría a su favor, pero no puedo ir hasta la catedral porque tengo los huesos fatal.

Por educación, no señalo que ya no tiene huesos ni que, como solo lleva muerto unos meses, con casi toda seguridad los Viejos Decrépitos tampoco le harían caso.

—Aunque si esos metomentodos antiguos se portaran como es debido, querrían que yo estuviera ahí —afirma—. Porque tengo mucha experiencia vigilando el vecindario.

—Le aseguro que lo mencionaré.

Resopla mientras se marcha trastabillándose y refunfuñando.

Solo cuando me vuelvo a meter en la cama relaciono lo que ha comentado sobre los destrozos en el cementerio con algo que vi. Cuando estaba en el hospital, dieron una noticia en el telediario. Sí, vi algo en la tele… ¿Qué era?

Hay un artículo corto sobre el tema en la versión digital del periódico local. Lo leo por encima; no hay sospechosos, ha sido un ultraje muy ofensivo, blablablá. Detengo el pulgar sobre la frase «posible conexión con el ocultismo». Hay una foto de una tumba rota, cruzada en parte por un cordón policial, donde se ve la capilla del cementerio al fondo. En uno de los bordes de una lápida se ven restos de cera endurecida de un color rojo intenso. Pero no por eso acabo susurrándole a Ollie que se despierte, sino porque cerca de aquí algo ha matado la hierba de tal forma que ha quedado dibujado en ella un símbolo que me resulta muy familiar.

El Hombre Sombra se ha cobrado otra víctima.

12

El favorito del rey

—Las puertas se cierran dentro de media hora —dice el hombre por encima del periódico mientras nos aproximamos al cementerio de York. Lo reconozco de las noticias. Cuando se fija en que llevo un rollo de papel bajo el brazo, sus cejas espesas se desplazan hasta su frente.

Como deambular por un cementerio no es algo que muchos chavales hagan el primer día de sus vacaciones de Semana Santa, sobre todo cuando tienen exámenes cerca, les he mangado a mis hermanas algunos materiales de dibujo. Si alguien me pregunta, le contestaré que voy a hacer un calco de la lápida de... (oh, mierda, no recuerdo su nombre, pero hay un geólogo famoso enterrado aquí) para un trabajo de clase que en realidad entregué hace semanas.

El guarda debe de pensar que no encajo en el perfil del típico aficionado a hacer calcos de lápidas y, por un momento, me preocupa que no me deje entrar, pero entonces agita la mano para indicarme que pase y me hace una advertencia.

—No te acerques a la capilla. Y ten cuidado, no dañes nada cuando estés calcando. —Le da un capirotazo a una esquina del periódico—. Y no me obligues a ir a buscarte. Solo tienes media hora.

Por supuesto, como soy tonto de narices, no se me ha ocurrido mirar a qué hora cierra este sitio. Por lo que parece, a los cadáveres no les gusta recibir visitas después de las cuatro y cuarto. Debe de ser porque tienen una agenda muy apretada.

—Te sigue mirando —me avisa Heather.

Ignoramos el camino que lleva a la capilla y nos dirigimos hacia una de las avenidas arboladas que hay entre las parcelas. Ollie va por delante de nosotros a toda prisa. Entre las tumbas asoman unas campanillas de invierno y unos azafranes silvestres. El tráfico es un rumor lejano. Huele a hierba cortada y a cosas que crecen.

—Recuérdame por qué no has llamado a Sam —dice Heather.

Contesto mascullando algo de manera evasiva.

—Porque no quería traerlo hasta aquí si al final esto no sirve para nada.

Heather abre la boca para hablar, pero la acaba cerrando y sonríe. ¿Qué leches le hace tanta gracia?

—¿Qué quería el emperador? —pregunto, para cambiar de tema.

Heather se detiene.

—¿Quería?

—Sí, a cambio de ser el anfitrión de la asamblea. Broomwood me comentó que el emperador quería hacer un trato, pero que tú lo rechazaste.

—No hubo ningún trato. No tengo nada que él quiera.

Se aleja y debo apretar el paso para seguir su ritmo.

Con esas columnas, la capilla, que da a una zona de grava asfaltada, se asemeja más a un templo griego que a un lugar consagrado a Dios. Seguramente fue blanca en su día, pero, por culpa de las inclemencias del tiempo, su base se ha vuelto gris. Como la parte frontal tiene un aspecto bastante normal, nos dirigimos a la posterior, manteniéndonos a una distancia prudencial. Las tumbas llegan hasta la pared, donde hay una puertita que permite acceder a los cimientos.

La trampa para fantasmas está grabada a fuego en la hierba junto a la tumba destrozada. Es idéntica a las demás trampas. Le hago una foto con el móvil.

—¿A quién crees que se ha llevado? —pregunta Ollie, manteniéndose alejado de la marca.

—¿A un alma atada, quizá? —responde Heather—. Preguntaré por ahí. Alguien podría saber de quién era esta zona.

Como ocurre en gran parte de los cementerios, aquí hay muy pocos fantasmas. A los espíritus, en realidad, no les gustan los camposantos. Es que ¿por qué deberían gustarles?

Subo hasta la parte de atrás de la capilla y me fijo en los nombres de las lápidas, con la esperanza de que alguno me llame la atención. La mayoría de las inscripciones están tan erosionadas que no se pueden leer. Da la impresión de que la cerradura de la puerta posterior ha sido forzada con una palanca en algún momento. Me vuelvo hacia Heather para preguntarle qué opina, pero ella y Ollie siguen junto a la trampa para fantasmas, presionando el aire como si fueran unos mimos que se han unido a un circo.

Me da un vuelco el corazón. Si caen en la trampa, no tengo ni idea de cómo voy a sacarlos de ella.

Vuelvo a todo correr.

—¿Estáis atrapados?

Con el hombro, Ollie le da un empujón al aire y rebota.

—No. Bloqueados.

—¿Más magia?

—No, los campos de fuerza que no puedo atravesar siempre aparecen alrededor de algunas cosas. Y eso me pone de muy mala leche.

No están atrapados; simplemente, no pueden acercarse más a la capilla. Caminamos a lo largo de esa barrera, y, a cada paso que dan, Heather y Ollie comprueban si el campo sigue ahí. Da igual que estemos pisando gravilla, lápidas o hierba: Ollie y Heather no se pueden aproximar a la capilla más que unos diez metros o así.

Cuando hemos trazado un círculo completo, Heather pregunta:

—¿Y ahora qué?

Algo tira de mí hacia atrás violentamente. Noto cómo algo frío se me clava en el cuello cuando alguien presiona contra mi piel una fina hoja de acero.

¿Se trata de un fantasma? Pienso que sí porque nadie vivo va por ahí con una espada de verdad, ya que acabaría detenido.

Mi mirada se cruza con la de Ollie. En cuanto él se mueve, yo también me muevo, al mismo tiempo que le doy un codazo a mi captor en el torso. Ollie corre hacia nosotros con mucho valor pero sin demasiada precisión. Quienquiera que me haya agarrado se gira, logra esquivar mi codazo en gran parte y (sin dejar de apuntarme a la yugular con ese estoque) nos aparta a los dos a un lado. En el momento justo en que Ollie pasa trastabillándose cerca de nosotros, le da tal patada en el culo que hace que salga volando.

—Suelta a Charlie —le ordena Heather, con serenidad y firmeza.

—Así que sois Charlie, ¿eh? —me dice un hombre al oído—. Me parece que vuestros compañeros quieren que os devuelva intacto, vidente. Y como no soy injusto, os propongo un trueque. Vuestra vida a cambio de la mujer.

Heather cruza los brazos.

—Eso ni en sueños, asqueroso…

—Me habéis malinterpretado. Hace nueve días, una figura envuelta en una capa aprehendió en la oscuridad a la señora Nightingale en ese lugar de allá.

—¿Viste a Audrey? —pregunto.

—No fue Charlie quien se la llevó, así que quítale las manos de encima —le espeta Ollie.

—¿Lo juráis? —pregunta mi captor, quien me agarra con el brazo con más fuerza todavía.

Intento asentir y la hoja se me clava aún más en la garganta.

—Nosotros estamos buscando a los fantasmas desaparecidos, no nos los llevamos.

Me suelta. Mi instinto me pide que me aparte a toda prisa, pero como la hierba resbala, corro peligro de caerme, así que me giro lentamente para ver a un caballero corpulento que viste un jubón negro con ribetes dorados y tiene un pelo castaño y rizado que le llega hasta el amplio cuello blanco de su prenda.

—Así que afirmáis que se han llevado unas almas, ¿no? —Envaina el estoque y se acaricia su arreglada barba con forma de triángulo—. Sí, en efecto, algo sucede.

—No se te pasa nada por alto, ¿eh? —dice Ollie con mala cara, mientras se rasca el culo.

Me sangra el cuello, pero solo es un corte minúsculo.

—¿Quién eres?

El hombre se endereza y eleva la cabeza, se lleva una mano al pecho mientras con la otra agarra la empuñadura de su espada.

—Soy George Villiers, el primer duque de Buckinghamshire, antiguo lord almirante de la flota del rey, caballero de la Jarretera Real y el favorito de tres reyes.

Eso me suena de las lecciones de historia de la época jacobina.

—He oído hablar de ti... —dice Ollie, como cabía esperar—. Te acuchillaron en un pub de Portsmouth.

Ahora lo recuerdo. George Villiers tuvo una pequeña mala racha y alguien se lo cargó.

El asesinado asiente con gravedad.

—Fui asesinado cruelmente por ese villano de Felton y sobre mí cayó la maldición de vagar por la Tierra. Vine a York para dar con mi hijo errante. Pero, ay, no tuve suerte; no obstante, esta ciudad me gusta mucho más que el antiguo territorio por el que rondaba. Por tal razón, he decidido que este va a ser mi hogar. La señora Nightingale, a quien conocí a través de James Reid, un individuo excelente, me imploró que vigilara este lugar y la avisara si alguna persona pérfida se aproximaba a la capilla.

—¿Te explicó por qué? —pregunta Heather.

—No, solo me dijo que esto era de vital importancia. —Se lleva de nuevo una mano al corazón—. Odio permanecer ocioso. Busco la redención, enmendar mis maldades y, de esta manera, poner fin a mi deambular perpetuo…

—Vale, así que estabas vigilando la capilla porque Audrey te lo pidió —digo—. ¿Y luego qué paso?

—Tras estar vigilando una semana…, bueno, casi siempre, ya que pasé cierto tiempo con mi estimado James… —carraspea—, un villano forzó la cerradura de la puerta de la capilla, permaneció dentro algún tiempo y, al partir, cerró la puerta de nuevo.

—¿Se llevó algo? —pregunto.

—No vi que cogiera nada, aunque podría haber llevado algún objeto pequeño oculto encima. La señora Nightingale se hallaba muy inquieta. Cuando James no se presentó al paseo que habíamos previsto dar por el río Foss, temí que le hubiera ocurrido alguna desdicha y vine en busca de consejo. Vi a la señora Nightingale allá —señala hacia la trampa para fantasmas—, enfrentándose al villano, cuya cara estaba cubierta por unas sombras vivas que se retorcían como los mismos demonios del averno. Me aproximé hacia ellos presuroso, pero él esparció una oscuridad tan nauseabunda que cegó mi vista. Para cuando fui capaz de ver de nuevo, la señora Nightingale se había esfumado.

—El Hombre Sombra —susurra un tenso Ollie—. Un trampero de almas se la llevó, como a Reid y el resto.

—¿Se llevó a James? —pregunta Villiers, quien coloca una mano sobre el estoque como una exhalación.

—Pues sí. Pero vamos a rescatarlo —respondo con más confianza que la que realmente tengo.

Villiers asiente.

—Os ayudaré en ese noble empeño.

Heather resopla.

—¿Ah, sí?

—Señora, fui un cortesano, un estadista y un almirante. Comandé las fuerzas de su majestad y participé en negociaciones en su nombre. Fui el favorito de tres reyes. Os puedo ser útil. Y a James le… tengo mucho aprecio.

Heather se le queda mirando con cara de póquer.

—¿Le viste la cara al Hombre Sombra?

Villiers asiente con entusiasmo.

—¿Y lo reconocerías si lo vieras de nuevo?

—Su semblante infecto está grabado a fuego en mi memoria.

Después de contemplar a Villiers un largo rato, ella le tiende la mano.

—Soy la médica residente Heather Noble.

—Es un placer, señora Noble.

Él la agarra de la mano y se inclina para besársela.

Ollie le saluda con la mano.

—Soy Ollie Shuttleworth, un niño abandonado y enfermizo.

—Y este es Charlie Frith, un vidente —señala Heather, dándole una cierta gravedad a la palabra «vidente» que no me merezco.

Asiento un tanto incómodo y pregunto:

—Ese villano que viste, ¿llevaba un sombrero de copa?

A Villiers se le ilumina la cara.

—Sí, portaba un bonete de una altura inusual.

—¡Lo sabía! —exclama Ollie—. Es él.

Debo admitir que cada vez parece más probable que Peter Rawley sea el Hombre Sombra. Quiero ir ahora mismo a la ciudad; seguramente estará trabajando en uno de sus tours y podré dar con él fácilmente. Pero ¿eso de qué serviría? No sé cómo vamos a luchar contra él, no sé cómo funciona la magia, ni sé cómo logra retener a los fantasmas, y mucho menos cómo vamos a liberarlos. Antes de enfrentarnos a él, debemos obtener más información.

—¿Sabes cómo forzar una cerradura? —le pregunto a Villiers.

Resopla.

—Tal habilidad no es digna de un hombre de mi posición, pero es bien sabido que..., bueno, había unas cartas que me incriminaban... y tuve que...

—¿Eso es un sí?

—Si es una cerradura de bombillo de levas, sí.

Tras dejar a los tres fantasmas en esa frontera que no pueden cruzar, hago una foto rápidamente a la cerradura de la cripta y luego se la enseño a Villiers.

—Sí, puedo forzarla; bueno, podría al menos si todavía fuera de carne y hueso. Pero, ay, no poseo una forma mortal.

—¿Podrías enseñarme a hacerlo? —pregunto, señalando hacia la capilla—. Si Rawley forzó la entrada, deberíamos echar una ojeada ahí dentro antes de ir a por él. O bien entró para hacerse con algo que había en su interior, o bien es ahí donde esconde los fantasmas que se ha llevado. Tengo que entrar.

—Pero no podemos acompañarte —me avisa Heather.

Villiers chasquea los dedos.

—Necesitamos que un mago acabe con los espíritus que nos impiden entrar mágicamente en la capilla.

Ollie me mira muy serio.

Me acuerdo de Sam en la cafetería, con la punta de su pluma entre los dientes, con esos rizos sueltos sobresaliendo por donde se había pasado los dedos. Por su culpa, tengo la sensación de no controlar nada, de que puede pasar cualquier cosa cuando él está cerca. Eso me da más miedo que caer en un bucle de muerte del que nadie pueda volver a sacarme.

Aprieto los dientes, pero sé que Ollie tiene razón. Aunque podría entrar solo, eso sería una estupidez, ya que sé de magia tanto como de física cuántica.

—Muy bien, vale.

Le pongo un mensaje a Sam, a pesar de que no quiero tener nada que ver con él. No, no quiero, porque lo complica todo y es muy seguro de sí mismo y prepotente y... exasperante. Esto lo hago por el bien de los fantasmas desaparecidos, no porque quiera quedar con él ni nada de eso.

Me contesta al cabo de unos segundos: me da una dirección y una hora.

Solo quedan cinco minutos para que el cementerio cierre. Tras escoger una tumba con un aspecto lo bastante pijo, hago un calco rápido de la lápida mientras Heather y Ollie ponen al día a Villiers sobre lo que hemos investigado.

El tipo cascarrabias me está esperando y se da unos golpecitos en el brazo con un periódico enrollado, como si estuviera sopesando si cabe la posibilidad de que vaya a forzar la entrada más tarde para realizar un ritual impío encima de una tumba.

Yo diría que hay un cien por cien de probabilidades, aunque todavía no tengo muy claros los detalles.

Mira su reloj de un modo exagerado.

—Por poco, chaval.

—Lo siento. No puedo ir más rápido.

Me remango el pantalón del chándal para mostrarle mis prótesis.

El anciano se calma.

—¿Has conseguido lo que necesitabas?

—Sí, eso creo. Gracias por esperar.

Hasta me desea un buen día mientras cierra las puertas.

Luego, tiro el calco de la lápida en el primer contenedor de basura que nos encontramos.

13

Buscando a Sam

—No puede ser aquí. —Con los ojos entornados, Ollie alza la vista hacia la casa señorial de cinco plantas que es una de las mejores viviendas de York.

—¿Por qué no? —pregunto, abriendo la puerta—. Se comporta como si el mundo fuera suyo, a lo mejor lo es de verdad.

El jardín frontal de la dirección que me ha enviado Sam está impoluto, y la lustrosa puerta principal se encuentra en la parte superior de unas escaleras curvas de mármol. Esta calle es el reino de los gilipollas; en ella, abundan las aldabas de latón, los todoterrenos grandes de cojones y la pretenciosidad. La gente que vive aquí seguramente escribe sus cartas en un papel donde aparecen sus iniciales, tienen una o varias segundas casas para ir de vacaciones y cuando van a Londres dicen que van al «centro».

Antes de alzar la gran aldaba de latón y dejarla caer, dudo. Un hombre blanco, alto y bien vestido de unos cincuenta y muchos años abre la puerta. Tiene unos rasgos muy marcados, muy angulosos, el pelo muy corto y viste un traje a medida.

—Esto… ¿Sam vive aquí? —Entonces, como no dice nada, añado—: Soy un compi de la escuela.

—¿La escuela? —Frunce el ceño. La he cagado. Los chicos de St. Matthews seguramente no visten con chándales desgastados y gorras de béisbol, ni usan la palabra «compi»—. Sam no está en casa.

—Oh, vale. —Intento no moverme nervioso—. ¿Sabe cuándo volverá?

Hay un brillo extraño en la mirada de este hombre. Sus ojos parecen brillar demasiado, parecen estar demasiado húmedos. Tiene la mirada clavada en algo situado detrás de mí, como si estuviera mirando a través de Ollie hacia el lugar del césped delantero donde Heather y Villiers están discutiendo acaloradamente. De repente, vuelve a mirarme.

—No tardará mucho. ¿Por qué no pasas y esperas?

Que me invite a entrar es algo que me pilla por sorpresa. Quiero salir pitando de aquí, pero como él ya ha entrado en la casa, esperando que le siga, sería muy grosero que me largara a todo correr.

Ollie me sigue hasta el umbral y me pregunta:

—¿Crees que tienen una Xbox?

Por dentro, la casa es una puta maravilla. Hablo en serio. Todo reluce: el suelo, las cortinas de las ventanas, los cuadros. Por encima de las puertas hay unos paneles tallados donde se ve a unos hombres montados en unas cuadrigas y a unos muchachos sirviendo agua de unas jarras grandes. Una escalera de mármol desciende desde las plantas de arriba. Hay un tocador gigantesco en su base, repleto de fotos familiares, en cuyo centro se muestra una fotografía de una mujer glamurosa con la piel del mismo tono bronceado dorado que la de Sam, que tiene la mano apoyada sobre el pecho de una versión más joven del tipo que me ha abierto la puerta. Son los señores Harrow. Sam tiene la misma nariz que ella y la misma barbilla que él, hoyuelo incluido.

Hay una foto más antigua en la parte frontal del tocador. En ella, dos individuos (uno de ellos tiene los mismos rizos que Sam) están apoyados en el morro de un pequeño avión militar. La luz brillante del sol los ilumina de tal forma que les afila las mandíbulas y ensombrece las cuencas de sus ojos, haciendo así que sus caras parezcan unas calaveras.

Le doy la vuelta al marco y leo:

August y Henry S. antes del despliegue, 1943.

—¿Cómo te llamas?

Me sobresalto, porque no me he dado cuenta de que el señor Harrow se me ha acercado por detrás.

—Charlie —y, como parece estar esperando a que diga algo más, añado—: Frith.

—¿Eres pariente de los Frith de Upperwhelmingcotte?

Seguro que acaba de inventarse el nombre de ese sitio.

—Eh…, no creo —contesto, y mi voz suena increíblemente potente en esa sala con tanto eco.

—Qué pena. —Me quita la foto y le da unos golpecitos a la imagen del hombre del pelo rizado—. Este es mi abuelo August. Era un ingeniero y científico que trabajaba con una tecnología muy avanzada y desarrolló armas durante la guerra. Un hombre inteligente. La empresa que él y su colega y amigo Henry —señala al otro hombre— fundaron después de la guerra aún va viento en popa y sigue en manos de nuestra familia. ¿A qué se dedican tus padres?

—Mi madre es peluquera. Mi padre conduce un taxi, pero su padre fue granjero hasta que se jubiló y vendió sus tierras.

—Lamento que tuviera que venderlas. —El señor Harrow contempla la foto detenidamente—. A mí me hicieron unas ofertas muy generosas, pero nunca podría desprenderme del legado de mi abuelo porque tengo la responsabilidad de preservarlo. Es una pena que tu padre no siguiera con la tradición familiar.

En realidad, no lo era. Papá nunca había querido ser granjero; de crío, odiaba tener que levantarse pronto para deambular por ahí, daba igual el tiempo que hiciera, detrás de unas ovejas tan tontas que eran incapaces de mantenerse con vida. Y por mucho que el yayo hablara de los Dales con mucho cariño, nunca le echó en cara a papá que quisiera hacer algo distinto.

Como no quiero discutir con el señor Harrow, la única respuesta que le doy es un «supongo que sí», que mascullo mientras me encojo de hombros a medias.

Coloca la foto en su sitio. Por la forma en que me mira, me siento como si me estuviera evaluando y categorizando.

—¿Qué te pasó en las piernas?

¿En serio? Entiendo que a la gente le pique la curiosidad, pero no es asunto suyo, joder…

Espera. ¿No acaba de echar un vistazo hacia la puerta donde Ollie está mirando de cerca una urna inusualmente fea?

No, estoy de los nervios por culpa de Rawley; por eso, pienso que todo el que mira hacia donde está Ollie puede verlo de verdad. Si su viejo también fuera un vidente, Sam me lo habría comentado.

Para mi alivio, Sam llega a casa con una mochila al hombro que tiene pinta de ser muy cara.

—Siento llegar tarde.

Al contrario que casi todos los hombres de su edad, el señor Harrow no se ha teñido el pelo. Lo tiene entrecano y muy bien peinado. Ahora entiendo lo que significan los rizos rebeldes y las camisas arrugadas de Sam: son su manera de desafiarlo. Tal vez a mí me parezca un cretino pijo de pelo lacio, pero comparado con su padre, parece de los barrios bajos.

Un teléfono suena en algún lugar de la planta de abajo.

—Debo coger esa llamada —dice el señor Harrow—. Ha sido un placer, Charlie. Ciertamente, eres un muchacho peculiar.

Mientras él se dirige abajo, mascullo alguna absurdez cortés.

—Menuda choza, colega —dice Ollie, rompiendo así el enorme silencio.

—Gracias. —Sam parece sentirse tan cómodo en esta casa como yo. Deja caer la mochila a los pies del tocador. Nos miramos, y la incomodidad aumenta—. ¿Y…? —me espeta.

Eso hace que me acuerde de para qué he venido. Le muestro la foto de la trampa para fantasmas del cementerio de York y le cuento lo de George Villiers, la desaparición de Audrey, el círculo alrededor de la capilla y que es muy probable que el guía turístico Peter Rawley sea el Hombre Sombra.

—Y eso es todo. Rawley ha escondido algo en la capilla, o quiere algo que está allí dentro, pero no sé ni por dónde empezar con lo de la barrera mágica antifantasma.

Una sonrisa burlona cobra forma en los labios de Sam.

—Ah, has venido porque me necesitas.

—No. Puedo entrar solo. Pero..., como se te da mejor la magia y percibir cosas..., he pensado que querrías que colaborásemos...

—Me dejaste tirado en esa cafetería, Frith. Has ignorado mis mensajes desde entonces y ahora se supone que debo confiar en ti porque quieres que colaboremos cuando yo he sido totalmente sincero contigo desde el principio.

—¿Sincero? —Un cosquilleo de ira me recorre el cuello—. Lo dudo mucho, pero si ni siquiera me has contado que eres... Eres trans.

No sé por qué digo eso. En cuanto lo suelto, me arrepiento, porque eso da igual, pero ya lo he dicho y no puedo retirarlo.

—¿De verdad? —Sonríe con suficiencia—. Pues eso es lo menos interesante que puedo contarte sobre mí, pero sí, por qué no. Perdona, permíteme que me presente. —Hace como si me estuviera estrechando la mano de un modo muy exagerado y efusivo—. Encantado de conocerte. Soy Sam Harrow, un chico trans; pensaba que necesitabas saberlo para poder restregarme por la cara un montón de prejuicios de mierda.

Me mira intensamente con cara de concentración, y me siento como si me estuviera despellejando, triturando; sí, me siento fatal.

—Simplemente me habría gustado que me lo hubieras contado, nada más.

—No tienes ningún derecho a saberlo —contesta rotundamente.

Algo acaba de romperse entre nosotros, y es una sensación horrorosa. Esa seguridad en sí mismo que tiene, ese rollo mandón que lleva me ha puesto de muy mala leche, pero ahora le tiemblan los labios y tengo la impresión de que también le he arrebatado algo sin ni siquiera pretenderlo. Y quiero devolvérselo, pero no sé cómo.

Ollie nos mira fijamente con una cara muy rara.

—Voy a ver cómo están Heather y Villiers.

A la mierda.

—Olvídalo —digo, a la vez que me pongo la capucha para dirigirme a la puerta. Como Ollie tiene mucha prisa, atraviesa directamente la madera. Aparto la vista y veo al bisabuelo monocromo de Sam. Me sorprende lo mucho que se parecen. Sam es un poco menos fornido, pero ahí está el hoyuelo de la familia; además, tiene los mismos ojos, el mismo ceño, el mismo pelo rizado.

—Charlie, espera. —Me agarra del brazo—. No he dicho que no vaya a ayudarte. Aquí lo importante es encontrar a los fantasmas desaparecidos.

Estamos tan cerca el uno del otro que podría agarrarlo del antebrazo y pareceríamos dos chavales de bandas rivales que están sellando un pacto.

Algo fantasmal atraviesa la puerta de la entrada: es la cabeza de Ollie. Me estremezco. Sam me suelta.

—Lo sé, lo sé, he roto la regla número uno —dice Ollie—. Pero es que se han ido a la catedral.

—¿Qué? —replico. Menos de tres segundos después, estoy fuera de la casa.

La calle está vacía. ¿Por qué ha hecho esto Heather? ¿En qué leches estaba pensando?

—¡No me jodas! No necesitamos celebrar una asamblea, basta con pedirle a Broomwood que guarde el secreto y todo York lo sabrá al amanecer gracias a ese viejo cotilla.

—Algunos no se lo van a creer —afirma Ollie—. Heather ha pensado que merecía la pena intentarlo de nuevo. Villiers es un testigo ocular y lleva muerto trescientos años al menos. Más que algunos de los Decrépitos.

—Eso no quiere decir que no le vayan a hacer daño a Heather.

—¿Qué está pasando? —pregunta Sam, quien baja corriendo las escaleras de la entrada.

—Que Heather se ha ido a ver a los Viejos Decrépitos.

—¿A esos que tanto miedo os dan? Creía que ya había hablado con ellos.

—Sí, lo hizo; por eso volver a intentarlo es una estupidez enorme. —No sé qué le van a hacer, pero la última vez que decidieron castigarla, volvió siendo semitranslúcida y no pudo hablar en varios días—. Vámonos, Ollie.

Tiro de la verja para abrirla y echo a andar calle arriba, con Ollie un paso por detrás de mí.

—¿No nos dijo Heather que no debíamos acercarnos a ellos? —grita Sam.

—No voy a dejar que le vuelvan a hacer daño —contesto a grito pelado.

—Os acompaño.

—Ni soñarlo.

—No me jodas, Charlie. —Nos da alcance—. ¿Quieres mi ayuda o no?

14

Las grandiosas Almas Antiguas de York

Aunque han limpiado muchas veces las paredes de la catedral con unas máquinas de lavado a presión hasta dejarlas como los chorros del oro, cuando entramos en el enorme vientre del edificio aún puedo notar el peso de los años que tiene. Este lugar es viejo de narices.

—La eternidad está en cada arco, en cada línea —comenta Ollie.

Las vidrieras dotan de vida a las pálidas paredes con unas suaves aguadas de color, pero en este espacio, uno se sigue sintiendo como si estuviera dentro de uno de los leviatanes de las novelas gráficas de Ollie, cuyas costillas serían las columnas.

Mientras se va a toda prisa a buscar a Heather y Villiers, Sam y yo tenemos que hacer cola. La entrada es de pago y no tengo dinero suficiente para entrar. La joven que está sentada al escritorio me pregunta si resido en York y, cuando contesto que «sí», me dice que puedo entrar gratis si relleno unos papeles. Dudo; me pregunto si podríamos entrar ilegalmente por detrás porque hacer papeleo es muy aburrido y los Viejos Decrépitos podrían estar haciendo daño a Heather ahora mismo.

Sam me paga la entrada. No me queda más remedio que

dejar que lo haga. Eso me cabrea. Justo lo que me faltaba, que alardee de pasta solo porque la tiene.

Mientras nos adentramos más y más en la catedral, unos susurros rebotan por sus arcos. Es de esta clase de lugares donde te ves obligado a andar de una manera reverencial, donde te sientes como si algo estuviera vigilando cada paso que das.

Y sí, algo nos vigila. La catedral está abarrotada de fantasmas. Un agente de policía recorre el pasillo contándole algo a unos cuantos monjes que flotan en el aire. Al fondo de la nave hay un grupo de caballeros que visten con grandes golas y cotillean en corrillo. No muy lejos de la torre del crucero, un hombre que lleva una peluca empolvada está tumbado en el suelo con las piernas y los brazos estirados, mirando fijamente el techo.

Hace bien, qué leches. Si no puedes hacer cosas raras cuando estás muerto, ¿cuándo vas a hacerlas?

Seguimos deambulando. Empezamos a oír unos martilleos. Aquí se está realizando un gran proyecto de restauración o algo así. El órgano está cubierto de andamios y casi todos sus tubos gigantescos están colocados en unos estantes. Hay monumentos en recuerdo a los difuntos por todas las paredes de la catedral; estatuas en donde los muertos están arrodillados y rezando o tumbados sobre sus ataúdes. Bajo nuestros pies están sus huesos podridos, que son un refugio para los gusanos y el polvo. Aquí no debería haber tantos fantasmas, ya que este lugar es básicamente un gran cementerio. Tal vez estén aquí porque a los Viejos Decrépitos les gusta tener una corte.

—¿Dónde están? —susurra Sam, quien de alguna manera es capaz de lograr que se le oiga más cuando susurra que cuando habla normal.

Lo obligo a girar de tal modo que acabamos delante de una tumba ornamentada de algún tipo devoto con una nariz impresionante.

—Hagas lo que hagas, no mires a los ojos a ningún fantasma —le susurro—. Esto no es un juego, ¿vale? Si nos pillan…

Dejo que la frase penda en el aire como un hacha a punto de caer.

En cuanto me doy cuenta de que le estoy agarrando del brazo, le suelto. Esto es estúpido y peligroso. Si no tengo cuidado, voy a conseguir que nos maten a los dos. Y si los Viejos Decrépitos no nos matan por haber venido, Heather lo hará.

Sam se inclina hacia delante y finge que está leyendo la placa que hay sobre una tumba.

—Pero ¿a ti qué te han hecho los Decrépitos?

—Nada —respondo. No lo miro. Es lo único que puedo hacer para no echarme a temblar—. Pero confía en mí, no quieres que ellos sepan que existes.

Me acorralaron poco después de que la yaya muriera. Mamá estaba pasando por una fase un tanto religiosa, ya que buscaba consuelo en la iglesia después de haber perdido a sus padres de forma muy seguida. Yo estaba en mi vieja silla de ruedas, esa que me habían prestado y que tanto odiaba porque tenía unas asas para empujar. La misa había acabado y las niñas estaban llorando, distrayendo a mis padres. Heather y yo nos fuimos a la otra punta porque las vidrieras eran un tanto espectaculares. No soy un entendido en arte, pero, por aquel entonces, hacer cualquier cosa sin mis padres me parecía lo más de lo más.

Segundos después me vi rodeado por los muertos antiguos. Recuerdo que noté un dolor agónico en el pecho e intenté escapar, pero me tenían agarrado por los brazos y no podía alcanzar las ruedas para empujarlas y salir de allí. El emperador y el conde Percy fueron los peores; me dejaron unos arañazos muy dolorosos en el pecho y los hombros mientras se peleaban entre ellos e intentaban agarrarme, hasta que Heather vino volando a defenderme. El emperador la desafió, pero ella le plantó cara, dándome así el tiempo suficiente como para volver con mi familia, lloriqueando y aterrado.

Nunca supe cómo Heather logró que los Viejos Decrépitos me dejaran en paz y aceptaran un acuerdo, pero lo consiguió. Pactaron que mientras yo no entrase en la catedral, ellos no me convertirían en su sirviente.

Realmente, no deberíamos estar aquí. Me seco el sudor de las manos con la parte interior de los bolsillos y mantengo a raya mi miedo hasta que se transforma en un intenso dolor por debajo del diafragma. Deberíamos salir de aquí, pero no puedo irme; sin Heather no.

Desde que ella dio la cara por mí, el emperador siempre ha estado buscando alguna excusa para castigarla. Aunque los muertos no pueden hacer daño a la mayoría de los vivos, sí pueden hacérselo a otros fantasmas. Quizá no dejen unas marcas físicas permanentes, pero Heather me ha asegurado que duele la hostia. No voy a permitir que le vuelvan a hacer daño. Jamás.

Ollie se acerca y cuando pasa a nuestro lado, susurra:

—La cripta.

Se refiere al espacio abovedado que hay bajo el coro.

No podemos bajar ahí. Está hasta arriba de visitantes dando vueltas de aquí para allá. Aunque hay pilares tras los que podríamos escondernos, solo tendríamos dos vías de escape; y ambas cuentan con unos peldaños de piedra torcidos.

Sam se ofrece a bajar a la cripta mientras yo espero aquí arriba.

—Ellos no saben que puedo verlos.

Le digo que se calle y lo llevo a rastras por el pasillo hasta un lugar donde hay un hueco en la mampostería. Una rejilla decorativa tapa ese agujero ancho. Aunque está tan bajo que tenemos que agacharnos, podemos ver por él una parte de la cripta. La sala abovedada está llena de turistas que respiran un aire devoto y se sacan *selfies* delante de unas tallas del infierno. Cuando se alejan para ver la tumba del rey muerto que se encuentra en la cámara siguiente, me topo con Heather y Villiers.

Llegamos demasiado tarde.

Desde nuestro escondite, podemos verlos de perfil. Frente al emperador Septimio Severo hay un hombre ancho y barbudo vestido con una prenda confeccionada con una tela blanca y púrpura. Santa Margaret Clitherow es la que está más apartada del grupo, con cara de muy pocos amigos. Me acerco más a Sam para ver mejor. Huele bien, como a madera. Ahora puedo apreciar el borde de la elegante capa ribeteada con piel de Inge de Jorvik y el centelleo de una armadura y algo de terciopelo, lo que significa que el conde Henry Percy está junto a ella. Sir Danville, el caballeroso salteador de caminos pelirrojo también está ahí, pavoneándose junto a lady Peckitt y el rey Aelle de Northumberland.

Pues sí, no falta nadie; aquí están las siete Almas Antiguas.

Cierro los ojos para calmarme. Se me pone la piel de gallina en los brazos porque Sam está sentado muy cerca, o igual es por el frío (hace una temperatura bastante baja aquí dentro), o igual porque mi sangre está compuesta por dos tercios de ansiedad y un tercio de euforia mezclada con pánico. No estamos dentro de su campo visual directo, pero eso podría cambiar si se mueven.

—Majestad imperial, os ruego que escuchéis la advertencia del conde Percy —dice lady Peckitt, una mujer de mediana edad y de aspecto muy cuidado que lleva un vestido color pastel con encaje en los codos—. Ningún alma atada puede hablar libremente, pues se halla encadenada por los grilletes que forjó en vida. Tener fe en el testimonio de Ophelia supone depositar una confianza inmerecida en ella.

—Con todo respeto, lady Peckitt —interviene Heather, usando un tono que transmite irónicamente una falta de respeto total—, aunque me hallo atada a la ciudad, eso no afecta a mi capacidad de pensar de forma racional. Desestimar el testimonio de Ophelia porque sufre una enfermedad mental es una postura cruel, anticuada y perniciosa.

Siempre olvido que tiene que hablar así delante de ellos, usando el «vos», el «mi señora» y todas esas cosas. Los fantasmas antiguos pueden hablar como la gente moderna, ya que se pasan el santo día escuchando lo que habla todo el mundo, pero los Viejos Decrépitos son unos esnobs que prefieren hablar a la antigua y si no siguen usando ni el latín ni el antiguo nórdico es por pura necesidad.

El rey Aelle de Northumberland da un paso al frente y Sam y yo nos apartamos un poco de la rejilla.

«No mires a la izquierda, no mires ni arriba ni a la izquierda, o estamos muertos».

El rey anglosajón es un hombre de mejillas caídas y ojos saltones.

—Os recuerdo que Ophelia no solo dialogaba con nuestro enemigo, sino que... —se calla para darle más dramatismo— mantuvo relaciones con él.

Santa Margaret arruga la nariz.

—Los pecados de la carne.

—Una vez más, eso no es relevante en esta discusión —dice Heather.

Los Viejos Decrépitos son todos príncipes, reyes y lores, todos salvo santa Margaret Clitherow, quien se recuerda a sí misma con estas pintas: con un vestido suelto sencillo y el pelo recogido bajo una caperuza. Está orgullosa de su santidad, pero se alzó tras la muerte para ser algo más. Ahora mismo, mira con asco a Heather, como si fuera algo repugnante que hubiera cagado antes.

—Ophelia fue testigo de cómo alguien se llevaba a Millie —insiste Heather—. Y tenemos pruebas de que había una marca mágica donde...

El conde Percy levanta la mano.

—Ciertamente, el amado de Ophelia era un nauseabundo trampero de almas; esa mujer nunca nos ha sido leal.

Con esa capa, que también es un abrigo de terciopelo azul,

esa barba blanca y ese pelo canoso recuerda un poco a un mago anciano y sabio. O lo recordaría si Gandalf hubiera sido un viejales cabrón con una nariz aguileña y una sonrisa diabólica.

Villiers da un paso al frente ostentosamente.

—Podéis depositar vuestra fe en mi lealtad, excelencia. Soy George Villiers, el primer duque de Buckinghamshire...

Continúa con su interminable presentación llena de palabrería, añadiéndole títulos y logros como mis hermanas añaden virutas de chocolate a los cereales.

¿Está... haciéndoles la rosca? Sí, es el puto amo; está lanzándoles unos cumplidos disimulados mientras gesticula. Los Decrépitos están gozando con este peloteo. Sam y yo nos miramos. No puedo evitar poner cara de circunstancias. Una sonrisilla se dibuja en los labios de Sam. Durante un segundo, me alegro de que insistiera en acompañarnos.

—Sois bienvenido a York —dice sir Danville, quien claramente se siente halagado por los cumplidos de Villiers.

—En efecto, un alma tan encantadora y afable es una gran incorporación en nuestra gloriosa ciudad —añade lady Peckitt.

Villiers hace una reverencia ante cada uno de ellos. Quizá sea un mejor estadista que lo que dice la historia.

—Las mismas piedras de esta ciudad hablan entre susurros de vuestra sabiduría y yo, vuestro humilde siervo, he venido a pediros consejo. Mi estimado amigo James Reid es una de esas pobres almas atrapadas...

No para de hablar, les describe lo que vio en el cementerio y al Hombre Sombra mientras adorna su relato con más cumplidos. Todo va bien hasta que menciona a «la señora Nightingale».

—¿Audrey Nightingale? —pregunta Inge. Un murmullo de desaprobación recorre la asamblea. Al instante, el ambiente se enrarece.

—¡Queréis hacer el favor de escucharle! —exclama Heather—. Peter Rawley es un trampero de almas que está capturando almas, almas inocentes. Jurasteis que nos protegeríais de...

—Callad —dice el emperador con una voz teñida de ira.

Heather cierra el pico al instante.

Estoy agarrando el saliente de piedra situado encima de la rejilla con tanta fuerza que se me están poniendo los dedos blancos. Se acabó. Le va a hacer daño ahora. Necesitamos una distracción. ¿Dónde leches se ha metido Ollie?

—Lamento en lo más hondo de mi corazón vuestra pérdida —le dice el emperador a Villiers—. Designaré a alguien para que reúna suficientes pruebas sobre este caso.

—Majestad imperial —interviene el conde Percy—, me presento voluntario para tal misión. Hablaré con todo aquel que esté relacionado con el caso de los desaparecidos, al mismo tiempo que tomo medidas para garantizar la seguridad de nuestra gran ciudad.

—Pero si ya tenemos un testigo y un sospechoso —protesta Heather—. Hay que advertir a todo el mundo.

—Ya he señalado cuáles son mis condiciones para celebrar una asamblea, señora Noble —contesta el emperador.

Heather se enfurece.

—Que nunca vais a convocar.

—¿Acaso vos creéis que debería inquietar a nuestra gente sin que haya una buena causa para ello? —El emperador tuerce el gesto—. Dejad que el conde Percy resuelva este caso. No me deis una excusa para que desate mi ira sin miramientos contra vos y aquellos que os ayudan.

«Lárgate —le pido a Heather en silencio—. Vamos, no seas estúpida».

—Eh, chavales, no podéis sentaros aquí. —De repente, centro mi atención en el hombre que nos está vigilando. Es de seguridad. No, es un policía de verdad, lleva placa y todo eso.

—Lo siento, agente —dice Sam, poniéndose de pie de un salto—. Solo estábamos...

Me quedo donde estoy y saco una llave Allen del bolsillo. Me estiro y me remango los pantalones del chándal y hago como que me estoy ajustando las prótesis.

—Ya casi he acabado. Es que hoy este chisme me está dando problemas.

—Oh, hay muchos asientos en el coro y también hay algunos bancos de piedra en la otra punta —comenta el agente—. Ahí estaréis más cómodos. Si os sentáis aquí, corréis el riesgo de tropezaros.

Me tiende una mano para ayudarme a levantarme.

—Gracias. Siento molestarle.

—Oh, no es ninguna molestia. Disfrutad de la visita.

La reunión que se está celebrando debajo de nosotros ha llegado a su fin, los fantasmas se desvanecen al adentrarse en los huesos del edificio. Como Heather está acostumbrada a respetar las leyes de la física por mi culpa, sube andando por las escaleras. Entramos a todo correr en los servicios para escondernos, ignorando el follón que arman las madres con los cochecitos de niño. Ollie se reúne con nosotros dentro. Esperamos unos minutos y entonces salimos. Me aseguro de llevar la gorra bien calada cuando pasamos bajo la torre del crucero y nos dirigimos a la tienda de regalos para salir de allí.

En cuanto piso la calle, veo que se avecina tormenta; las nubes se están acumulando en masa sobre la ciudad y las calles se están quedando vacías, porque la gente se está refugiando en las tiendas y los restaurantes para no mojarse. Nada más caer las primeras gotas, Sam me arrastra hasta el toldo de una librería de libros antiguos y mira hacia atrás, hacia la catedral. Él se ríe de forma nerviosa, y yo me siento inquieto. Me mira a los ojos. Tiene una mirada traviesa, y eso hace que deje de respirar un instante.

—Dime que no has entrado ahí.

Al oír esas palabras, nos tambaleamos y giramos. Heather

y Villiers están de pie, bajo la lluvia, sin que esta les toque. Ella tiene cara de desesperación y miedo.

—Charlie quería estar aquí cuando salieseis —contesta Sam rápidamente.

A Heather se la ve aliviada. Le cree. Otra razón por la que me alegro de que haya venido. A mí mentir se me da fatal.

—Estos zagales tienen agallas —dice Villiers, riéndose por lo bajo—. Este debe de ser nuestro erudito en las artes ocultas. Es un placer, maese Harrow. —Le tiende la mano y él se la estrecha—. Yo soy George Villiers, primer duque de Buckinghamshire, lord almirante de la flota del rey, caballero de la Jarretera Real y el favorito de tres reyes...

Pero Heather no ha terminado conmigo.

—Charlie, no debes entrar en la catedral jamás.

—Mira quién habla.

—Lo tenía todo bajo control.

—¿Nos ayudarán? —pregunta Sam.

Heather adopta una expresión amarga.

—El conde Percy va a... —dibuja unas comillas en el aire— «investigarlo».

—¿Crees que no lo va a hacer?

Ollie resopla.

—¿El conde Percy? Seguramente, no. Dudo que a los Viejos Decrépitos les importe mucho que unos tramperos de almas nos estén cazando, pero seguro que otro gallo cantaría si Rawley fuera a por uno de ellos.

—Estoy de acuerdo —dice Heather—. Es imposible que Percy le vaya a dar muchas vueltas a este asunto, pero no entiendo por qué no se toman esta amenaza en serio. Tendremos que solucionar este problema nosotros mismos.

—¿Deberíamos seguir a Rawley para pillarlo con las manos en la masa? —pregunta Ollie.

Niego con la cabeza.

—¿Y arriesgarnos a que os capture? Eso ni soñarlo.

—Dejad que investigue un poco esta noche —nos pide Sam—. A ver si puedo dar con una manera de romper la barrera que rodea la capilla.

—Gracias —digo—. Mañana podré ir allí contigo.

—Mejor no. Si vuelves, podrías despertar sospechas. Rawley podría estar vigilando el lugar.

—Bien..., vale.

—Te llamaré después.

—Sí, gracias.

Ya le había dado las gracias. Debe de pensar que soy un idiota que solo dice bobadas.

Esbozando una sonrisilla, Sam mete las manos en los bolsillos y se adentra a todo correr en la lluvia.

Heather lo observa marchar.

—Si los Viejos Decrépitos descubren que seguimos husmeando, las cosas se podrían poner muy feas.

—Ahora no voy a rendirme —afirmo, con la esperanza de parecer más valiente de lo que realmente me siento.

—Charlie, podrían matarte.

—Sí, ellos y cualquier otra alma de York.

El hombre me escupe en la cara.

—¿Cuál es la solución del teorema?

Aparto la mirada, al mismo tiempo que lleno de un aire rancio mis pulmones para respirar con estertores. Yo también escupo. Sangre. El siguiente puñetazo me deja el pómulo ardiendo.

—Unos hombres buenos están muriendo.

Unas carcajadas furiosas brotan de unos labios ensangrentados.

—Y los enviarás a morir otra vez —dice alguien con una voz femenina, que es la mía. Estoy hablando.

—Sabemos que lo has resuelto. —Una segunda persona se adentra en un rayo de sol quebrado, cuya luz se refleja oblicuamente en unos rizos oscuros y una barbilla con un hoyuelo—. ¿Cómo estabilizaste las ataduras contiguas?

Es Sam Harrow.

—Dínoslo, o te lo sacará rajándote —le amenaza el hombre más alto.

Alguien me zarandea y me despierta. Parpadeo esperando ver a Ollie, pero es Lorna.

—Estabas gritando otra vez —dice.

Me incorporo y me limpio el sudor de la cara son las sábanas. No veo a Ollie. No veo a ningún fantasma, solo a Lorna, y Poppy asoma la cabeza por la puerta.

—Lo siento. —Todavía sigo con la mandíbula hinchada y, por culpa de ese dolor sordo, tengo unas visiones fugaces de mi pesadilla—. No pretendía asustaros.

—No me has asustado —dice Lorna, alejándose.

Poppy se queda donde está mientras me levanto. Como quiero gritar, me muerdo el labio dolorido hasta que se me saltan las lágrimas.

—¿Estás acordándote de cuando te moriste? —pregunta Poppy con una voz suave.

Alzo la vista, sorprendido.

—Yo también estaría asustada. —Sonríe con una dulzura increíble y, antes de que pueda calmarme y pensar con claridad, añade—: Mamá dice que no debes pasarte todo el día durmiendo porque tienes que repasar.

Y entonces se va.

La sangre recorre mis sienes doloridas y me cuesta pensar. Los hombres que salían en mi pesadilla son del bucle de muerte de Saint-Lô. Suelo soñar con ambos: al más alto de ellos, lo suelo ver agachándose sobre los cadáveres en el campo de batalla (aunque nunca puedo ver qué está haciendo, solo intuyo que es algo malo), y al otro tipo lo suelo ver en la sala oscura, con esos cuchillos y esa sangre. Sé que, en realidad, no es una pesadilla, sino un recuerdo que pertenece al fantasma atrapado en el bucle de muerte en el que caí.

«Recuerda la capital de las ruinas».

Sí, claro, Audrey, pero ¿qué debo recordar exactamente? ¿A ella? ¿A esos tipos y lo que le hicieron? Aunque sueño con ellos, nunca le he visto con claridad el rostro a ninguno; ni siquiera he visto la cara real del asesino, el rostro que he visto era el de Sam.

Mierda. Quiero quitarme a Sam Harrow de la cabeza. Quiero librarme de esta desagradable presión que siento cuando pienso en Sam. Sí, me porté como un capullo con él, por eso aparece en mis pesadillas.

Ollie está en la puerta.

—¿Estás bien?

—De puta madre, colega.

—Eso pensaba. La tetera está encendida.

Echo un vistazo al móvil. No tengo ningún mensaje de Sam.

Desayuno. Repaso. Flexiones. Más repaso. Vuelvo a echar una ojeada al móvil. Nada.

Sam no me llama hasta el día siguiente, a la hora de comer.

—¿Qué? —grito, mientras me pego el móvil a la oreja y Lorna persigue a nuestros primos con las manos llenas de algo pegajoso.

—He dicho que he estado en el cementerio echando un vistazo —contesta Sam.

—¿Has descubierto algo?

La línea crepita.

—No sé qué conjuro o maldición mantiene a los fantasmas alejados de la capilla, pero sí sé que es tan fuerte que yo no puedo romperlo.

No sé cómo es su habitación, pero me la imagino grandiosa. Me lo imagino sentado en el borde de una cama gigante con dosel, con esos rizos cayéndole por la frente y ese mechón blanco, donde parece haberle caído un relámpago, atrapado en un rayo de luz que se filtra por las cortinas sedosas.

No es que me lo esté imaginando en la cama ni nada de eso, sino simplemente… ahí, en su cuarto.

—¿Charlie?

—Sí, estoy aquí. Mira, pensaba que sabías un montón sobre magia.

—Soy más un observador de las artes ocultas que un practicante experto.

—¿No conoces a nadie más que sepa del tema? —le pregunto—. Por ejemplo, ¿qué me dices de tu amiga?

—¿De quién?

—Esa chica que hizo su magia para encontrarme.

—Miri es una *hacker,* no una bruja.

Reina otro largo silencio de nuevo. Debería disculparme por haber sido un capullo el otro día. No es que me importe lo que piense de mí. No nos tenemos que caer bien para poder colaborar, pero me pasé de la raya.

No, ahora mismo es mejor dejar el tema en paz. De todas maneras, debería disculparme en persona.

Pero el tema de la capilla no podemos posponerlo más. Ollie y yo hemos preparado un plan B. Esperaba que no lo fuéramos a necesitar porque es peligroso, sobre todo porque los Viejos Decrépitos se lo van a tomar muy mal si nos pillan husmeando.

—Vale —digo—. Pues entonces, tú y yo tendremos que entrar.

—¿Vamos a forzar la entrada? —oigo preguntar a un sorprendido Sam.

—En la parte de atrás del cementerio hay una segunda puerta. Está al final de Belle Vue Terrace. Nos veremos ahí el miércoles. A medianoche. Lleva ropa oscura.

—¿Cómo vamos a entrar en la capilla? —pregunta.

Miro los diversos candados que he sacado del cobertizo del jardín esta mañana.

—El primer duque de Buckingham me está enseñando a forzar cerraduras.

—De acuerdo. —Sam se aclara la garganta—. Entonces, tenemos una cita… con el destino.

15

Un peligro moderado

La puerta situada al final de Belle Vue Terrace es tan alta como yo y cuenta con unos barrotes gruesos rematados en punta. Hay casas a ambos lados. Debo tener cuidado. Nadie que lleve una linterna, una palanca y unas ganzúas caseras puede dar una buena excusa que justifique qué hace merodeando por el exterior de un cementerio.

—¿Crees que Sam va a venir de verdad? —pregunta Ollie.

—Más le vale, joder.

Les he dicho a mis padres que voy a dormir en su casa. Si no aparece, me quedaré aquí toda la noche sin ningún sitio al que poder ir a planchar la oreja.

Las nubes están bajas y hay tanta humedad en el aire que casi parece que esté lloviznando. Ollie entra en la calle para esperar a Sam. Heather, que está sentada en una pared baja, agarra con fuerza los pliegues de sus pantalones grises y luego los suelta. Detallitos como estos son los que me indican que, aunque no lo demuestre, está acojonada.

—Audrey tenía razón —dice—. Pensaba que tendría más tiempo.

Estoy a punto de preguntarle de qué habla cuando Villiers emerge de la pared frontal de la casa de enfrente y se desliza hacia nosotros. Me estremezco y aparto la mirada.

—Realmente, maese Frith, para ser un vidente os mostráis muy aprensivo ante la naturaleza incorpórea de las almas. Cuanto más viejos nos hacemos, menos tendencia tenemos a dejarnos constreñir por las limitaciones del plano material. Por cierto, ¿habéis visto una serie llamada *The Witcher*? La están viendo de seguido y ya van por el capítulo veinte.

—Deja de espiar a la gente en sus casas; eso es de pervertidos —le espeta Heather.

Villiers lanza un suspiro exagerado.

—Ay, siempre seré un estudioso de la condición humana.

—Mira, solo porque los Viejos Decrépitos piensen que eres encantador no puedes ir flotando por ahí como si fueras uno de ellos. Si quieres estar con nosotros, tendrás que seguir las normas de Charlie y caminar.

En serio, ¿dónde cojones te has metido?

Es el tercer mensaje que le envío a Sam en la última media hora. Y no he recibido ninguna respuesta. Como no quiero estar preocupado por si le ha pasado algo, lo llamo gilipollas de muy diversas formas en voz baja.

—Está aquí —grita Ollie.

Los fantasmas ven en la oscuridad mejor que los vivos. Aun así, casi le digo a Ollie que se equivoca. El chaval que camina hacia nosotros no se parece en nada a Sam Harrow. Lleva una gorra de béisbol echada hacia delante para taparse la cara, un plumífero azul marino atado hasta arriba para combatir el frío y las manos en los bolsillos de un chándal que ha visto días mejores. Pero sí, es Sam. Y trae el cuaderno. Aunque va vestido como un chaval de mi barrio, sigue conservando cierta elegancia.

Creo que, aun con estas pintas, le dejarían entrar en un club de golf o donde fuera.

—Con esa ropa pareces idiota —le digo cuando me alcanza.

—Pues claro. Voy vestido como tú —responde, con una

sonrisa amplia y maliciosa—. ¿Para qué es esa palanca? ¿Por si acaso no puedes forzar la cerradura?

Me sonrojo.

—No, es que…, ya sabes…, he pensado que podría sernos útil.

—Os aseguro que soy un tutor de gran talento y que maese Frith es un buen estudiante —dice Villiers—. Bueno, la noche ya no es joven. Vayamos en pos de aventuras, pero corramos solo un peligro moderado.

Nos dirigimos a la puerta. Una luz austera ilumina el camino desde la entrada de una casa adosada cercana. Nos agachamos y avanzamos con dificultad hasta pegarnos a la pared cubierta de hiedra que rodea el cementerio, mientras rezamos en voz baja y murmuramos palabrotas y quién sabe qué más en plena noche.

Un gato bicolor sale del porche a toda velocidad. Unos pocos segundos más tarde, la luz se apaga.

Sam susurra el «no me jodas» más pijo que he oído en la vida.

Como la puerta tiene unas puntas de hierro, decidimos entrar trepando el muro. Sam está al otro lado en un visto y no visto. Aunque tiene unos hombros y unos brazos más pequeños que los míos, es más ágil y fuerte de lo que parece. A mí me cuesta soltar unos cuantos gruñidos y varios tacos más. Villiers deja que me apoye en su espalda y me sube. Acabo colgado de la pared, agarrándome con las puntas de los dedos, y entonces me dejo caer. Aunque me duelen las rodillas cuando chocan con mis encajes y prótesis, que no ceden demasiado, logro mantenerme erguido y me siento muy satisfecho de que hacer tantas flexiones haya servido de algo.

Este lugar acojona un huevo a oscuras.

Entramos en una de las avenidas arboladas que llevan a la capilla y me detengo trastabillándome. No veo una mierda, pero he recorrido este camino anteriormente. Para llegar a la capilla debemos seguirlo y girar a la izquierda. Con los brazos estirados y sosteniendo la palanca como una espada, avanzo un par de centímetros e inmediatamente me tropiezo con una losa que sobresale del pavimento desigual. Alguien me agarra antes de que me caiga.

—Avanzad sin perder el equilibrio, joven Frith —me aconseja Villiers, dándome unas palmaditas en la espalda.

Por detrás de mí, Sam suelta un taco y dice:

—Vamos a tener que usar una linterna.

—Hagamos un trenecito. Nosotros os guiaremos —dice Heather.

Me coloco la palanca en la cintura y tanteo la oscuridad hasta que noto una mano. Creo que es la de Ollie, pero esta es mucho más cálida y tiene unos dedos más largos.

Es la de Sam.

También le sudan las manos y juro que puedo notar sus latidos a través de su piel. Quiero soltarle, pero eso sería infantil, así que entro en pánico y, sin querer, se la acabo apretando más. «Suéltalo; suéltate, sin más. No, si lo haces, pensará que hay algo raro».

Así que me quedo como estoy.

Agarrados de la mano, avanzamos a trompicones por la oscuridad con los muertos. Los árboles quedan atrás e intuyo que nos acercamos a la imponente capilla. Cuando al fin le suelto la mano, me da la sensación de que Sam se esfuma en la oscuridad, pero en realidad sigue estando lo bastante cerca como para que pueda oír su respiración y oler su jabón caro.

Nos detenemos ante la barrera que impide entrar a los fantasmas.

Villiers se aclara la garganta.

—Tened cuidado y, por encima de todo, permaneced alerta.

—Sí, no te mueras —remata Ollie.

Heather me abraza con fuerza. Esa ansiedad que me transmite me está poniendo de los nervios.

Sam y yo nos dirigimos a la puerta de la cripta. Una vez que estamos en el césped, me agacho y saco las ganzúas que me he fabricado con dos horquillas para el pelo de mamá. Sam enciende la linterna del móvil. Aunque el haz de luz tiembla bastante, ilumina la cerradura lo suficiente y me pongo manos a la obra.

Cuesta más forzar una cerradura aquí que en mi dormitorio, donde me siento seguro. Más de una vez tengo que sacar las ganzúas, secarme la frente y volver a empezar. Sam permanece callado, a pesar de que los minutos se arrastran. Escucho los pistones, aprieto cada uno sucesivamente mientras giro con la ganzúa que hace de palanca, notando cómo se resisten y esperando a oír el suave y revelador clic que harán las muescas al alinearse. Cuento hasta cuatro y deslizo la ganzúa hasta alcanzar el último. Encaja. Giro ambas ganzúas a la vez y la puerta se abre con un crujido.

—No está mal, Frith, nada mal.

Sam me da una palmada en el hombro y entra sin comprobar si Rawley está acechando en las sombras para matarnos.

Será imprudente el muy cabrón.

La cripta huele a algo que necesita que le dé el aire. Gracias a una luz verde de emergencia, vemos un interruptor principal justo dentro de la puerta. Lo enciendo. No pasa nada. Saco mi linterna, cuyo haz se une al brillo del móvil de Sam. Las luces danzan por el corto pasillo hasta llegar a una pared de tumbas de granito amontonadas en tres alturas y a las que les han salido manchas con el paso del tiempo.

—¿Por qué alguien querría quedarse encerrado en este sitio sin aire? —pregunta Sam.

Pongo mala cara. En serio, susurra muy alto.

—Supongo que creen que así quedarán mejor preservados o algo así.

—Pero ¿qué sentido tiene? Nadie abre una tumba y dice: «Dios, ¿a que el abuelo tiene buen aspecto para ser un cadáver?». —Da una patada a una piedrecita que rebota ruidosamente por las losas—. Yo quiero que me entierren bajo un árbol, para ser pasto de los gusanos.

—Si las cosas salen mal esta noche, se lo haré saber a tu padre.

—No te molestes. Le da igual. —Hay amargura en las palabras de Sam. Como no sé qué decir, me quedo callado. Al final, añade—: Bueno, ¿dónde está la guarida?

—Nunca dije que fuera una guarida, solo que Rawley forzó la entrada. Según Villiers, se quedó aquí dentro un buen rato.

Ilumino con la linterna la zona donde el corredor se divide, tanto a la derecha como a la izquierda. Al final de uno de los extremos hay una caja de metal que seguramente tiene algo que ver con la instalación eléctrica. En el otro, una ventana que está tapada hasta la mitad con ladrillos.

—Vale, tú mira ahí. —Sam apunta hacia la caja—. Yo iré para allá. —Señala la ventana.

He visto suficientes películas de terror como para saber que separarse es la peor decisión que puedes tomar. Estoy a punto de decírselo, pero ya se ha largado.

Cojo la palanca que llevo a la cintura y enfoco con la linterna al suelo y las paredes más bajas, en busca de algo que pueda parecer interesante para un trampero de almas o que pudiera albergar a un fantasma atrapado, pero básicamente no hay nada aquí. Un rincón está lleno de sillas amontonadas; otro, de equipamiento de mantenimiento.

—¿Has encontrado algo? —grita Sam. Al parecer, lo de susurrar ya se nos ha olvidado.

—No.

Nos encontramos de nuevo en el medio.

—Podría purificar este espacio; así quizá lograríamos dar con una trampa o con otra clase de marca mágica —dice Sam.

—¿Has traído lo que necesitas?

Por un instante, sonríe ampliamente.

—Siempre lo llevo encima.

Saca una bolsa de papel doblada, tira la mezcla de hierbas al suelo y enciende un mechero. Retrocedo para que ese humo tan intenso no me dé de lleno en la cara. Como haya algunas alarmas contra incendios aquí abajo, estamos jodidos.

Examinamos las paredes y el suelo por si ha aparecido alguna marca de trampero.

—No veo nada en mi lado —digo, intentando no toser.

—Espera —responde Sam—. Hay algo detrás de estas tumbas.

Casi todas las losas de piedra tienen un nombre, una fecha y un epitafio, pero en la columna central de la piedra hay tres paneles lisos, sin ninguna marca. El humo se filtra por las grietas situadas a cada lado de esas losas centrales, como si una aspiradora lo estuviera absorbiendo hacia un lugar vacío que se encuentra al otro lado.

—Sí, aquí es —dice Sam, quien empieza a empujar con los puños; primero, en la parte central de cada losa; luego, en las esquinas.

—Qué bien nos vendría que alguien hubiera traído una palanca —le comento, mientras la agito delante de él.

Tuerce el gesto cuando meto el extremo de la palanca en la ranura que hay entre las losas. Sam coloca sus manos junto a las mías y tira mientras yo empujo. La piedra chirría y la palanca se resbala. Me caigo encima de él. Sam me agarra hasta que recupero el equilibrio. Me pongo colorado. Lo intentamos de nuevo.

Tras otro resbalón, hace un gesto de negación con la cabeza.

—No va a ceder.

Igual tiene razón. Igual solo estamos intentando irrumpir en el lugar de descanso de un pobre desgraciado de mierda, pero Rawley debía de tener una buena razón para entrar aquí. No tenemos ninguna otra pista. Me apoyo sobre el granito. A pesar del aire frío, tengo la frente empapada de sudor.

Un nombre.

No tengo ni idea de dónde sale ni por qué lo estoy pensando, pero dejo que salga dando tumbos de mi lengua, en una voz tan baja que Sam no lo oye.

—Rachel.

Un chirrido retumba por la cripta, algo rueda y se oye un golpe sordo, como cuando se abre la cerradura de una puerta. Los tres paneles se vuelven hacia dentro como si fueran uno solo, revelando una escalera estrecha que se adentra en la tierra.

16

Abajo, en la oscuridad

—¿No crees que esto puede ser peligroso? —pregunta Sam mientras alumbra con la linterna del móvil las escaleras.

Inspiro el aire rancio.

—Pues claro, joder.

—Vale. Iré primero.

Lo sigo y suelto la palanca para poder apoyar una mano sobre la pared. ¿Por qué siempre hay escaleras? Las odio, sobre todo cuando están desniveladas. Si alguna vez me encuentro con el que construyó este lugar, le diré que debería plantearse la posibilidad de incluir un ascensor en su próxima espeluznante guarida subterránea, o lo que sea esto.

Dios. Es mejor no pensar en lo que podría estar esperándonos en la oscuridad. Me concentro en cada paso que doy. Si me resbalo, me llevaré por delante a Sam y, si le parto el cuello, probablemente se me aparecerá para atormentarme.

El hueco de la escalera gira hacia la derecha; luego, otra vez, retorciéndose sobre sí mismo.

Sam dice con voz entrecortada:

—Dios, huele de pena.

Yo también lo huelo: apesta a moho, humedad y una putrefacción persistente que me da arcadas. Llegamos al fondo y el haz de mi linterna ilumina brevemente una sala amplia antes de que una ráfaga de aire gélido nos golpee. La linterna parpadea y se apaga. La luz del móvil de Sam también se apaga.

Lo único que puedo oír es mi propia respiración agitada. Entonces, algo cruje bajo mis pies. ¿Es gravilla? Una luz se enciende. Y una máscara grotesca aparece a mi lado. Dando tumbos, me aparto gritando.

—Charlie, que soy yo.

Es Sam. Ha sacado el mechero, cuya cálida llama proyecta unas sombras en las cuencas de sus ojos.

Me llevo las manos a las rodillas y me agacho mientras respiro hondo.

—La madre que te parió, Harrow.

—Deberías haber visto la cara que has puesto —me dice, con esa amplia sonrisa tan maliciosa que tiene.

—Eres un capullo.

Hay unos cristales rotos en el suelo. En el centro de la habitación, hay una mesa larga, pero no puedo ver mucho con la luz que proporciona la llamita del mechero. La peste a amoníaco rancio se me mete hasta el fondo de la garganta.

Pruebo a ver si funciona mi linterna, pero no, está jodida.

—Busca unas velas o unas lámparas o algo así.

Sam ya está en ello y se ha adentrado aún más en la habitación. Lo sigo, porque de alguna manera ese pequeño halo de luz que lo rodea parece brindarme cierta seguridad.

—¡Ajá! —exclama. Enciende dos lámparas de queroseno antiguas. Luego me da una y nos ponemos a explorar el lugar.

En la encimera alicatada de la izquierda, un montón de latas vacías, que por sus envases tienen pinta de ser antiguas, se tambalean junto a una cartilla de racionamiento a medio rellenar con fecha de agosto de 1944. Sobre la gran mesa hay mucho equipamiento de laboratorio anticuado y unos tubos de goma quebradizos que se desmenuzan cuando los toco. Cojo unas gafas de media luna con una montura fina que hay ahí.

Cuando las giro de aquí para allá, el cristal tiene un brillo ligeramente azulado.

He visto estas gafas antes.

El olor, los azulejos…

Sam está examinando unas botellas de alcohol. Le quita el tapón a una cubierta de polvo y le da un buen trago.

—Agh. Está fuertecillo.

Me la ofrece. Cojo la botella y bebo con ganas, hasta atragantarme con ese líquido ardiente, y señalo a la otra punta de la cámara, que está envuelta en la oscuridad.

—He estado aquí antes.

Sam avanza un poco, la luz de su lámpara alcanza el final de la mesa y también el cadáver que pende sobre ella de una soga gruesa.

—¡Mierda! —exclama, a la vez que salta hacia atrás.

El cuerpo consumido está envuelto en unos jirones de ropa, que se ha ido pudriendo sobre esos miembros esqueléticos. Esa piel curtida, ennegrecida y endurecida por el paso del tiempo aún se aferra al cráneo como si fuera un plástico brillante. La silla a la que el hombre se subió está tirada en el suelo.

Aparto la vista.

—Estaba en ese bucle de muerte del que me sacaste, es él —le digo a Sam.

—¿Estás seguro?

—Solo hay una forma de comprobarlo: quemó unas cartas y una foto antes de suicidarse… —Me dirijo a la otra punta de la sala subterránea, para alejarme del cadáver lo máximo posible. Ahí está el fregadero, tal y como lo recuerdo, y dentro de él, veo las cenizas de un fuego. No queda nada, salvo un trozo curvado de papel amarillento en el que no se distingue nada—. Sí, es él.

—¿Crees que también era un trampero de almas? —pregunta Sam.

—Hay una barrera mágica fuera que impide entrar a los muertos, así que sí, eso creo. Y esto… —Sostengo en alto las gafas de media luna—. Rawley tiene unas iguales.

En cuanto me las pongo, las paredes relucen y se ven con claridad; están repletas de unas marcas brillantes de trampero como las que vi en el bucle del Ahorcado. Rodean la habitación entera, sin dejar ningún hueco, pero están difuminadas. Cuando miro por encima de las lentes, las marcas se esfuman.

—Hostia puta, Sam, tienes que ponerte estas gafas.

Se las doy. Sam se las pone y lanza un silbido largo y grave.

—Con estas gafas se pueden ver unos conjuros ocultos. Sí, son muy útiles. Y dices que Rawley tiene unas como estas, ¿no?

Me devuelve las gafas y me las meto en el bolsillo.

—Las lleva atadas a una cadena al cuello.

—Así que entra por la fuerza en la guarida de un trampero de almas que lleva muerto mucho tiempo para… ¿comparar sus gafas mágicas? —Sam se para un momento a pensar—. ¿Ves algo distinto a lo que recuerdas del bucle? ¿Falta algo? ¿O se dejó algo?

Sam abre los cajones y rebusca entre los objetos que hay sobre la mesa; luego, por debajo de ella.

Mientras, yo examino la habitación lo mejor que puedo bajo esta luz tan escasa.

—Quizá sí. Quizá no… No sé. Si te soy sincero, estaba bastante centrado en no morirme.

—Charlie. Debemos irnos. —Sam está quieto, helado. En la mano sostiene un matraz de cristal del tamaño de un puño. Lo recuerdo del bucle de muerte. Estaba colocado sobre un soporte (ese trozo de metal que había en el suelo por debajo de la mesa) y debió de caer al suelo cuando el hombre le dio la patada a la silla.

Sam sostiene el matraz en alto, de tal modo que la luz de su lámpara lo atraviesa. La boca está sellada con una cera roja gruesa, y dentro hay una masa carnosa que se retuerce y deja ver brevemente un ojo inyectado en sangre, una boca llena de dientes y una garra.

Lo hemos entendido todo mal. La barrera mágica no mantiene a los fantasmas fuera, sino que mantiene a los muertos dentro.

17

Con uñas y dientes

Mierda. Estaría dispuesto a enfrentarme a las Almas Antiguas ahora mismo. Joder, incluso a los abusones de la escuela, vestido con un puto disfraz de gilipollas. A cualquier cosa menos a lo que hay en ese matraz.

—Déjalo. Con cuidado —le digo a Sam, aunque tengo que hacer un esfuerzo para que no me tiemble la voz.

Sabemos que los tramperos de almas cazan fantasmas. Ahora sabemos dónde los encierran y cómo los contienen. Si sellan los matraces con cera roja, ya sabemos por qué vimos charcos de esa sustancia en los escenarios de los raptos. No sé quién está atrapado en ese matraz, pero sí sé que lleva ahí un tiempo y parece bastante cabreado. Si se rompe...

En el aire gélido, se eleva el vaho del aliento de Sam.

Por culpa de la electricidad estática se me eriza el vello de los brazos.

Algo cruje bajo mis zapatillas; se trata de unas esquirlas de cristal, de unos cristales curvos cubiertos de manchitas de cera.

Dos matraces. Había dos matraces en el soporte metálico, no uno. El globo sin romper lo tiene Sam en las manos y no hay ni rastro del segundo, lo cual quiere decir...

Unos sollozos retumban por las paredes. Por culpa del miedo, me da un vuelco el corazón cuando me coloco delante de

Sam y levanto mi lámpara como si fuera un arma. Aunque la luz nunca ha espantado a un fantasma.

Desde detrás de las escaleras aparece una monja vestida con un hábito gris; es como si se estuviera exhumando ella sola de las paredes. Es inusualmente alta (mide más de metro ochenta) y delgada, nos contempla atentamente con una mirada blanquecina mientras flota hacia nosotros. Noto un olor a polvo de ladrillo y sudor y cerveza rancia. En sus últimos momentos de vida, alguien le arrancó el pelo con un objeto afilado y se lo dejó hecho un cristo. Tiene sangre en ciertas partes de la cabellera que brillan bajo la luz de la lámpara.

Nuestras miradas se cruzan. Es como si me tirasen a un río helado. Intento moverme, pero los músculos no me obedecen. Mi cerebro chilla presa de un pánico tremendo. Me vibran los huesos.

Está cantando algo; es una oración que reconozco, un verso que forma parte del padrenuestro: «Líbranos de todo mal». Extiende un brazo hacia nosotros.

—Ayudadme. Por favor.

El óxido se filtra por las grietas de los azulejos y se fusiona para formar unos patrones como los que hemos visto antes con las gafas. El polvo y los escombros se mueven, es como si un terremoto estuviera zarandeando los huesos de este lugar. Por un segundo pienso que esto es cosa de Sam y su magia, pero puedo ver que tiene los ojos como platos y está más acojonado que yo.

—Fui emparedada viva por estar encinta. —La monja se agarra los pliegues del hábito a la altura del vientre, que tiene ligeramente hinchado—. Os necesito.

—Hum, ¿para qué nos necesita exactamente? —le pregunta Sam.

No lo sé, pero me apuesto mi vida después de la muerte a que no es para aprovechar ofertas de dos por uno para ir al cine ni para dar largos paseos por la puta playa. Ollie nos habló de una monja embarazada, de la hermana Agnes, quien fue embotellada por un trampero por haber asesinado a un vidente. Es una Hambrienta y para salir de aquí vamos a tener que pasar por encima de ella.

—Aléjate, o te volveremos a meter en el matraz —le espeto, pero es una amenaza desesperada y vacía.

Y por las carcajadas crueles y ansiosas que lanza, la hermana Agnes lo sabe.

Nos ataca, mostrando unas encías pálidas y unos dientes amarillentos. Con una garra, me empuja a un lado. Me giro, se me cae la lámpara y detengo mi caída. Me doy la vuelta justo a tiempo para ver cómo Agnes empuja a Sam contra la mesa mientras le quita de un golpe el segundo matraz.

Juro que el tiempo se ralentiza mientras el matraz cae. Al final, se estampa contra el suelo de piedra y se hace añicos. Primero absorbe aire; luego, lo libera.

Una figura de mandíbula recta y barba de varios días se materializa entre nosotros, lleva un sombrero de bombín inclinado sobre su frente amplia. Su capa andrajosa y sus dedos largos están manchados de sangre coagulada. Cuando me ve, sonríe de oreja a oreja, mostrando brevemente unos dientes afilados.

—Uno para cada uno —dice la monja—. Será suficiente para romper el hechizo.

—Agnes, amor, me vas a malcriar —responde Dientes Afilados, al mismo tiempo que alza las manos.

Unos fragmentos de cristal se elevan en el aire. La madera de la mesa cruje cuando unas astillas enormes se desprenden de ella. Retuerce los dedos. Unos objetos de metal deformados, unos platos esmaltados y unos matraces rotos trazan círculos a su alrededor como si los barriera una tormenta.

—No puede... hacer... ¿Cómo ha...? —tartamudeo. Los muertos no pueden interactuar en el mundo físico, de modo que ¿cómo leches es esto posible?

Mientras intento mantener el equilibrio, me agacho bajo

ese torbellino. Sam aleja a Agnes de un empujón y esquiva a Dientes Afilados, quien parece estar más interesado en jugar con su comida que en darle el golpe de gracia, ya que deja pasar a Sam.

Seguramente quieren comernos vivos.

Unas llamas cobran vida sobre la mesa, prendiendo un reguero de aceite derramado de la lámpara que se me ha caído. Los tubos de goma arden y el fuego se extiende, desprendiendo un humo oscuro.

—¡Huye! —exclama Sam, quien me empuja para que suba las escaleras.

Bajo la escasa luz, tanteo lo que tengo delante para poder avanzar. Mis músculos se quejan porque estoy llevando mis prótesis al límite, pero tengo que seguir adelante. Un humo punzante asciende por el hueco de la escalera por detrás de nosotros, seguido por la cruel risa de Agnes.

Me tropiezo, mis sentidos se han vuelto locos. Me golpeo la barbilla con un peldaño y me muerdo la lengua. Tengo a Sam encima, quien me agarra del pecho como puede para levantarme. Respira entrecortadamente, como yo. Intento recuperar el equilibrio lo mejor posible. Él tira de mí hacia arriba, sin parar.

El granito que nos rodea tiembla y se resquebraja. Dientes Afilados se eleva por el hueco de la escalera para intentar agarrarme. Presa del pánico, le doy una patada y mi prótesis lo atraviesa hasta que mi muñón impacta contra su tripa, enviándolo hacia atrás hasta que choca con Agnes. Sam me coge rápidamente, impidiendo así que caiga por el hueco tras los fantasmas. Escupo sangre y continúo subiendo.

Entramos juntos en la cripta, tambaleándonos. Unas ardientes esquirlas de madera y unos trozos de granito vuelan a nuestras espaldas. Sam corre hacia la puerta cerrada.

—¡Olvídala! —grito ahogadamente.

Dientes Afilados asciende por el hueco de la escalera. Unos segundos más tarde, vemos la cara cerosa de Agnes. Un pánico nuevo me recorre, pero la adrenalina me mantiene en pie. Nuestra única esperanza es cruzar la barrera que mantiene a los fantasmas a raya.

Corremos hacia la puerta principal y entramos a trompicones en la zona de las tumbas. Comparado con el hedor que había dentro de la cripta, el fresco aire nocturno huele a libertad.

Algo me golpea en la espalda y salgo volando. Al aterrizar, me tuerzo la pierna izquierda dolorosamente. La hierba está húmeda y fría. Suelto una palabrota para maldecir esta agonía y me doy la vuelta. Un desesperado y aterrado Sam está tirando de la pesada puerta de roble. Entonces sus bisagras crujen y al fin se cierra.

Pero está perdiendo el tiempo. No piensa con claridad, y a mí me falta aire para advertírselo.

De repente, unos brazos atraviesan la puerta, lo agarran de ambos lados y tiran de él con fuerza contra la madera. La cabeza de Dientes Afilados emerge de la sólida puerta y le clava los colmillos en el cuello a Sam, que chilla de dolor. Una sangre oscura y brillante mana de los labios de Dientes Afilados.

¡NO!

Me levanto, pero mi prótesis izquierda se ha vuelto a estropear. El pie gira de un lado para otro inútilmente. Da igual. Debo alcanzar a Sam.

Me lanzo hacia la puerta y me abalanzo sobre los ojos de Dientes Afilados; le meto los pulgares en las partes blandas y carnosas de sus cuencas y pongo cara de asco al oír el ruido que hacen sus globos oculares al ser aplastados. Se echa para atrás, lanzando un alarido, y yo tiro de Sam.

Con una mano, le tapo la herida del cuello a Sam mientras él me coge de la cintura. Así, medio tambaleándonos, medio saltando, cruzamos las tumbas juntos. Mantengo el equilibrio gracias a que nos agarramos el uno al otro. Lanza un jadeo horrible. Lo agarro con más fuerza si cabe, deseando que aguante; nuestra meta no está lejos; no, ya no.

¿Dónde está esa barrera mágica que mantiene a los fantasmas a raya?

Por un instante aterrador, creo que ha desaparecido, que de alguna manera se ha esfumado mientras estábamos dentro.

Entonces, oigo los gritos de Heather, Villiers y Ollie. Un chillido furioso retumba por las lápidas. «No te gires. Solo quedan unos metros». Me duelen los músculos. No podré conseguirlo. No puedo dar otro paso. Pero lo doy.

Cruzamos la barrera.

Sam se resbala, aunque procuro no soltarlo. Heather me sostiene. Dejamos aún más atrás la capilla. Empiezo a notar el dolor de las heridas y, con cada paso que doy, gasto más energías de las que creo que tengo. Villiers le tapa con una mano la herida a Sam.

Dios. Esto pinta mal. Muy mal.

—Le ha mordido —le digo a Heather. Es lo único que puedo hacer ahora mismo.

Tras avanzar unos cuantos metros más, ella me ayuda a sentarme. Me apoyo en una lápida y ya lo único que siento es el dolor en las piernas.

La hermana Agnes y Dientes Afilados corren hacia nosotros mientras la piedra y la madera arden, estallan y giran a su alrededor en la noche. Los fragmentos alcanzan la barrera fantasma y la cruzan, trazando arcos en el aire. Un trozo de madera envuelta en llamas atraviesa a Villiers, impactando contra la lápida por encima de mi cabeza. Ollie suelta una palabrota. Sam intenta protegerme.

Los Hambrientos golpean la barrera mágica. Si esta no aguanta, se nos echarán encima en unos segundos. Y yo no puedo luchar; apenas puedo moverme.

Solo he visto a Heather poner esta expresión una vez. Vuelve a la capilla caminando lentamente. La hermana Agnes la mira a la cara con desprecio. Dientes Afilados le muestra una amplia sonrisa propia de un maníaco.

Silenciosamente, Villiers desenvaina su estoque y se coloca junto a Heather. Ollie los sigue un segundo por detrás, con los puños cerrados, plantándole cara al enemigo. El aire nocturno crepita con algo similar a la electricidad.

—Más os vale que esta barrera resista —les advierte Heather con un tono serio, firme—. Por vuestro bien. ¿Pensáis que somos las únicas almas que darán un paso al frente para defender a estos muchachos? Una ciudad cuenta con ellos y la vida posterior a la muerte del espíritu que los mate será cercenada de inmediato.

Se está tirando un farol, por supuesto, pero en el fondo de mi corazón aún tengo alguna esperanza.

Agnes es la primera en retroceder. Dientes Afilados tose unas flemas, escupe y, a continuación, se gira, como si la idea de retirarse se le hubiera ocurrido a él desde un principio. Aunque los escombros de la habitación subterránea siguen girando alrededor de la capilla, ya no nos los tiran.

Heather y Villiers vuelven a toda prisa. Antes de seguirlos, Ollie les hace una peineta a Agnes y Dientes Afilados.

Sam se desploma sobre mí, con la mano al cuello, con un gesto de dolor. Yo también estoy herido, pero eso no importa. Todo irá bien siempre que Sam continúe respirando.

—Necesito luz —pide Heather.

Saco la linterna, pero sigue sin funcionar. Con unos dedos temblorosos, Sam me da su mechero, que está manchado de su sangre.

En cuanto Heather se lo ordena, se quita la mano del cuello. Aunque tiene varios arañazos profundos en la clavícula que le han rasgado su camiseta de polo, es el mordisco el que tiene mala pinta, ya que unos dientes fantasmales le han desgarrado la carne y le han abierto dos tajos muy feos.

—Tenemos que detener la hemorragia —afirma Heather.

Apago el mechero y me quito el plumífero y la sudadera con capucha. Como la sudadera es vieja y está muy agujereada, resulta fácil arrancarle un trozo para usarlo como venda compresiva. Heather me dice que lo mantenga apretado sobre la herida que Sam tiene en el cuello. Él se apoya en mí y me quedo sin aliento.

Ollie se sienta cerca de nosotros.

—Sam, colega, ¿qué parte de «no te mueras» no has entendido?

Él le sonríe muy levemente.

—En realidad, aún no estoy muerto.

—Tenemos que llevarte a urgencias —le dice Heather.

Sam logra incorporarse un poco.

—¿Y qué les voy a contar exactamente? ¿Que me ha mordido un fantasma?

—Me da igual lo que les cuentes —responde con su voz de doctora. Nunca se anda con tonterías cuando hay un herido que necesita ser atendido—. Hay que limpiar eso y darte puntos…

—No, nada de hospitales.

—Tenemos compañía —señala Villiers.

Una luz artificial se desplaza entre las tumbas, a nuestra derecha. ¡Mierda! Seguramente hemos activado una alarma en alguna parte. O el Hombre Sombra ha vuelto para acabar con nosotros.

18

Puntos

Un tambaleante Sam se pone de pie, la brisa nocturna le azota los rizos. Me he dejado la palanca dentro de la capilla y, con una prótesis rota, no puedo moverme de donde estoy. Alguien nos apunta con una linterna a la cara. Entrecierro los ojos y levanto la mano.

—¿Charlie?

La luz tiembla y luego baja. Es Leonie, que lleva un abrigo que le queda muy grande sobre su pijama, va calzada con unas botas y se cubre el pelo con una gorra de seda.

—No me jodas, Olímpico —dice Mitch, que está detrás de ella con una pala en la mano. Da la impresión de que, como oiga un solo ruido fuerte más, se pondrá a repartir golpes con ella—. ¿Has prendido fuego a la capilla?

Leonie ilumina con su linterna el rostro de Dientes Afilados y las garras de Agnes. Sam y yo nos estremecemos. Aunque Leonie y Mitch no pueden verlos, sí que ven los escombros que vuelan de aquí para allá.

—¿Eso es un puto túnel de viento? —pregunta Mitch.

—No. En realidad son unos fantasmas hambrientos —contesta Sam antes de que pueda impedírselo.

Ollie levanta las manos y suelta un «ñam». A Villiers, eso parece hacerle cierta gracia.

Mitch resopla, sin poder creerse lo que acaba de oír.

—Así que habéis entrado por la fuerza en un cementerio de noche para cazar fantasmas hambrientos y provocar un incendio, ¿eh?

—No te preocupes por nosotros. —Hago un gesto con la cabeza para señalar su pala—. ¿Y tú qué? ¿Has salido para robar unas tumbas a altas horas de la noche? Como plan para una cita es algo muy inusual, aunque te doy un sobresaliente en originalidad.

—Es la mejor arma que hemos podido encontrar en el garaje de Leonie —responde un tanto a la defensiva.

Leonie se coloca entre nosotros.

—Vivo en Belle Vue. Vimos a alguien trepando por encima de la puerta a hurtadillas.

—¿Cuándo te has mudado a esta parte de la ciudad? —le pregunto.

—Mamá está enterrada aquí.

Me siento tan culpable que se me revuelve el estómago. Debería haberme acordado de su madre. Aun así, no me trago lo que está contando.

—Me habéis seguido hasta aquí.

—¡No!

—No soy idiota. Lleváis siguiéndome las dos últimas semanas.

Leonie se cruza de brazos.

—Porque te comportabas de un modo raro.

—Yo siempre me comporto así.

—Bueno, más raro de lo habitual, y después de lo que vimos en el campo de deportes…

—Pero si no estabais allí —la interrumpo.

—Estábamos en…, eh, el pabellón —dice Mitch, quien es incapaz de mirarme a los ojos.

Debieron de dirigirse directamente hacia ahí mientras yo recuperaba el aliento detrás del bloque de ciencias.

—Sabíamos que no os estabais peleando —nos explica Leonie—. Y que ahí había algo más. —Mira hacia atrás, a la capilla y los escombros en llamas—. Algo que no podíamos ver.

—No podemos quedarnos aquí —dice Heather—. Los bomberos podrían estar ya de camino y la comisaría está muy cerca de aquí, un poco más abajo.

—De acuerdo —contesta Sam.

Villiers me tiende una mano. Se la agarro y tira de mí para que pueda incorporarme con un único movimiento suave.

—Pero ¿cómo leches...? —farfulla Mitch—. ¿Eres un mago o algo así?

Su pregunta me sorprende y no puedo evitar reírme a carcajadas. Desde su punto de vista ha debido de parecer que he alzado el brazo y he ordenado a mi cuerpo que se levante, como cuando un vampiro sale de su ataúd.

—O algo así —respondo.

Como mi linterna y la de Sam no funcionan, le pedimos a Leonie que nos ilumine el camino. Villiers y Heather me sostienen, cada uno de un lado, para que pueda seguir a los demás cojeando. Cruzamos deprisa la avenida cubierta de hierba que lleva a Belle Vue. Leonie mira continuamente hacia atrás, hacia mí; su mirada calculadora habitual ha sido sustituida por una mirada desorbitada de incredulidad. Después de lo que han visto sería absurdo intentar ocultarles que está ocurriendo algo sobrenatural.

Unas sirenas aúllan a lo lejos.

—¡Acelerad! —susurra Leonie, a la vez que trepa por un muro con dificultad, seguida por Sam.

Mitch me da un empujón hacia arriba. Ollie me advierte de que no mire, y entonces los fantasmas atraviesan el ladrillo. Me quedo colgando de la pared hasta que noto cómo unas manos me tocan el culo y la espalda. Villiers me ha agarrado. Me suelto y caigo hasta aterrizar en unos brazos que me están esperando.

Pero no son los de Villiers, sino los de Sam, quien respira agitadamente y huele a humo y sangre y aire nocturno.

—Te tengo —dice.

—Vuelve a ponerte la venda compresiva —le espeta Heather antes de que yo pueda tartamudear una contestación.

Villiers me agarra el brazo y se lo coloca por encima del hombro, y Leonie nos lleva hasta el camino de entrada del adosado de ladrillo rojo donde se había encendido la luz del porche. El sensor de movimientos hace un clic y, un segundo después, nos vemos bañados por el mismo haz intenso.

—¿Y tu padre? —pregunto.

—En China con Al. Se suponía que íbamos a ir todos el año que viene, pero en el cumple de Al, papá se puso malo, así que todo fue muy a última hora; además, los vuelos a Zhengzhou son muy caros y, ya sabes, tengo exámenes. Joe está en Leeds. Y Terry, de fiesta en casa de alguien.

Abre la puerta. Y entramos en avalancha.

La sala de estar es tal y como la recordaba: tiene unas paredes blancas y madera natural y hay plantas de interior por todas partes; en las paredes están colgadas las obras de la señora Agyemang y sobre un sofá muy sencillo hay desperdigados unos cojines cosidos a mano. Pero esta es una casa distinta. Yo nunca jugué aquí de crío, nunca comí helado ni guirlache en el jardín trasero. La mamá de Leonie nunca vivió aquí y Leonie y yo ya no somos amigos. Esta es la casa de una desconocida. Huele como huelen las casas de los demás, a gente distinta que vive una vida que no conoces.

Sam parece estar agotado. ¿Cuánta sangre ha perdido? Heather no para de insistir en que se quite el trozo de la sudadera y le muestre la herida, ahora que puede verla con una luz mucho mejor.

Leonie tuerce el gesto al verlo.

—Oh, Dios mío, ¿los vampiros existen de verdad?

—Si no vas a ir al hospital, tendremos que tratarte aquí

mismo —dice Heather—. Dile a esa chica que deje de mirar embobada. Tenemos que limpiarte la herida. Pregúntale si tiene algo de yodo.

Le hago la pregunta a Leonie, quien pone cara de contrariedad.

—N-no creo.

—Pues habrá que conformarse con agua y jabón. Vale, utilizaremos cualquier cosa que tengas en el botiquín.

Leonie le dice a Mitch que vaya a ver si el botiquín está en la cocina mientras ella nos lleva al baño de la planta de arriba. Como mi prótesis rota me dificulta mucho moverme, me quito las dos y las dejo en el recibidor junto a mis *liners;* luego, me ato con sendos nudos las patas del chándal.

El baño es bastante grande, más ancho que el recibidor de abajo; cuenta con una bañera y un lavabo a la izquierda de la puerta y una ducha separada y un retrete a la derecha.

Mitch trae el botiquín. Tras apoyarme en la bañera, rebusco en él, a la vez que oigo a Heather explicarle a Sam cuál es la forma adecuada de limpiar la mordedura.

—Vamos a necesitar un hilo de nailon, una aguja curvada, unas pincitas y unas tijeras —me dice.

Lo de las tijeras y las pincitas no va a ser un problema, pero aquí dentro no hay nada que pueda usar para coser la herida.

Leonie aparece en la puerta con una caja de plástico opaca.

—Joe pidió esto por eBay para su año sabático, pero nunca se lo llevó.

Es un kit de sutura que contiene unas agujas en envases estériles, unos fórceps e incluso un par de guantes sin látex. Me lavo las manos, las muñecas y los antebrazos en el lavabo, y luego coloco todo lo que voy a necesitar.

—¿Has hecho esto alguna vez? —pregunta Leonie.

—Yo no, pero Heather sí —contesto—. Ella me guiará.

—¿Quién es Heather?

Suena el timbre, que retumba por toda la casa.

Nos quedamos helados donde estamos. Unas gotas de sangre caen sobre las baldosas.

—¡Policía! Abran, por favor.

—¿Has llamado a la pasma? —susurro.

Leonie resopla, como si así quisiera disculparse.

—Ya os he dicho que pensábamos que erais los vándalos que habían vuelto.

—¿Y ahora qué hacemos? —pregunta Mitch.

Leonie se quita las botas a patadas y deja caer su abrigo al suelo, de tal forma que se queda en pijama.

—Voy a ir a hablar con ellos.

—¿Y qué les vas a decir? —pregunto.

—Aún no lo sé, lo que haga falta con tal de que se larguen de aquí.

Mitch le quita una hoja suelta que se le ha quedado pegada en la gorra. Leonie le aprieta la mano y sonríe para tranquilizarle.

—Procurad no hacer ruido —dice, y al instante desaparece para bajar a la planta inferior.

—¿No crees que deberías acompañarla? —le susurra Sam a Mitch.

Mitch se frota la nuca.

—Su padre no sabe que estoy en su casa a estas horas de la noche.

Se oye cómo se abre la puerta principal.

—Hemos recibido una llamada desde esta dirección denunciando que alguien había entrado en el cementerio —dice un agente de la autoridad con un tono bajo y sereno.

Nos cuesta oír la respuesta que le da Leonie. ¿Ha salido a la calle?

Lo de haber entrado ilegalmente es la menor de nuestras preocupaciones; también nos enfrentamos a ser acusados de daños a la propiedad, de haber provocado un incendio y, si dan con el cuerpo, de asesinato.

No, no nos pueden cargar ese muerto. Encontrar un cuerpo no es un delito.

La puerta de la entrada se cierra ruidosamente y Ollie estira ambos pulgares para indicarme que todo está en orden, pero yo no tengo tan claro que esto haya acabado. Oímos unas pisadas pesadas por debajo de nosotros, seguidas por la voz de un hombre. Cierro los ojos e intento escuchar.

Están dentro de la casa.

Se oye un clic suave.

Abro los ojos como platos.

Mitch se lleva un dedo a los labios. Ha cerrado con cuidado la puerta del baño. Sam gime de dolor muy bajito y me concentro en él. Necesita que lo cure. No debemos armar ruido y hay que confiar en que Leonie se librará de la policía.

—¿Estás seguro de que no quieres ir al hospital? —susurro.

Sam intenta hacer un gesto de negación con la cabeza y pone cara de dolor. Normalmente susurra bastante alto, pero ahora debo inclinarme para poder oírle con claridad.

—Nos harán muchas preguntas que no podremos responder; además, se supone que estoy en tu casa, ¿o no lo recuerdas? Mi padre querrá hablar con tus padres, que entonces sabrán que les has mentido...

—Y el tuyo se dará cuenta de que tienes un agujero grande de narices en el cuello.

Sam parpadea.

—Los fulares me quedan muy bien.

—En su día perdí muchos camaradas y amigos por culpa de la gangrena, así que no os recomiendo que hagáis esto —dice Villiers—. Aunque sé que Charlie te curará con destreza, no deberíais olvidaros de usar los antisépticos que surgieron en la era de la Ilustración.

Sam pone cara de dolor.

—Gracias, Villiers. Lo tendré en cuenta.

—¿Con quién estáis hablando? —pregunta Mitch, quien recorre con la mirada el baño.

—Tú, simplemente, aparta de en medio —le contesto. Para mi sorpresa, se aparta sin protestas.

Saco los guantes sin látex. Sam se tumba en el suelo, junto a la bañera, y yo me arrodillo delante de él.

—Alinea los bordes de la piel. Si no lo haces, la cicatriz no quedará recta —me explica Heather—. Lo que haremos será dar puntos perpendiculares a la herida, ¿vale? Eso quiere decir en horizontal, dando tan pocos como sea posible. Cuando empecemos, no tires de la aguja, sino guíala con delicadeza desde la base con las pincitas.

Me pongo los guantes y, a pesar de que me pican las palmas de las manos por culpa de las rozaduras, debo tener el pulso firme. Miro a Sam como si le pidiera disculpas.

—Esto va a doler.

—Debería haber traído whisky —dice.

—Es tu última oportunidad de cambiar de opinión.

—Tú hazlo.

Heather coloca sus manos sobre las mías. Respiro hondo y me pongo a coser.

19

Perdido

Leonie vuelve justo cuando estoy terminando y parece horrorizarse al ver mis guantes manchados de sangre. Sam respira superficialmente y tiene la piel sudorosa y de color gris. Tras haber contemplado todo el espectáculo, Mitch tiene un color similar.

—Acabé —digo, quitándome los guantes. Heather me da unas palmaditas en el hombro. Está orgullosa de mí. Yo, simplemente, me siento aliviado de haber terminado.

Sam examina mi obra de arte en el espejo que hay sobre el lavabo.

—No está mal, Frith, nada mal.

Leonie coge un tubo de Savlon del botiquín y se lo ofrece a Sam.

—No sé qué te mordió, pero sí sé que podría contagiarte la rabia.

—En Inglaterra, la última muerte por rabia autóctona se produjo en 1902 —señala Ollie, porque es de esos que almacenan esta clase de información en su cabeza.

Se lo repito a Leonie, quien pone cara de no poder creérselo.

—Qué datos tan divertidos conoces, Charlie. —Agita el tubo ante Sam—. Tienes una cara bonita, ¿no sería una pena que se te pudriera y cayera?

Heather la mira con aprobación.

—Siempre ha sido muy sensata.

Sí, salvo en Normandía. Entonces no lo fue.

Como Sam intenta abrir el tapón de rosca con torpeza y no lo consigue, le quito el tubo. Él ladea la cabeza, y entonces me doy cuenta de que me está indicando que le ponga la crema yo. Me da un vuelco el corazón. Me siento mareado; debe de ser por el shock de haber tenido que coser a alguien. La crema tiene ese olor a medicamento extrañamente estéril. Se la aplico sobre los puntos.

—Hecho.

—Gracias —responde, a la vez que se aparta. Algo entre nosotros se estira y se rompe.

—¿La policía se ha ido? —le pregunta Mitch a Leonie, al mismo tiempo que la agarra de la cintura.

—Sí. En serio, me merezco un Óscar —contesta Leonie mientras le rodea con un brazo. Me quedo helado al ver cómo sus manos se abren paso por el pelo de Mitch.

—¿Crees que volverán? —pregunto.

—Esta noche no. Tienen que ayudar a los bomberos y no sé qué más.

—Pero verán la mierda friki que está pasando ahí fuera, ¿no? —señala Mitch.

Suelto un taco por lo bajinis. Aunque la hermana Agnes y Dientes Afilados no serán capaces de hacer daño a los vivos, por muy tarugos que sean esos policías es imposible que no se vayan a fijar en unos escombros que flotan.

—Sí —contesto, sintiéndome intranquilo—. Además, nos hemos dejado ahí las gorras. Y yo también la sudadera.

—¿Y? —dice Mitch—. Pensarán que pertenecen a los vándalos que les hemos dicho que han entrado ilegalmente.

—Pero estarán llenas de mis huellas…

—¿Alguna vez te han arrestado?

—N-no.

—¿Alguna vez te han tomado las huellas por alguna razón inexplicable?

—No.

Hace un gesto de negación con la cabeza.

—Pues entonces les deseo buena suerte.

Sam se sienta en el borde de la bañera.

—Tiene razón. Solo pueden revisar sus bases de datos para ver si coinciden con las de alguien que esté fichado y no van a hallar nada. Además, ese muerto lleva décadas ahí, no es una persona que acaba de desaparecer.

—¿Muerto? —pregunta Leonie—. ¿Qué muerto?

Sam y yo nos miramos.

—El que está bajo la capilla del cementerio. —¿Qué es lo que puedo contarles? Decido darles la respuesta más sencilla posible—. Aunque lleva décadas muerto, lo acabábamos de encontrar.

Mi contestación hace que Leonie arquee una ceja y Mitch frunza el ceño.

Él se inclina hacia delante.

—Vale, ni sois magos ni cazadores de vampiros, así que ¿qué leches sois?

Los fantasmas y Sam se quedan callados; todos están pendientes de cómo voy a salir de esta. Abro la boca y, entonces, dudo. Mitch y Leonie estuvieron conmigo en Saint-Lô; vieron lo que pasó y por su culpa todo empeoró. ¿Y si le cuentan a la gente lo de esta noche y afirman que se me ha vuelto a ir la olla y se les va la lengua y cuentan..., no sé..., más cosas? Joder.

—No nos mantengas al margen otra vez, Charlie —dice Leonie—. Ahora no.

¿Que los mantuve al margen? Lo que me faltaba por oír.

—Es peligroso —contesto—. Es que hay ciertas... ¡cosas!

—¿Cosas?

—Sí, cosas peligrosas —recalco—. Podríais acabar heridos. No deberíais meteros en esto.

—¡Pero si ya lo estamos! —Leonie me señala con un dedo—. Tú has violado las leyes de la gravedad y él… —señala acusadoramente a Sam— acaba de mancharme de sangre el baño entero, así que ya estamos metidos en esto, te guste o no.

—Podrían haberte entregado a la policía —comenta Heather en voz baja—. Pero no lo han hecho.

No, aún no.

—Es mejor forjar una alianza que arriesgarse a que busquen a nuestro adversario para obtener respuestas —me aconseja Villiers.

—A menos que les borremos los recuerdos —sugiere Ollie—. Pero no tengo ese chisme de los Men in Black que lanzaba fogonazos. Sam, ¿tienes algún hechizo mágico en ese cuaderno tuyo tan maravilloso que les pueda hacer olvidar lo que han visto?

Sam niega con la cabeza, se tambalea un poco y se mete en la bañera.

—Necesito… tumbarme un segundo.

—Puedes tumbarte siempre que uno de vosotros conteste nuestras preguntas —nos advierte Mitch—. O haremos que vuelva la policía aquí para que podáis contarle qué pasa.

—Mitch —dice Leonie.

Pero ha tomado una decisión. Conozco esa mirada. Su encanto se agrieta, y el verdadero Mitch emerge; el chaval al que veo reírse de mí bajo esa sonrisa falsa, el que es colega de Josh Girshaw a pesar de que este me dio una paliza. Pero ya no sonríe, solo está tenso por la ira y el miedo. Mitch está asustado. Y la gente aterrada hace cosas estúpidas, peligrosas.

Así que les cuento la verdad.

—Cuando la gente muere, a veces se quedan por aquí como fantasmas…, como almas, en realidad. Y, bueno, Sam y yo podemos verlos. —Aunque me cuesta reconocer mi propia voz, estoy hablando bien al revelarles estos secretos—. Hay muchos en York; algunos son viejos y murieron hace cientos de años, otros acaban de morir. No sé por qué se quedan, quizá porque han tenido una muerte difícil o les queda algún asunto pendiente, pero sí, hay fantasmas por todas partes. Últimamente, alguien se los ha estado llevando. Creemos que es un guía turístico llamado Peter Rawley. Los fantasmas lo llaman el Hombre Sombra.

Les hablo sobre los tramperos de almas y les cuento la verdad sobre lo que encontramos en la capilla y el bucle de muerte del campo de deportes. Cuanto más hablo, más fácil me resulta seguir hablando. Cuando acabo, los vivos están sentados formando un círculo estrecho en el suelo del baño; salvo Sam, que está hecho un ovillo en la bañera, como un pollito dentro de un huevo. Heather está junto a la puerta, cerca de mí. Ollie y Villiers se han metido como han podido en la ducha para ocupar el menor espacio posible.

—Así que puedes ver a los muertos, ¿eh? —pregunta Leonie, como si esperase que fuera a admitir que estoy majara, o que esto solo es una broma.

—Sí.

Observo a Mitch. Nunca le había visto con una mirada tan vacía.

—¿Y Sam también?

Un brazo emerge de la parte superior de la bañera.

—Me declaro culpable.

Leonie mira a su alrededor y se detiene en el espejo, como si pudiera ver unos espíritus danzando en el cristal.

—¿Hay… algún fantasma aquí dentro ahora mismo?

Hago las presentaciones. Villiers hace una reverencia, acompañada de una floritura con la mano. Heather sonríe. Ollie no hace nada; de todos modos, no pueden verle.

—¿No hay nadie más? —pregunta Leonie.

—Tres espíritus ya son muchos para cualquier baño de los suburbios.

Ella niega con la cabeza.

—Si no fuera porque vi lo que pasó en la escuela, te diría que dejaras de contarme gilipolleces. Fue como lo del viaje a Saint-Lô, ya sabes, como si todo eso sucediera de nuevo.

No quiero hablar de Normandía.

—Y en el cementerio —continúa Leonie, con las manos entrelazadas, como si necesitara agarrarse a algo—, era imposible que pudieras moverte de esa forma sin que alguien más ahí…, así que, sí, me fío de las evidencias. ¿Siempre los has visto?

Estoy sudando.

—No, solo desde la meningitis.

Mitch se pone de pie, con los puños cerrados y temblando.

—¿Por qué no me lo contaste? Yo era tu mejor amigo.

¿Mi mejor amigo? Éramos más que eso, o casi lo éramos.

No se lo conté porque era otra cosa más por la que era distinto a él y todos los demás. Porque ya tenía bastante con lo de haber perdido las piernas. Porque ver y escuchar a gente invisible es raro y antinatural y no quería que pensara que yo era raro.

Si no se da cuenta de eso él solo, yo no se lo voy a explicar. Al ver que no respondo, niega con la cabeza y se va.

—Qué bien ha ido todo —comenta Ollie.

Tengo la impresión de que el mundo se ha ido aplastando, hasta ser un punto diminuto en la vasta oscuridad. Después de todo lo que me hizo, ¿cómo puede Mitch irse todo indignado?

Leonie se va corriendo detrás de él y lo alcanza a la mitad de las escaleras. No puedo oír lo que le dice porque habla en voz baja. Mitch asiente; después él se va y ella vuelve a subir.

—Solo quiere ayudarte —me dice—. Es lo único que hemos intentado hacer siempre.

—¿Ayudarme? —Resoplo—. Pero si me dejasteis tirado.

—Fuiste tú quien, de repente, dejó de ser nuestro amigo. Intentamos…

—Porque le dijisteis a todo el mundo que estaba loco.

La miro fijamente.

—Nosotros no... —Respira hondo—. Joder, Charlie, éramos unos críos y nos asustamos. Estabas a nuestro lado y, de repente, fuiste arrastrado a esa farmacia y... estuviste sentado en el aire un segundo. O sea, eso era imposible. Estabas cubierto de sangre, que te brotaba de los brazos. No entendimos lo que vimos..., ¿cómo podíamos entenderlo? ¡Pero si dejaste de hablarnos!

—Así que es culpa mía, ¿no?

Heather me toca el brazo y eso hace que el dolor de cabeza, provocado por la tensión, remita un poco.

Leonie cierra los ojos un largo rato.

—Durmamos un poco, ¿vale? Métete en la cama de Al. Sam, puedes acostarte en la de Joe.

La miro, sorprendido. Ella resopla.

—No os voy a echar a patadas en plena noche, por mucho que te estés comportando como un gilipollas.

—De acuerdo. ¿Harrow?

Sam no responde.

—Eh, Sam... —Mi voz se tiñe de pánico. Me inclino sobre él. Respira profundamente y de forma regular. Le toco el hombro y parpadea, pero no se despierta—. Me da que no vamos a poder sacarlo de la bañera.

—Vete a dormir —me dice Heather—. Yo me quedaré con él.

—No, ya me quedo yo.

No he visto a los hermanos de Leonie desde hace más de cinco años. No quiero dormir en ninguna de sus camas.

—¿Quieres dormir aquí? —pregunta Leonie.

Al ver que asiento, se encoge de hombros y se va al pasillo. Un minuto después, vuelve con unas mantas. Hay el espacio justo para que me tumbe al lado de la bañera. Cuando el suelo ya está limpio, echa unas cuantas mantas de lana y trae dos edredones.

—¿Tus, eh, fantasmas necesitan algo?

—Qué jovencita tan encantadora —comenta un sonriente Villiers, quien luego procede a recitar una larga lista de exigencias, entre las que se encuentran un gorro de dormir de lino bordado con hilo negro y algo llamado *posset.*

—No, no necesitan nada —respondo al instante.

—Muy bien. Buenas noches.

—Leonie…

Se detiene en la puerta.

Me aclaro la garganta.

—Hum, gracias por…, ya sabes.

—Sí.

Asiente y se va.

Arropo a Sam, le coloco una almohada bajo la cabeza, con cuidado para que no se le estiren los puntos y, a continuación, me coloco sobre el montón de mantas y me apoyo en la bañera. Heather se coloca a mi lado. Ollie se acurruca junto a ella.

Villiers se sienta, con la espalda apoyada en la pared situada bajo la ventana.

—Debéis dormir. Yo vigilaré.

Como estoy dejando atrás el subidón de adrenalina, me siento agotado y dolorido. Debería levantarme y limpiar mis *liners.* Tampoco me vendría mal asearme un poco, pero Sam está en la bañera y, si me diera una ducha, armaría mucho ruido. Ya me ocuparé de eso por la mañana.

Ahora que estoy muy pegado a Heather, dejo que el agotamiento me venza. Quiero levantar el brazo en la oscuridad para agarrarle la mano a Sam; simplemente, para asegurarme de que sigue siendo real. Me ha vuelto a salvar la vida esta noche, pero creo que yo también le he salvado la suya. Formamos un buen equipo.

Pienso en lo que Heather ha dicho, en eso de que somos importantes para los fantasmas de York. Casi resulta triste que no sea verdad. Tal vez yo quiera que lo sea. Cuando ella estaba viva, dedicó su vida a curar, respetó el juramento hipocrático, no hizo ningún daño a nadie. Luego, en la muerte, ha cuidado de mí como una hermana mayor, así que cuando los ha amenazado de esa manera, cuando les ha dicho que acabaría con sus vidas después de la muerte…, no sé si eso me ha asustado o me ha hecho quererla aún más.

—Heather… —Le doy un leve codazo—. Creía que las almas eran inmortales. ¿Realmente los fantasmas pueden morir otra vez; o sea, morir de verdad?

Me coge de la mano y me la aprieta con fuerza.

—Nada es eterno, Charlie.

20

Las ruinas

Entro dando tumbos en la casa desmoronada de la plaza, me adentro en las sombras y espero a que los hombres pasen. Me están buscando. No, a mí no, a ella. Se encuentra en las ruinas de Saint-Lô, unas gotas de óxido caen de la punta de sus dedos, manchando de sangre el suelo.

No huye. No debe mostrar miedo. Casi la atraparon en Caen. Pero logró escapar antes de que dieran con ella. Gracias a que usó unos encantamientos para cambiar de identidad, ha llegado hasta aquí. Puede volver a hacerlo, puede ser otra persona, puede tener un nombre nuevo.

Recorro con la mirada la jamba destrozada e inspiro el polvo y la peste a barro y humo.

Un camión se detiene. Las puertas se abren y de él salen dos ingleses de mirada gélida. Es muy tarde para huir. El más alto se inclina sobre un cuerpo destrozado en medio de los escombros. No sé qué susurra, pero hace que un escalofrío me recorra y sienta náuseas.

El hombre que tiene unos rizos densos y la misma cara que Sam me llama por su nombre. Le escupo, maldiciendo. Una tela basta me roza la piel. Tiran de mí hacia abajo, y me estampo contra el agua embarrada que chapotea entre mis dedos. Jadeo ante un hedor que me provoca arcadas: a carne podrida, amoníaco, carbón, metal caliente y tierra quemada. Estoy perdido, estoy perdido en sus recuerdos y no puedo salir.

Una cuerda me roza las muñecas. Me arde la piel.

Alguien grita.

—Vuelve a cortar, pero esta vez con unos tajos más profundos. Arráncaselo si hace falta.

La mujer me observa desde la esquina. Sus ojos son unos charcos oscuros, desprovistos de vida hace tiempo. La sangre que gotea de las puntas de sus dedos se convierte primero en un chorro lento; luego, en un arroyo.

—Charlie.

Es mi nombre. Alguien lo repite, más cerca esta vez. Estoy en la cama; no, en el suelo. Sam está arrodillado a mi lado. Aunque el baño se encuentra a oscuras, todavía puedo distinguir su pelo revuelto y su perfil. Al verlo, regreso a un mundo donde no hay carne desgarrada ni peste a sangre.

—¿Estás bien? —pregunta.

Gruño un «bien» mientras me paso los dedos por el pelo sudado; acto seguido, me miro el dorso de las manos (que tienen mal aspecto porque me muerdo las uñas), ya que me cuesta creer que esté despierto.

El ambiente está cargado por culpa del calor seco que hace en el baño. En algún momento me he quitado la ropa y he apartado las mantas a patadas. De repente, me siento cohibido porque estoy en calzoncillos, lo cual es una estupidez, porque Sam ya me había visto en paños menores en el hospital. Pero entonces no había estado tan cerca de mí, ni nos habíamos escapado recientemente de una guarida subterránea ni le había puesto unos puntos para coserle un agujero que tenía en el cuello.

Me tapo los muñones con las mantas.

—¿Dónde se ha metido todo el mundo?

Se apoya en la bañera.

—Heather y Ollie han ido a ver cómo van las cosas en el cementerio. Villiers se ha quedado a vigilar fuera.

No es propio de ellos haberse ido sin despertarme. Por puro instinto, lo primero que pienso es que Sam me está mintiendo y les ha pasado algo terrible, pero sé que sigo inquieto por culpa de ese sueño tan espantoso. Me obligo a tomar aire varias veces.

—¿Has tenido una pesadilla? —pregunta.

—Sí, eran unos viejos recuerdos, que no eran míos.

—¿De un bucle de muerte?

Asiento.

—No ves los bucles, ¿verdad? —pregunta.

—No hasta que estoy lo bastante cerca como para que me arrastren hacia su interior. Espera, ¿tú puedes verlos?

—Sí, y los percibo antes de verlos. Es una sensación de peligro, un escalofrío. Yo..., eh, bueno..., nunca he caído en uno, la verdad.

Habla como si se sintiera culpable, como si se hubiera saltado un rito de paso.

Me froto con los nudillos unos ojos cansados.

—Pues, créeme, más te vale no caer. Es como si los recuerdos del fantasma se volvieran tuyos. Sabes lo que ellos saben. Lo que les pasó te pasa a ti y es algo... brutal. Si hubiera muerto en el bucle del Ahorcado, mi espíritu se hubiera unido al suyo, habría acabado atrapado ahí para siempre, o eso es lo que dice Ollie.

—Pues ahora no estabas soñando con el Ahorcado.

Arrugo el ceño.

—Estabas hablando en francés —añade.

—Pues no sé hablarlo.

—Pues yo sí, y eso era francés. —Se inclina ligeramente—. ¿Hay algo más que no me estés contando?

Agacho la cabeza.

—Cuéntamelo, Charlie.

Espera, con sus ojos envueltos en unas sombras, donde sus propios secretos brillan. Tal vez ya sabe lo del mensaje de Audrey y está jugando conmigo.

—Pero si apenas te conozco.

Ladea la cabeza y un rizo le cae sobre la frente. Me mira a través de él.

—¿Quieres conocerme?

Audrey no confía en él.

Pero Heather sí, porque si no, no me habría dejado a solas con él. Así que sí, me gustaría conocerle mejor. Ahora que estoy sentado con él, tan cerca que podríamos tocarnos, soy consciente de que nunca me he sentido más seguro de nada. El mundo termina aquí mismo con él, conmigo, con algo oscuro y hueco acechando en las sombras, pero si nos mantenemos unidos quizá logremos salir de esta.

—Pregúntame lo que quieras —me dice.

—¿Lo que quiera?

—Lo que quieras, salvo el nombre que tenía antes de cambiar de sexo.

Al oír eso, me avergüenzo.

—Sobre lo que dije en tu casa, tenías razón, no tengo ningún derecho a saber nada al respecto, no a menos que quieras contármelo. Fui un capullo.

Sam tuerce el gesto.

—Lo fuiste.

—Y lo siento.

—Disculpas aceptadas.

—Muy bien. —Dudo. Pero como me ha dicho: «Pregúntame lo que quieras»…—. Bueno, ¿cómo sucedió? Me refiero a lo de tu muerte. Ya sabes, cómo fue volver y todo eso.

Parpadea, sorprendido, y al instante me arrepiento de haber hecho esa pregunta.

—No tienes que contarme nada si…

—Me ahogué en nuestro lago.

—¿Tenéis un lago?

Se ríe entre dientes, pero muy levemente.

—Sí, en la casa de campo. Mi madre es italiana; es la antigua casa de la familia. Vamos allí mucho o, más bien…, íbamos. —Se le borra la sonrisa y aprieta las piernas aún más contra el pecho, a la vez que se agarra las rodillas con ambos brazos—. Estaba paseando con una amiga. Me resbalé en la orilla y me golpeé en la cabeza, me hundí. Yo suelo recordar casi todo lo que veo, aunque no tengo ni idea de por qué; simplemente, tengo buena memoria visual. Recuerdo lo verde que era el agua y que había trocitos de algas flotando en ella y unas criaturillas perfectas. —Parpadea—. Luci, mi amiga, se tiró al lago para rescatarme. Me arrastró hasta la superficie y entonces me vi en la ambulancia tosiendo agua y mi padre estaba allí. Había visto cómo pasaba todo desde la casa, había ido corriendo al lago y me había sacado de él. —Se calla—. No encontraron el cuerpo de Luci hasta el día siguiente.

—Lo siento.

Se pasa una mano por la mejilla.

—Mi madre piensa que al ahogarme mi organismo entró en shock y eso provocó que emergiera un talento extrasensorial latente que siempre he poseído, aunque nunca hubiera experimentado ningún fenómeno fantasmal antes de lo del lago.

Parpadeo.

—¿Se lo contaste a tus padres?

—Sí.

—¿Y te creyeron?

—Hace tiempo, mi madre pasó todo un invierno haciendo sesiones de espiritismo en un castillo de Hungría. No solo me cree, sino que está encantada con todo esto. Y mi padre, bueno, cuesta creérselo, ya que es un hombre de negocios dedicado a la tecnología y la ingeniería, pero le sigue la corriente y financia todas las fiestas cognitivas y los retiros para construir auras que mi madre organiza y en los que invierte tanto tiempo. Como está acostumbrado a tener que oír que nuestra familia posee ciertas habilidades psíquicas en unos discursos grandilocuentes, me deja a mi aire.

Nuestras miradas se encuentran en la oscuridad y nos quedamos sentados ahí un momento. Si estiro el brazo, ¿me dejará que le agarre la mano?

No, eso sería raro, ¿verdad?

Debería contarle lo del bucle de muerte de Normandía. Lo de que Audrey me sacó de él y, como vio que estaba tan aterrado, decidió venir conmigo a York. Y la mujer del bucle…, la mujer…

Recuerda.

No, no puedo. La pesadilla está todavía muy reciente como para hablar del tema, así que en vez de eso pregunto:

—Si pudieras, ¿cambiarías el pasado? O sea, sé que desearías haber salvado a Luci, por supuesto, pero ¿renunciarías a ser vidente a cambio?

—En general, no. —Hace un gesto de negación con la cabeza—. Pero quiero entender qué se supone que debo hacer con este don. Mi madre tal vez suelte muchas chorradas pseudoespirituales más estúpidas de lo normal, pero tiene razón cuando dice que se me ha dado la oportunidad de ayudar a unas almas que no pueden ayudarse a sí mismas. No sé si alguien me eligió para esto, pero, en cualquier caso, lo acepto.

—Yo no —digo rápidamente, procurando que no se me note la envidia. A él, ser capaz de ver a los muertos le sienta bien. A él, lo anima; a mí, me deprime.

—Volveré algún día al lago —afirma Sam—. Encontraré al fantasma de Luci, si sigue ahí, pero primero tengo que entender a los espíritus lo máximo posible. No quiero presentarme ahí sin respuestas y fallarle de nuevo. —Esboza una media sonrisa triste—. ¿Cómo moriste tú?

Me encojo de hombros.

—Ya leíste el artículo del periódico, ya sabes qué pasó.

—Pero me gustaría que tú me lo contases.

—Pues no hay mucho que contar. No recuerdo casi nada de cuando estuve enfermo. Desde luego, no recuerdo morir ni volver, lo único que sé es que Heather estaba allí. Pero tardé unos cuantos días en darme cuenta de que nadie más podía verla. La apuñalaron en el aparcamiento, se desangró. Su alma volvió directamente a trabajar porque es generosa y lo que más le importa es curar a la gente. Volvió para ver cómo estaba, y eso fue todo; desde entonces, somos amigos.

—Tienes suerte de contar con ella —afirma Sam.

Y yo me odio a mí mismo porque tiene razón y aquí estoy, deseando ser normal, que es como desear que Heather y Ollie desaparezcan.

—No perdí a ningún amigo íntimo cuando revelé que era trans —continúa Sam—, pero lo del lago lo cambió todo. Mi madre le habló a todo el mundo de mi don y la gente o bien me tenía miedo, o bien pensaba que había sufrido una crisis mental. Imogen y Suze no me dieron la espalda, pero viven muy al sur, en Surrey. También he conocido a algunas personas alucinantes como Miri y a mis amigos Hunter y Jake a través de la comunidad trans de internet. Hablamos por WhatsApp y nos hacemos videollamadas todo el rato, pero no nos conocemos en persona.

—Lamento que tuvieras que mudarte.

—Pues yo no lo lamento, la verdad. Algunas chicas cis de mi curso dijeron que me estaba inventando lo de los fantasmas para llamar la atención, como si no la llamara bastante al ser el único chico en un internado solo para chicas. Pero eran unas idiotas que decían que no podía ser trans porque me molaban los chicos; en fin, que les den por culo. —Suspira—. Sinceramente, estaba listo para empezar de cero. Además, York es un buen sitio, salvo por lo de los tramperos de almas y los fantasmas desaparecidos.

Le gustan los chicos.

Retiro la mano que tenía tan cerca. Pensaba que podría gustarle (había fingido que era mi novio), pero una cosa es suponerlo, y otra muy distinta, saberlo. De repente, no sé qué hacer con las partes de mi cuerpo que están más cerca de él.

—Charlie, di algo.

Miro el rizo que tiene en la frente, el hoyuelo de su barbilla, sus labios. Sé que está esperando a que diga que somos amigos porque estamos persiguiendo al Hombre Sombra juntos y, sí, tal vez ahora seamos colegas. Heather tenía razón. Sam no da miedo, sino que es generoso y valiente y desinteresado. He estado tan centrado en que no debía fiarme de él que todo eso se me había pasado por alto. Me he estado diciendo a mí mismo que estaba colaborando con él solo para tenerlo vigilado. Y estaba equivocado.

Pero no quiero que sea solo un colega. Quiero algo más.

Mitch me besó y me sentí bien. Cuando miro a Sam, siento
ese mismo subidón, esa misma esperanza. Pero Mitch me traicionó y lo más triste de todo es que ni siquiera lo hizo adrede. Es muy fácil entregarse demasiado, fracasar y perderlo todo. Eso es lo que ocurriría con Sam porque soy un egoísta, un cobarde y un desastre, y no tardará mucho en verlo.

Estoy a punto de prometerle que seré su amigo, pero esas palabras son incapaces de salir de mi boca, y en vez de eso digo:

—No entiendo por qué tú puedes ver los bucles de muerte y yo no.

Y entonces me siento como un gilipollas integral.

Sam se echa hacia atrás.

—Tal vez solo necesites abrirte.

—Estoy abierto.

—¿Ah, sí? Porque a mí me parece que pasas mucho tiempo alejando a los demás de ti.

Se vuelve a meter en la bañera.

21

Huevos fritos

—Sé que dijiste que no existen los *poltergeists*... —Leonie saca un destornillador de una caja de herramientas, que está en el otro extremo de la mesa, y me lo pasa.

—Gracias —digo, dando la vuelta a mi prótesis rota.

—Pero ¿cómo es posible que todo eso volara alrededor del cementerio de esa manera?

El vástago y gran parte de los demás elementos parecen estar bien, aunque hay que apretar el tornillo. Giro el destornillador y le quito la carcasa al pie para poder echar una ojeada a los daños que hay debajo. Realmente espero que no tenga que llevarla a reparar. De crío, solía destrozar mucho mis prótesis, pero se supone que ahora debería cuidarlas mejor.

—¡Charlie! —exclama Leonie—. Te estaba hablando de los *poltergeists*, del cementerio...

—¿Qué? Ah, no sé qué decirte. Nunca había visto nada parecido.

Parpadeo, pienso en unos ojos plateados..., unas luces que parpadean..., unas uñas rojas sobre el marco de la puerta, y vuelvo a centrarme en mi tarea. Eso solo fue cosa de mi cerebro, aturdido por haber tenido una pesadilla, que me jugó una mala pasada. Además, ninguno de los fantasmas de debajo de la capilla tenía los ojos plateados.

Examino la carcasa del pie. Tiene un desgarro enorme en la parte superior.

—Oh, mierda, menudo agujero.

He jorobado los bujes y el dedo gordo está mal alineado; esta avería va a ser mucho más difícil de reparar, pero al menos puedo poner el pie mirando en la dirección correcta de nuevo.

—Leonie tiene razón —señala Sam desde la otra punta de la mesa—. O bien hay un cuarto tipo de fantasma ahí fuera del que no sabemos nada, o bien algo los está transformando.

El mordisco que Dientes Afilados le dio en el cuello es ahora una fea herida cerrada; sí, mis puntos parecen haber resistido bien. Tal vez se deba a que sigue vestido con un chándal y no con su estilo habitual, con unos pantalones chinos y un jersey, pero no parece él mismo. Eso que hay entre nosotros flota en el aire como si fuera electricidad estática. Si lo miro demasiado, estoy seguro de que me sentiré raro, así que vuelvo a trabajar en el pie averiado, preguntándome si por ahora podría ir tirando si arreglo la carcasa con un poco de cinta adhesiva.

Una gota de agua me cae del pelo, que todavía tengo mojado por haberme duchado, hasta estrellarse en mi cuello. Me estremezco, a pesar de que aquí hace bastante calor.

Me gusta la cocina de Leonie. Huele a desayuno. Y eso es gracias a Mitch, que está friendo unos huevos en una sartén en la placa de inducción. Junto a él, Villiers no para de hablar sobre las preferencias culinarias de unos reyes que murieron hace mucho. Aunque Mitch no puede oírle, eso no disminuye el entusiasmo con el que Villiers habla del tema.

Leonie se vuelve hacia su portátil y sus dedos danzan sobre el teclado mientras escribe.

—¿Y si la esencia de un fantasma no fuera algo fijo, sino maleable, y estar atrapado dentro de una botella para fantasmas cambiara esa esencia de alguna forma?

—¿Cómo? —pregunta Sam, y me alegro de que haga esa pregunta porque yo me he perdido cuando ha dicho «maleable».

—Aún no lo sé; para saberlo tendría que examinar una de esas botellas o matraces por mí misma. Con un solo dato, realmente no basta para demostrar que estar encerrado ahí convierte a un fantasma normal en un *poltergeist*...

—Si es eso lo que son —digo.

—*Polter-geist* es una palabra que procede del alemán y significa «fantasma furioso» —comenta Ollie desde la puerta—. Me parece una definición muy acertada.

Ahora que tanto él como Heather han vuelto al fin del cementerio, me he relajado un poco. Les digo a Leonie y Mitch lo que me acaba de explicar Ollie.

—Repasemos los datos. —Leonie los cuenta con los dedos—. Dato número uno: la mayoría de los fantasmas no pueden tocar el mundo físico ni interactuar con él, solo con vosotros dos.

Nos señala a Sam y a mí.

—Dato número dos —dice Sam, levantando un dedo—. Los fantasmas que han sido atrapados en una botella y luego liberados pueden interactuar con la materia física.

—En estos momentos, eso es más una hipótesis que otra cosa, pero sí, lo más probable es que sea verdad.

Levanto la vista de la caja de herramientas en la que estoy buscando cinta adhesiva y pregunto:

—¿Eso quiere decir que cuando un trampero de almas embotella un espíritu en realidad lo está volviendo más fuerte?

—Solo cuando lo libera —responde Heather—. Y es algo temporal. Ese tipo del sombrero de bombín ahora no puede hacer que se eleve ni un guijarro.

—Pues los dos lograron que unos escombros volaran de aquí para allá —señala Ollie—. Eso tiene que consumir mucha energía.

—¿Eso quiere decir que reciben una cantidad finita de energía adicional por estar dentro de la botella fantasmal? —pregunta Sam—. ¿Y que cuando se les agota vuelven a ser unos espíritus normales?

—Id más despacio para aquellos de nosotros que no podemos hablar con los fantasmas —le pide Leonie.

Les repito toda la conversación y, a continuación, después de que Ollie y Heather nos hayan puesto al día sobre lo que está sucediendo en el cementerio, también les doy toda la información al respecto. Según parece, los bomberos apagaron el fuego, pero el lugar ha quedado prácticamente destrozado. La policía encontró lo que quedaba del Ahorcado y ha abierto una investigación. Los periodistas ya están merodeando por las puertas del cementerio.

—Despejad la mesa —grita Mitch, agitando una espátula.

Rápidamente retiro mis prótesis y la caja de herramientas de la mesa mientras Leonie quita su portátil y saca los cubiertos del cajón. Sam se levanta para coger los platos, dejándose el cuaderno abierto, cuyas páginas se separan en forma de abanico. En una de ellas, veo una cara que me suena. La mía.

Como todo el mundo está distraído, aprovecho para echar un vistazo.

Tal vez Sam realmente tenga una memoria fotográfica, o cuasifotográfica, porque este dibujo es perfecto; hasta ha dibujado el lunarcito que tengo bajo el ojo derecho. Lo ha sombreado como es debido y todo eso. Paso la página y veo otro retrato mío y otro. Algunos parecen estar casi acabados, otros solo son algunas partes de mí: un ojo o una oreja, o un lado de mi cara.

—Charlie, ¿quieres un huevo o dos? —me pregunta Mitch, como si anoche no hubiéramos discutido.

Suelto el cuaderno y sus páginas vuelven a adoptar forma de abanico, escondiendo los dibujos.

Mitch sonríe, pero no es una sonrisa muy sincera. Seguramente, Leonie ha hablado con él para que se haga el simpático.

—Esto…, dos, gracias.

Bajo de un salto para ayudar a Leonie, quien me da unos cuantos cubiertos y abre la boca para hablar, pero parece cambiar de opinión y no dice nada.

—Pregunta —le digo.

—Oh, hum…, ¿caminar apoyándote en tus muñones no te resulta doloroso?

Me encojo de hombros y vuelvo a la mesa para colocar los cubiertos.

—Solo en suelos muy duros o si hay gravilla. Hay que practicar para poder mantener el equilibrio y no puedo andar así mucho rato.

Sam me pasa un café y luego coloca el cuenco del azúcar junto a mí.

—Para que lo endulces, ricura.

Aunque me pongo colorado, me obligo a encogerme de hombros y hacer como que no pasa nada. No sé si es una pulla o está flirteando.

Nos sentamos a la mesa de tal modo que dejamos varios huecos para los fantasmas. Sam también ha hecho café para ellos, lo cual me hace sonreír.

Heather aspira el humo que se eleva de su taza.

—Dios, cómo echo de menos la cafeína.

Los huevos están excelentes. Mitch es un buen cocinero, y Sam se lo dice con la boca llena. Este se ruboriza al oír el cumplido y explica, paso a paso, cómo ha hecho la salsa. Resulta que tiene un puesto reservado en algún restaurante de lujo de la ciudad para formarse como chef cuando acabe los exámenes.

Cuando hemos terminado de desayunar, Sam abre el cuaderno en una página donde hay un dibujo de la habitación de la capilla y nos lo muestra.

—Tenemos que averiguar qué se llevó Rawley de la guarida del trampero de almas.

—Entonces tenemos que descubrir quién es el Ahorcado —digo—. Si tuviéramos un nombre, podríamos averiguar también de qué le conocía Audrey.

—Puedo espiar a los agentes mientras investigan —sugiere Ollie—. La policía intentará identificar el cuerpo, quizá den con algún nombre.

—¿Y qué pasa con Rawley? —pregunta Sam—. Él debería ser nuestro objetivo principal. Es la amenaza.

—Sí, me pregunto si podremos ver sus trampas para fantasmas con esto —digo, a la vez que saco las gafas de media luna.

—¿Con unas gafas viejas? —pregunta Leonie.

—Las encontramos bajo la capilla; son mágicas o algo así.

—Permiten ver los hechizos ocultos a quien las lleva puestas —explica Sam.

—¿Puedo probarlas? —pregunta Leonie.

Sam le da las gafas.

—No creo que haya nada mágico en tu cocina...

—Hostia puta. —Leonie se pone las gafas y las mueve arriba y abajo para comprobar cómo se ve la habitación con ellas y sin ellas; las lentes brillan con un azul tenue. Se ríe, asombrada—. Puedo verlos.

—¿Qué puedes ver? —pregunto.

—A ellos, a los fantasmas. —Leonie los señala—. Tú eres Heather, ¿no? Y tú, Villiers; y tú..., Ollie.

Ollie la señala con ambos dedos índices, como si la apuntara con dos pistolas.

—Sé sincera, no te esperabas que fuera tan guapo, ¿verdad?

—La verdad es que das bastante miedo. Es como si fueras un eco distorsionado de una persona, puedo verte y puedo..., puedo oírte..., pero ¿cómo es eso posible? A lo mejor hay un hechizo separado para el sentido del oído en la montura o algo así, ¿no? —Vuelve a reírse; esta vez, a carcajadas—. La ciencia va a tener que replantearse muchas cosas.

—¿Puedo? —pregunta Mitch. Las gafas le quedan mucho mejor que a Leonie o a mí, o incluso a Sam, cuyo estilo personal ya está a medio camino del de bibliotecario sexi.

Mitch parpadea un par de veces y mira a Villiers y luego a

Heather, desconcertado. Ollie se pone a hacer el baile del robot por la cocina.

—Eso es..., va-vaya.

Mitch estira el brazo cuando Ollie pasa junto a él. Por un segundo pienso que serán capaces de tocarse, pero entonces la carne espectral atraviesa la mano de Mitch, lo que hace que me estremezca.

—Probablemente es lo mejor —dice Heather—. Si no podemos tocaros, no podemos haceros daño.

—Salvo con mi ingenio afilado y mis bromas certeras —afirma Ollie, guiñando un ojo.

Mitch le devuelve las gafas a Leonie. Ella duda y se dirige a la sala de estar mientras grita:

—¡Ahora mismo vuelvo!

—Bueno, creo que acabamos de descubrir cómo los tramperos de almas ven a los espíritus —comento—. Ollie, quizá Rawley sí que te estaba mirando ese día en el callejón de Alice la Loca.

—Te lo dije —contesta Ollie.

Heather se ríe.

—Rawley no llevaba sus gafas en la callejuela. No nos vio, lo cual es una buena noticia si es el Hombre Sombra.

Leonie regresa; le tiembla la barbilla y tiene los ojos llorosos.

—Oh, cielo, lo siento —dice Mitch, quien la rodea con los brazos mientras ella entierra la cara en su pecho.

—Es que... he pensado que ella podría seguir aquí, cuidando de nosotros, ¿sabéis?

Sam y yo nos miramos, sintiéndonos culpables. Se refiere a su madre. Por eso me preguntó ayer si había alguien más en el baño, y yo le respondí en plan de coña. Mira que soy capullo.

—Leonie, los únicos fantasmas que hay aquí son los que hemos traído nosotros —le explico de la manera más delicada que soy capaz—. Si tu madre se quedó en este mundo, no está aquí.

Leonie asiente, y la decepción da paso a la tristeza, y quizá a un leve alivio. Tras enganchar las gafas espirituales a un cordel con un patrón floral que había sobre el aparador, se las coloca al cuello.

—Bueno, ¿y ahora qué?

—Seguiremos a Rawley —contesto—. Sam tiene razón. Él es la amenaza, pero como no nos conoce, podemos acercarnos a él. Con suerte, hallaremos una pista que nos revele qué ha hecho con los fantasmas secuestrados; además, gracias a las gafas, podremos ver dónde les ha tendido una trampa a los fantasmas. Quizá lo pillemos con las manos en la masa.

Sam se limpia las manos en el chándal.

—Bueno, me parece que nos vamos de tour fantasmal.

22

Entre ceja y ceja

Según su página web, el tour de Rawley comienza después de la hora de comer en el Golden Fleece en Pavement; un edificio hecho polvo de The Shambles. No hace falta reservar por anticipado; simplemente, tenemos que presentarnos ahí.

Mamá lloró cuando llegué a casa ayer; me dijo que no podía negar que me habían pegado cuando tenía algunos cortes y moratones recientes. Le juré que estaba solucionando el problema y no tenía nada que ver con que a mí me gusten los chicos. Pensé que íbamos a discutir cuando le dijera que iba a salir otra vez (tengo un examen el primer día de clase después de las vacaciones y no he repasado nada), pero no me ha montado ningún pollo. Aunque me ha mandado dos mensajes desde que nos hemos marchado, comentando tonterías que me hacen tener muy claro que quiere comprobar cómo estoy. Normalmente, mis padres me dejan pasar horas y horas encerrado en mi habitación, pero ahora cada vez que no pueden verme es como si temieran que me hubieran soñado.

Llegamos al Fleece a tiempo, con nuestros fantasmas siguiéndonos. Menos mal que la chapuza que he hecho para reparar mis prótesis aguanta, porque entrar aquí con la silla habría sido una pesadilla. Hay muchas subidas y bajadas incómodas, jambas desiguales y pasillos estrechos. Da la sensación de que aquí todo es cutre y reina el desorden. Unas máscaras mortuorias de escayola, que están colocadas en lo alto de las paredes, nos miran con mala cara mientras nos dirigimos a la barra del fondo, donde un esqueleto está apoyado en el mostrador. Huele raro aquí dentro; el olor grasiento del Greggs de al lado se mezcla con el dulce aroma de la cerveza vieja y la madera aún más vieja.

Examino el bar; estoy nervioso porque temo que lady Peckitt surja de alguna sección de madera en cualquier momento y nos caiga una buena bronca. Esta es la zona donde suele aparecerse y no le hará mucha gracia que estemos investigando, ya que el emperador Septimio lo prohibió. Pero no la veo a ella, sino a una mujer de pelo rubio que se lleva, sobresaltada, una mano al pecho y luego se eleva y desaparece a través de una pared lateral. También hay un tipo triste agachado sobre el piano vertical que está en la parte de atrás y un soldado con boina que nos observa desde la esquina más alejada.

—Ese es Geoff Monroe —susurra Sam, inclinando la cabeza hacia el hombre uniformado—. El aviador canadiense que se cayó de una ventana de la planta de arriba.

Monroe es una de las principales atracciones del Fleece. Tengo entendido que aquí se celebran regularmente sesiones de espiritismo, aunque los turistas ávidos de fantasmas realmente no pueden percibirle.

Mitch y Leonie se van pasando las gafas espirituales y miran embobados a los muertos hasta que Heather les pide que paren si no quieren que Rawley se dé cuenta de que tramamos algo. Aunque no nos reconozca, sabrá qué clase de gafas son esas.

—¿Es aquí donde comienza el tour de fantasmas? —pregunta Leonie en la barra.

La encargada señala un cartel que se nos había pasado por alto.

—Se ha cancelado, pero el tour de Bill comienza en el patio de la catedral dentro de media hora si queréis apuntaros a ese.

—Es que se nos ha metido entre ceja y ceja que debemos hacer el tour de Rawley —respondo—. Tengo entendido que es uno de los mejores. ¿Tiene su número de teléfono?

—Pete es un tipo reservado. No sé nada de él desde que decidió cancelar el tour.

La encargada se encoge de hombros, como si se disculpara, y se vuelve para atender a otro cliente.

Sam saca su cartera. Va vestido como un gilipollas integral, con un pañuelo de seda metido por dentro del cuello de la camisa para taparse los puntos. Al parecer, esa prenda se llama plastrón. ¿Quién narices lleva un plastrón? Si soy justo, esas pintas que lleva de caballero que vive en la campiña le quedan de muerte, genial, pero... ¿un plastrón?

—Tomemos algo y echemos una ojeada a este lugar por si hay trampas para fantasmas, solo por si acaso.

Así que nos quedamos en el pub y nos acomodamos apretujados en un rinconcito que seguramente solo puede albergar a dos personas. Es un buen sitio; aunque está apartado, permite ver bien la barra del fondo.

Como no hay ni rastro de Rawley, Leonie me da las gafas espirituales. En cuanto me las pongo, Villiers, Heather y Ollie y los demás espíritus que nos rodean se vuelven grises y semitranslúcidos. Ollie dice algo y puedo oírle, pero suena distorsionado, como si alguien hubiera bajado mucho el volumen. Me duele la cabeza.

Me quito las gafas y se las paso a Sam, quien se las prueba. Un momento después, pone mala cara.

—Me parece que solo podemos usar esto para ver si hay algunos símbolos mágicos ocultos si no hay ningún fantasma alrededor.

—Yo lo haré —se ofrece Leonie.

Sam le muestra sus dibujos de las trampas para fantasmas para que sepa qué tiene que buscar; en este instante, me doy cuenta de qué es lo que estamos haciendo realmente. Hay tanto ruido aquí dentro y estamos tan apretados en esta mesita apartada que nadie vivo se va a dar cuenta de que estamos hablando con unas personas que no podemos ver. Pero los muertos sí se fijan en nosotros. Da igual lo que pase, acabo de tirar por la borda cualquier posibilidad de volver a llevar una vida anónima en York.

Realmente no hay vuelta atrás.

Hace una semana, habría estado temblando, pero gracias a la confianza que transmite Sam, me siento tranquilo. No le importa lo que piensen los demás y no cree que ser un vidente resulte peligroso. Si él puede hacerlo, yo también.

Simplemente he salido a tomar unos tragos con unos amigos (bueno, casi amigos) un viernes. Bueno, vale, estamos buscando trampas para fantasmas porque un guía turístico muy popular es un secuestrador de fantasmas, un ladrón y un villano con todas las letras, pero aun así me siento… bien haciendo esto.

Mitch está malhumorado y distante. No tengo ni idea de qué puede estar pensando. Leonie vuelve a la mesa, nos informa de que no hay ninguna trampa para fantasmas cerca y entonces se quita las gafas, por si acaso. Él la agarra de la mano y ella le sonríe. La mirada de Mitch se vuelve más tierna. La ama, aunque seguramente no se lo habrá dicho (no es de esos chavales que ponen todas las cartas sobre la mesa de primeras), pero así es.

Espero sentir ese dolor tan familiar que conlleva la pérdida, pero no lo noto. Sam se inclina hacia delante y nuestras rodillas se rozan, probablemente sin querer, pero eso despierta en mí una cierta esperanza. Como sé que así lo único que voy a lograr es llevarme una decepción, me aparto. Él se echa para atrás unos centímetros y, aunque he sido yo el que se ha movido primero, me siento fatal.

Un joven muy corriente y moliente que tiene un parche en el ojo izquierdo se aproxima a nuestra mesa. Su forma de vestir es lo que le hace destacar: lleva un abrigo con doble abotonadura de un color rojo intenso y un tricornio de fieltro, que se quita para hacer una reverencia.

—He oído que habéis preguntado por Rawley.

Como va con esas pintas, doy por sentado que es Jack el Tuerto, el salteador de caminos del siglo XVII que, según se dice, ronda por el Fleece. Entonces, añade:

—Si os interesan los muertos, yo soy vuestro hombre. Os prometo el tour más espeluznante de York, donde gozaréis de unas vistas aterradoras, quizá incluso atisbemos fugazmente a un espíritu atormentado en una de las callejuelas antiguas de la ciudad.

Lo cual quiere decir que le paga a este pobre pringado para que se disfrace y pesque clientes. Si este blandengue sureño tan imbécil atisbara lo que Sam y yo vemos todos los días se cagaría de miedo.

—¡Eh, tú! —Un hombre de cuello ancho con las mejillas coloradas y con cara de muy pocos amigos viene hacia nosotros a toda leche. El asaltante de caminos se pone blanco y se pira—. Puñeteros estudiantes, se creen que pueden ganar unos cuantos pavos jodiendo a los guías de verdad. Como si no tuviéramos ya bastante competencia. —Es un treintañero blanco y rechoncho, con una barba corta y oscura, unas paletas torcidas y unos ojos pequeños—. Y vosotros, ¿queréis oír una buena historia de fantasmas?

Ladra más que habla.

—Queremos hablar con Peter Rawley —le contesto cuando nadie más lo hace—. ¿Sabe dónde podemos dar con él?

Aunque Cuello de Toro se queda callado, se le ve que está tenso por cómo aprieta los dientes.

Noto un movimiento a mi izquierda. Hay un hombre sentado en el otro extremo de la barra que hace como que está leyendo el periódico, pero sé que nos echa un ojo cuando cree que no miro. A pesar de que no puedo verle la cara con claridad, sí llego a distinguir que es blanco, rubio y quizá de la misma edad que Cuello de Toro; además, lleva el pelo rapado y la cara afeitada. Del cuello de su camisa, se asoman unos tatuajes oscuros, pero a esta distancia no puedo distinguirlos con mucho detalle.

—Es para un trabajo de la escuela —le dice animadamente Leonie a Cuello de Toro— sobre negocios y turismo. Tenemos que presentar un caso práctico, donde expliquemos cómo un pequeño negocio saca rendimiento económico a la afluencia de turistas interesados en el folclore. —Le sonríe de forma inocente—. Ya sabe, en historias sangrientas, cazadores de fantasmas y cosas así.

—Cazadores de fantasmas, ¿eh? Pues Rawley sería el adecuado para eso, pero se ha ido a visitar a su hermana a Harrogate.

Algo ha cambiado en el tono de voz de Cuello de Toro y no me gusta.

—¿Sabe cuándo volverá? —pregunto.

—Olvidaos de Pete Rawley. Buscad a otro para entrevistarlo.

Se despide inclinando la cabeza de manera brusca y se larga. Pelo Rapado, el desconocido de la barra, escoge ese momento para girarse y pedir una pinta, dándonos así la espalda tanto a nosotros como a Cuello de Toro mientras este se va.

—Qué raro —dice Heather.

Sam se inclina y pregunta:

—¿No tenéis la sensación de que eso ha sido una advertencia?

—Sí —responde un pesimista Mitch.

—No confío en él —admite Villiers—. No es más que un galopillo, un petimetre.

Pero a mí quien me preocupa es Pelo Rapado. ¿Por qué estaba poniendo la oreja cuando hablábamos de Peter Rawley? Leonie se fija en que estoy mirando a ese tipo y se excusa diciendo que tiene que ir al baño. Cuando vuelve, me doy cuenta de que ha aprovechado para poder verle bien la cara.

Se sienta de nuevo y susurra:

—Ese es el policía que vino a mi casa después del incendio de la capilla.

—¿Estás segura? —pregunto.

—Sí, solo le estuve mintiendo durante veinte minutos.

—¿Lleva unas gafas espirituales?

Leonie niega con la cabeza.

—Quizá solo esté tomando una pinta en sus horas libres —señala Mitch.

Una de las máscaras mortuorias que está colocada en la pared situada detrás del desconocido parpadea. Un muerto con una piel de un color ligeramente marrón ocre y trencitas atraviesa los ladrillos. No puede llevar muerto mucho tiempo, tal vez unas pocas décadas. Con esa camiseta de polo negra tan

vulgar y esos pantalones tan corrientes, parece un imitador barato de Steve Jobs, pero también tiene un aro en la nariz y pendientes en las orejas. Lleva pintados sus gruesos labios. No es un tipo grande, pero parece estar fuerte, como un bailarín. Lentamente, coloca una mano con las uñas pintadas sobre la barra.

Sobre. No en ella. Sobre la barra; o sea, que puede tocarla.

Sus largas uñas son rojas. Sus ojos, plateados.

—¿Charlie? —susurra Sam a medias—. ¿Estás viendo lo que...?

Agacho la cabeza, hecho un manojo de nervios.

—Sí. Estuvo en mi casa hace un par de semanas, en mi cocina, vigilándome.

—Nunca había visto unos ojos como esos —comenta un inquieto Ollie.

—Es un diablo —murmura Villiers—. Envían tentadores y demonios para destruirnos.

El fantasma de ojos plateados inclina la cabeza para saludarnos, exagerando el movimiento para que no quepa duda de que sabe que lo vemos. Entonces, atraviesa directamente la sólida barra y roza con la punta de los dedos el dorso de la mano de Pelo Rapado mientras este pasa la página del periódico. Desde este ángulo, no puedo ver si el fantasma lo ha tocado o si le ha atravesado la mano. Pero Pelo Rapado sabía que el fantasma de ojos plateados estaba ahí. Apostaría a que sí.

¿Qué posibilidades hay de que este agente sea otro vidente? ¿Y si realmente es el Hombre Sombra y hemos estado buscando al tipo que no era todo este tiempo? Pero ¿un fantasma ayudaría a un trampero de almas? Con solo pensarlo, se me revuelve el estómago.

Leonie y Mitch tienen algunas preguntas que hacerme. Les respondo entre susurros lo mejor que puedo; les describo al fantasma de ojos plateados y les explico que podría ser capaz de tocar cosas. Puedo ver que Leonie se muere de ganas de volver a ponerse las gafas, pero no lo hace.

—Esto podría significar que debemos descartar a Rawley. ¿Qué opinas, George? —Heather le da un leve codazo a Villiers—. ¿Ese tipo es nuestro Hombre Sombra?

—Es imposible verificarlo desde esta perspectiva.

—Pues ve a echar una ojeada más de cerca —le digo—. Sutilmente.

—Os recomiendo que evitéis su mirada, maese Frith.

Se desliza hacia atrás, hasta esfumarse a través de la pared. Momentos después, aparece detrás de la barra y se inclina, intentando echar un vistazo a Pelo Rapado. Si este sabe que Villiers está ahí, no da ninguna muestra de ello.

—¿Y bien? —pregunto cuando Villiers vuelve a la mesa.

Hace un gesto de negación con la cabeza.

—Es posible que sea nuestro hombre, pero…

—¿Pero? —le interrumpe Heather.

—Era una noche muy oscura.

—En su momento dijiste, y cito literalmente: «Su semblante infecto está grabado a fuego en mi memoria».

—Ah, sí. —Villiers se mueve inquieto—. Tal vez me dejé llevar levemente por la pasión cuando expresé mi deseo de ayudaros. Os aseguro que él —señala con la cabeza a la barra— tiene la altura y el aspecto correctos como para ser el demonio, pero he de ver al tal Rawley para poder comparar.

—¿Qué? ¿Quieres que hagamos una rueda de reconocimiento? —susurro. Hay fotos de Rawley en su página web, pero solo se ve su silueta con su sombrero de copa. No hay ninguna imagen donde se le vea bien la cara.

Sam se inclina.

—Entonces..., ¿vamos a hablar con él?

Se refiere a Pelo Rapado. Podríamos hacerlo, pero ¿qué le diríamos?

«Hola, agente, nos preguntábamos si ha estado secuestrando fantasmas con un propósito perverso. Si no es así, disfrute de la pinta y el periódico. En caso contrario, ¿cabría la posibilidad de que podamos recuperar a nuestros amigos? También nos gustaría avisarle de que puede que lo estén persiguiendo».

Sí, ya. Y acabaríamos en comisaría por hostigar a un agente de policía.

—Antes de ir a tocarle los cojones a la policía local, creo que podríamos localizar a Rawley para que Villiers pueda someterlo a una rueda de reconocimiento —propongo.

—Bueno, no creo que haya dejado aquí ninguna trampa para fantasmas —señala Leonie—. Deberíamos irnos.

Todos están de acuerdo. Nos marchamos, rápida y silenciosamente; siendo yo el más rezagado. Cuando paso junto a Pelo Rapado, no puedo evitar mirar hacia él. Se ha girado en el taburete, ha doblado el periódico y me está mirando directamente. Es más joven de lo que pensaba, aunque debe de estar más cerca de los treinta que de los veinte, y tiene una nariz recta y ancha, una mandíbula marcada y una mirada muy seria. Gracias a sus facciones angulosas, es guapo de un modo escalofriante. Casi me tropiezo, pero logro recuperar el equilibrio a tiempo.

—Ve con cuidado. —Habla con un tono amable, pero no sonríe. Se remanga la manga izquierda para que pueda ver el tatuaje que tiene en la muñeca; una mano que sostiene una antorcha encendida, dibujada con un estilo que recuerda a una lámina o ilustración antigua. ¿Se supone que ese símbolo debe significar algo para mí? Arruga el ceño—. Hay cosas en las que más te vale no entrometerte, situaciones peligrosas donde los niños no tienen cabida.

—No soy un crío, amigo —respondo como quien no quiere la cosa, y entonces salgo por patas.

En la calle, las nubes grises se enroscan alrededor de las chimeneas, es como si el cielo se estuviera hundiendo hasta caer sobre la ciudad. Empieza a chispear; luego, llovizna, y unas gotas gruesas caen sobre la cara de Sam. Cuando saca la lengua para saborear una gota que tiene sobre el labio superior, aparto la vista.

Tras agacharnos para pasar por debajo de la parte inferior de una imponente casa cuya estructura está hecha de madera, dejamos atrás el escaparate de la planta baja y entramos por una estrecha abertura en el patio de lady Peckitt. El patio es, en realidad, una callejuela tan estrecha que gran parte de la lluvia no cae en ella. Las farolas antiguas ya están encendidas, combatiendo la oscuridad de la tarde.

Leonie se pone de nuevo las gafas espirituales, como si tuviera que comprobar que no se ha imaginado nada. Heather le sonríe de un modo tranquilizador y Leonie le devuelve la sonrisa.

—Vamos por el buen camino —afirmo, en cuanto dejamos de mojarnos—. Eso es lo que acaba de decir ese madero.

—¿Qué? —Heather vuelve a fruncir el ceño, como es habitual en ella.

—Me habló cuando salía del pub, me mostró un tatuaje raro.

Sam se gira para desandar el camino que hemos recorrido, pero le agarro del brazo.

—No, escucha, me ha hecho una advertencia, me ha dicho que esta mierda es muy peligrosa.

—Cuéntanos algo que no sepamos —dice Ollie.

—Eso quiere decir que nos estamos acercando a la verdad —continúo—. Es Rawley. Tiene que serlo.

—Pero ¿él qué pinta en todo esto? —Mitch señala con el pulgar en dirección hacia el pub.

Me encojo de hombros.

—Quizá la policía tenga una división secreta de cazadores de fantasmas o algo así, pero si eso es cierto, están haciendo un trabajo de mierda. Vamos a ocuparnos de esto nosotros mismos, vamos a cazar a Rawley. Por lo que sabemos, podría tener a los fantasmas embotellados en su casa, sobre la repisa de la chimenea.

—¿Quieres ir a su casa? —pregunta Leonie—. Pero ¿cómo vamos a saber dónde vive?

—Dame un minuto. —Sam hace una llamada y se le ilumina la cara cuando alguien le responde al otro lado—. Sí, soy yo. Sí, sigo cazando a un secuestrador de fantasmas. Necesitamos obtener información sobre Peter Rawley; dónde vive en York y cualquier otro dato que puedas darnos... Ahora mismo, estoy con ellos... Sí, podemos esperar.

Echa a andar de aquí para allá. El ruido de la lluvia que martillea los tejados retumba por el callejón.

Unos minutos más tarde, Sam dice:

—Bien, vale. Espera.

Extiende el brazo para mostrarnos a todos el móvil y nos indica que nos juntemos para que se nos vea a todos en pantalla mientras pasa la llamada a videollamada.

La joven que llena la pantalla tiene una cara redonda, unos

ojos separados tan azules como su pelo, unas cejas arqueadas y un arito de oro que le atraviesa la nariz. Es mayor que nosotros, pero no mucho.

—Hola, Equipo Espectro, soy Miri, una *hacker* ni buena ni mala y una amante de los gofres.

Habla con un leve deje escandinavo.

Mascullo un «hola».

—Miri, te presento a Charlie, Mitch y Leonie. —Sam nos señala a cada uno—. George Villiers, Ollie y Heather también están aquí, pero como están muertos, no puedes verlos.

—Encantada. —A pesar de que le acaban de presentar a tres fantasmas, ni se inmuta, o eso parece—. Me alegra saber que Sam no se está metiendo en este lío él solo.

—Le he pedido a Miri que investigue el pasado de Rawley —nos explica Sam—. ¿Has descubierto algo?

—Que ha publicado muchos artículos en revistas locales de historia y tiene una buena nota en Tripadvisor. Y eso es todo. Así que he indagado un poco más, he violado unas cuantas leyes y puedo deciros que tiene una casa en propiedad y una hermana que vive en un asilo de Harrogate. Pero si hay alguna evidencia de que cace almas, o como llaméis a lo que hace, la tiene muy bien escondida en algún sitio muy privado.

—Como su casa —digo—, la cual deberíamos investigar. ¿Podrías conseguirnos su dirección?

Miri arquea una ceja fina.

—Ya lo he hecho, ricura. Vive en la ciudad, en Hull Road.

—¿Tiene alguna otra propiedad? —pregunta Sam.

—A su nombre, no, pero podría haber alquilado un trastero con un nombre falso. Necesito que me consigáis su dirección IP.

—¿Por qué? —pregunta Sam.

—Porque si ha usado un nombre falso para alquilar una propiedad es probable que haya un registro digital de ello en su ordenador. Estoy demasiado lejos como para poder entrar en un *router* wifi no protegido. Me da igual si le molan algunas mierdas que dan muy mal rollo o no, todo el mundo tiene sus secretos digitales. Además, siempre es útil saber con quién se ha estado comunicando un objetivo, salvo que los secuestradores de fantasmas chateen mediante palomas mensajeras; en tal caso, no podré ayudaros.

Sam y yo nos miramos preocupados. ¿Y si hay más de un trampero de almas? No es un pensamiento muy reconfortante.

—¿La IP? —pregunto—. Eso está en su ordenador, ¿no? ¿Cómo podemos obtenerla?

Miri guiña un ojo.

—Llamad a la puerta y haceos pasar por mormones que propagan la palabra del Señor o algo así.

Al instante, cuelga. Segundos después, el móvil de Sam brilla brevemente y aparece en pantalla una caja de texto con la dirección de Rawley, seguida por un emoji de un detective y un enlace a una página web que explica cómo localizar la IP de un ordenador.

Ollie sonríe de oreja a oreja.

—Me encanta su pelo.

23

Criando malvas

El autobús nos deja cerca del garaje en Hull Road. Como el cielo sigue lloviznando, caminamos deprisa siguiendo a Sam, que tiene los ojos clavados en Google Maps, hasta llegar a una avenida de casas achaparradas de ladrillo rojo y chimeneas altas. En la calle reina el silencio, huele a hierba cortada, a lluvia fresca y a setos, como es típico en cualquier suburbio.

Sobre la casa destartalada de Rawley proyecta su sombra un espeso árbol de hoja perenne, lo cual nos viene bien porque, en cuanto hemos subido por el camino, ya no se nos puede ver desde la calle. Aun así, me imaginaba a Rawley conspirando en algún edificio de esos que se caen a cachos de The Shambles o en una mansión antigua con fantasmas atravesando su madera y magia grabada en sus tejas, no un adosado diminuto en una urbanización insulsa como esta.

Pero por cómo me siento, podríamos estar perfectamente ante una casa encantada, ya que tengo la impresión de que esto me supera. Me muerdo la parte interior del labio con tanta fuerza que noto el sabor de la sangre. Esto es una estupidez enorme. Si estamos equivocados con Rawley, nos vamos a ver en una situación muy incómoda. Si tenemos razón sobre él, seguramente esto va a ser peligroso. Así que, como es lógico, vamos a llamar a su puerta y preguntarle si está secuestrando fantasmas.

No, no vamos a hacer eso. Tenemos un plan. Pero no es uno muy bueno.

Leonie y Mitch fingirán que están recolectando donaciones para reconstruir la capilla del cementerio de York. Por el camino hemos pasado por una tienda donde vendían prensa y hacían fotocopias. Así que ahora van armados con unos recortes de noticias y un papel repleto de firmas falsas que hemos rellenado en el autobús. Leonie hasta lleva una chapa que la identifica como una voluntaria, lo que dará el pego siempre que Rawley no la mire muy detenidamente.

Mientras Leonie le convence de que firme, Mitch le va a preguntar si puede usar el baño; una vez dentro, nos abrirá la puerta trasera a Sam y a mí. Entonces podremos buscar botellas fantasmales en la casa o rastros de alguna trampa para almas mientras Mitch busca el ordenador y consigue la IP para Miri. Mitch ha leído las instrucciones que Miri le ha enviado y jura que sabe qué tiene que hacer. En cuanto Villiers confirme sin ninguna duda que Rawley es el Hombre Sombra, podremos preparar un plan de ataque.

Básicamente, vamos improvisando sobre la marcha.

Sam y yo nos colocamos a un lado de la puerta principal, donde no podrá vernos, y Heather, Ollie y Villiers se agachan bajo las ventanas, por si acaso Rawley sale con unas gafas espirituales puestas.

—¿Preparados? —pregunta Mitch.

Leonie echa una ojeada a los papeles que lleva en la tablilla con sujetapapeles y asiente. Mitch llama a la puerta de madera, cuya pintura se descascarilla bajo sus nudillos. Esperamos unos minutos. Llama otra vez. Nadie responde.

—Charlie, cierra los ojos —me pide Heather—. Voy a echar un vistazo rápido.

Le bloqueo el paso.

—Eso es una mala idea. Tal vez haya salido, o tal vez esté escondido ahí dentro con unas trampas fantasmales preparadas.

—Venga ya, no está en casa —dice Ollie—. Las almas embotelladas podrían estar aquí. Deberíamos forzar la entrada y registrar la casa antes de que vuelva.

—Vale, pero no nos separaremos —contesto.

Me palpo los bolsillos. Mierda, no las he traído.

—¿Qué pasa? —pregunta Mitch.

—Heather quiere atravesar la pared para echar un vistazo ahí dentro —respondo—. Como creo que eso sería muy peligroso, debemos forzar la entrada, pero como soy un puto imbécil, no he traído las ganzúas.

Parpadea lentamente.

—¿Tú tienes unas ganzúas?

Leonie se quita una de las largas horquillas que mantienen su pañuelo estampado sujeto a su pelo rizado y voluminoso.

—¿Esto valdrá?

—Sí, es perfecto —contesto—. ¿Tienes otra?

Sí, tiene. Recuerdo bastante bien cómo colocarlas; inserto la ganzúa y la palanca y manipulo los pistones como un profesional. Cuando suena el último clic y la puerta se abre hacia dentro, me tambaleo hacia atrás al ver una silueta oscura, que resulta ser solo un abrigo, una capa y un sombrero de copa que penden de un colgador en la pequeña entrada.

Sam entra primero, como siempre. Leonie y Mitch riñen en broma sobre a quién le toca llevar las gafas espirituales. Leonie gana, lo cual no es una sorpresa para nadie.

La minúscula sala de estar está recto a la izquierda.

—Seguro que Kubrick le ha llamado —susurra Leonie— para decirle que los del hotel Overlook quieren que les devuelva su papel pintado.

Hay un sillón de cuadros escoceses junto a una chimenea horrible, y unas zapatillas, unos periódicos sobre la mesilla y una taza de café donde crece moho. Las estanterías están llenas a reventar de libros y no hay nada que diga a gritos: «Aquí vive un trampero de almas». Tampoco ven ninguna botella fantasmal. Las cortinas están corridas parcialmente sobre una tela de *voile* amarillenta, que hace que la habitación esté en penumbra. Huele a cerrado y a algo metálico. La habitación subterránea apestaba a muerte antigua, esto es... más reciente.

Aquí ha ocurrido algo malo.

En la parte de atrás de la sala de estar hay un arco donde se tiró una pared para convertir dos habitaciones en una sola. Lleva a lo que supongo que fue en su día el comedor, pero que ahora es una especie de despacho. Hay un ordenador viejo (que está encendido con el salvapantallas) sobre un escritorio junto a unos montones de artículos y papeles. Mientras Sam y Mitch se encargan de averiguar su IP, yo echo una ojeada rápida a las estanterías por si hay algo ahí que pueda resultarnos útil. Casi todo son guías de National Trust y libros de historia local.

—Ya la tengo —susurra Sam, mientras anota la IP en su móvil.

Se oye un grito ahogado que procede de detrás de una puerta situada a nuestra izquierda.

Sam abre los ojos como platos, tan alucinado como yo. Se me acelera el pulso. ¿Hay alguien aquí? Ollie se lleva un dedo a los labios y señala la puerta. Lo entiendo, alguien tiene que ir a mirar. Me dirijo hacia el lugar del que procede el ruido a la vez que Heather avanza por un lado de la sala de estar y atraviesa el arco situado junto a mí. Aunque sé que mis amigos están justo detrás de mí, es como si estuvieran a kilómetros de distancia.

En cuanto la toco, la puerta se abre con un crujido; tras ella, veo unas encimeras corrientes, una tetera, una tostadora y un fregadero lleno de platos, sartenes y cazuelas. El armario está salpicado con unas manchitas oscuras. El suelo está repleto de imanes para la nevera de colores brillantes; entre ellos, un vikingo con un «York» grabado en su escudo. Unas notitas y unas recetas están tiradas en un charco pegajoso y oscuro que tapa la tira de metal que separa el linóleo de la cocina de la alfombra gastada. Paladeo el sabor del hierro en el aire.

Que eso no es cera está claro de cojones.

Detrás de mí, Villiers murmura una oración antigua en la que menciona muchas veces al Señor para rogarle cosas. Al abrir la puerta, esta golpea con un ruido sordo la nevera. Asomo la cabeza con indecisión por la esquina.

En el centro de la cocina hay un hombre agachado sobre alguien tirado en un charco oscuro.

Es un cadáver. Hay un cadáver en el suelo.

El hombre que está de espaldas a nosotros se gira lentamente. Es Rawley, cuya piel pálida y tensa cubre los andamios de sus huesos. No sé quién es la víctima, pero me da que no se va a levantar jamás.

—Hum, Charlie —dice Leonie—. No está…

Entonces miro el cadáver del suelo. Tiene la cabeza girada hacia mí, está boquiabierto y su mirada carece de expresión, de vida. Ahora entiendo por qué Rawley parece estar tan demacrado y hecho polvo.

Porque está muerto.

—Así que Gates ahora envía a unos críos a hacer su trabajo. —El fantasma de Peter Rawley recuerda a un animal salvaje que ha caído en una trampa—. Os dijo que os acompañaría tranquilamente como un buen fantasmita, ¿eh?

Levanto los brazos para que Rawley pueda verme las manos. No llevo ningún arma, colega, solo soy un adolescente idiota que intenta no potar sobre tu cadáver.

—No hemos venido a hacerle daño, señor —dice Sam a mi espalda.

Rawley parece ser consciente de que Heather, Ollie y Villiers son unos fantasmas como él; entonces, me mira de nuevo; luego, a Sam; las arrugas de su frente se vuelven más pronunciadas.

—La muerte os ha tocado.

Puedo adivinar lo que eso significa. Asiento con lentitud, ya que no quiero sobresaltarlo.

—¿Quién es Gates? ¿Está...? ¿Él... le asesinó?

—¿Que si me asesinó? —responde Rawley, como si la idea se le acabara de ocurrir. Sabe que está muerto. Si no lo supiera, nos estaríamos enfrentando a un bucle de muerte.

—Sí, ese gran golpe que tienes ahí, en un lado del cráneo... —Ollie señala al cadáver de Rawley—. Yo diría que es un indicio muy importante de que seguramente no moriste por causas naturales.

—¡Ollie! —exclama en voz baja Heather.

Rawley tuerce el gesto y gruñe.

—Sí, me asesinó, y todo porque no quise quedarme de brazos cruzados mientras se da caza a unos fantasmas en las calles. Nadie atrapa almas en York sin que yo lo autorice, da igual que sea un viejo amigo o no.

—Pues no parece que sea un gran amigo —comento.

—Conozco a Caleb Gates desde que era un chaval, yo mismo le enseñé la teoría fantásmica. Ya era un cabrón ambicioso por aquel entonces, estaba cabreado porque a su mami se la habían jugado para que no heredara algo y le interesaban ciertas magias muy peligrosas que es mejor olvidar. Viajó quién sabe adónde para aprender vete a saber qué. Nunca esperé que volviera, pero su mami murió y se quedó sin pasta. Estaba claro que Caleb iba a aceptar un trabajo tan bien pagado. Como lo amenacé con lanzar unos hechizos de protección contra él, el muy hijoputa me dio una paliza. —Rawley niega con la cabeza—. Debería haberlo visto venir. Caleb es una sanguijuela, coge lo que necesita y se larga cagando hostias.

—¿En qué consistía ese trabajo? —pregunta Ollie.

—En entregar a dieciséis fantasmas a cambio de mucha

pasta. No me dijo quiénes eran los objetivos, pero no me sorprende quiénes han sido sus presas hasta ahora porque todos eran famosos, antiguos y poderosos.

—Me sorprende que quienquiera que lo haya contratado no te ofreciera a ti ese trabajo —afirma Heather con frialdad. Está preguntando si es de fiar. Aunque probablemente no podamos confiar en él, también tengo bastante claro que no nos queda más remedio que hacerlo.

—Sí, así fue. Me enviaron un email, todo muy moderno —contesta Rawley—. Me habría venido muy bien esa pasta; mi hermana no está bien y hay mucha competencia hoy en día. Yo monté uno de los primeros tours de fantasmas. Ahora, hay uno en cada esquina. Pero, como yo no atrapo a almas inocentes ni rompo el viejo código, rechacé la oferta. —Hace un gesto de negación con la cabeza y entonces murmura—: Se me hace raro ver a los muertos sin unas criptolentes.

—¿Y piensas que Gates nos ha enviado a atraparte? —pregunto.

—Sí, llevaba una botella consigo cuando me mató. Las almas recién muertas tienen mucha energía. —Rawley baja la vista y contempla su cadáver—. Sobre todo si tuvieron una muerte violenta.

Quiero decirle que siento mucho que su vida acabara así, pero no quiero empeorar las cosas.

—Lo más seguro es que estuviera preocupado porque yo podría advertir a los espíritus de York de que iba a por ellos —continúa hablando Rawley—. Intentó capturarme, pero fui muy rápido, me piré antes de que pudiera cogerme.

—Pero si iba a por ti, ¿por qué no ha vuelto aquí? —pregunta Leonie—. ¿No es el primer sitio donde debería mirar?

—El lugar donde murió atrae al alma que falleció ahí —nos explica Heather—. Sobre todo en los primeros días tras la defunción.

—Y como Gates lo sabe, tenéis que iros —dice Rawley,

quien agita la mano para indicarnos que vayamos a la puerta principal.

Retrocedemos hasta el comedor, pero nadie parece tener intención de marcharse. Como no puede ni ver ni oír qué está pasando, Mitch se queda ahí quieto, muy confuso.

Rawley niega con la cabeza.

—Vamos, largaos de aquí todos.

—Gates tiene a nuestros amigos —respondo—. Tenemos que saber quién lo contrató.

—El email era anónimo. Solo es un ocultista rico muy vago que es incapaz de capturarlos por sí mismo.

—¿Un ocultista? —pregunta Sam.

—Sí. Aficionados a la magia, ilusionistas y gente del palo.

Me pongo de muy mala leche.

—Así que lo que está haciendo es secuestrar fantasmas para un capullo rico obsesionado con la magia que quiere hacerse con algo oscuro y peligroso para colocarlo sobre la repisa de la chimenea, ¿eh?

—No coleccionan almas porque sean un ornamento bonito, chaval —contesta Rawley con un tono gélido y burlón, como si todo esto fuera una broma enfermiza. Y puedo intuir que no me va a gustar cómo acaba este chiste.

Una sarta de palabrotas muy pintorescas ocupa el resto de la respuesta de Rawley. Villiers, que está en la línea que divide la sala de estar y el despacho, extiende los brazos como si de repente fuera a caerse. Por un momento, no sé a qué está jugando.

Entonces, la veo.

Escondida entre las feas espirales de la alfombra estampada hay una reluciente trampa para fantasmas. Y él está de pie sobre su mismo centro.

24

Fantomatología práctica

Suelto unas palabrotas y me llamo de todo, de gilipollas para arriba. Sabíamos que corríamos el riesgo de que hubiera trampas para fantasmas, y aun así hemos dejado que Villiers cayera en una. Leonie está disgustada, dice que siente mucho no haberse dado cuenta de que estaba ahí porque es la que lleva las gafas espirituales. Para ser justo, el estampado de la alfombra la esconde muy bien. A Villiers se le hinchan los carrillos cuando hace el esfuerzo de intentar liberarse. Por culpa de la trampa, se dibujan a su alrededor unas ondas en el aire.

—Te vamos a sacar de ahí —le prometo, mientras miro a Sam y espero ver su sonrisilla confiada: «Oh, no pasa nada. Tengo algunas hierbas apestosas para eso», pero está tan alucinado como yo.

—Caleb habrá instalado una alarma que se dispara cuando la trampa se activa —señala Rawley.

Al oír esas palabras, me horrorizo. Me imagino a Pelo Rapado y su fantasma de ojos plateados y, de repente, soy consciente de la gravedad de la situación. Gates asesinó a Rawley. Para él, cuatro adolescentes metomentodo solo son unos testigos que debe silenciar, ¿verdad?

—Vale, tenemos que sacar a Villiers de ahí ya. —Me vuelvo hacia Rawley—. ¿Cómo lo hacemos?

—Yo no puedo hacer nada.

—Y una mierda, aquí tú eres el que sabe de magia —le espeta Ollie.

Rawley niega con la cabeza.

—Su esencia ha quedado atada, alimentando el teorema. Solo hay una manera de salir y es embotellándolo.

—Los espacios reducidos me resultan extremadamente desagradables. —Villiers está haciendo todo lo posible por no dejarse llevar por el pánico, pero hay miedo en sus ojos. Si pudiera sudar, estaría empapado. Da igual, yo estoy sudando por los dos.

—La botella hay que prepararla de una forma especial y ya no nos da tiempo a hacer eso —afirma Rawley—. La trampa para fantasmas solo puede ser destruida por el trampero que la colocó o por alguien igual de poderoso. Yo estoy muerto y vosotros tenéis pinta de no tener ni repajolera idea de conjuros.

—Somos cuatro y aprendemos rápido —dice Sam.

—¿Y qué vamos a aprender? —pregunta Mitch.

—Magia —respondo.

Mitch abre los ojos como platos.

Un pensativo Rawley se lleva la mano al mentón.

—Quizá baste con cuatro sifones.

—¿Qué hacemos? —pregunta Leonie.

Rawley señala sus estanterías repletas de libros.

—Que uno de vosotros coja el tomito con el lomo morado de arriba del todo.

Tras subirse a una silla, Sam coge el libro y me lo lanza. Es fino, como una guía de bolsillo, tiene una letra pequeña y cuenta con unos gráficos y unos diagramas que muestran, bueno, si soy sincero, no tengo ni puta idea de qué muestran. Tal vez si se me dieran mejor la física o las matemáticas tendría alguna oportunidad de entenderlos a medias, pero se me dan fatal las dos y esta mierda mágica es de mucho nivel.

—Página sesenta y una —dice Rawley.

Paso las páginas mientras leo títulos de capítulos como «Fantomatología práctica» y «Los principios fundamentales de las matemágicas» hasta llegar a un dibujo de una trampa para fantasmas sobre el que hay trazadas unas líneas confusas y unas ecuaciones.

—«Cepos para espíritus, trampas para fantasmas y ataduras» —lee Leonie por encima de mi hombro. Dejo que me quite el libro, ya que confío en que le encuentre más sentido que yo.

—Para disolver una trampa para fantasmas… —levanta la cabeza súbitamente—, ¿tenemos que marcarla con nuestra sangre?

—Es todo cuestión de equilibrar las energías —contesta Rawley—. Para sacar su esencia fantásmica, tenéis que meter algo dentro. Eh, rubito. —Rawley le hace una seña a Mitch—. Tengo un cuchillo en mi abrigo, que está junto a la puerta principal.

—Él no es un vidente —le digo cuando Mitch no le responde.

—Por amor de Dios. —Rawley se lleva la mano a la cara y la deja caer lentamente—. Díselo, ¿quieres? Y, oh, hay unas criptolentes en mi abrigo, puede ponérselas porque yo ya no las voy a necesitar.

Supongo que se refiere a las gafas espirituales.

En cuanto le transmito el mensaje, Mitch se va a todo correr. Rawley vocifera unas órdenes, nos coloca alrededor de la trampa a una misma distancia y advierte a Ollie y Heather que se alejen bastante. No para de hablar sobre transferencia de energías, pero como estoy en estado de pánico, mi cerebro no puede asimilarlo. Sam pregunta algo inteligente sobre estructura y estabilidad y Rawley sonríe de oreja a oreja.

—Tienes instinto para la magia. Y tú también. —Señala con la cabeza a Leonie—. Ambos tenéis un talento natural para esto, y eso es bueno.

Una parte de mí muy patética quiere preguntarle «¿y qué pasa conmigo?», pero no merece la pena malgastar saliva.

Tras regresar con el cuchillo y las gafas, Mitch traga saliva, como si estuviera a punto de meter la mano en un agujero oscuro sin saber si podrá sacarla de ahí ilesa; entonces, se pone las gafas y ocupa su lugar en el círculo.

Cada uno de nosotros se pincha en el pulgar con la punta del cuchillo de Rawley.

—Esto es muy antihigiénico —dice Heather.

Aunque notar cómo el acero se adentra en mi carne no me resulta muy molesto, en cuanto Leonie se agacha y extiende su sangre por la alfombra noto que algo tira de mí por debajo de mi caja torácica. A pesar de que solo hay sangre suficiente como para dejar unas pocas manchitas aquí y allá, dibuja con mucha claridad un sigilo; es como si lo hubiera trazado con un rotulador de esos que brillan en la oscuridad.

A continuación, le toca a Sam. Mientras dibuja su sigilo con las gotas de sangre, esa sensación tan incómoda aumenta. El libro casi se me cae cuando él me lo da. El símbolo que tengo que hacer es algo como una J muy elaborada escrita al revés. Mientras dibujo, el tirón que noto en las costillas se convierte en un dolor que me recorre el cuerpo entero.

Mitch es el último, y yo me concentro en que no me dé un patatús.

—Aguantad —ordena Rawley, quien está cerca del borde de la trampa—. Eh, fantasmita. A la de tres, tírate hacia fuera con toda la fuerza que puedas.

Villiers se desabrocha el jubón, mueve los hombros y se agacha un poco.

—Contad, buen señor.

En la boca de Rawley puedo ver un gesto de determinación y un destello de miedo. De repente, entiendo lo que está a punto de hacer.

Cuenta.

Villiers salta, gruñendo por el esfuerzo…

… y Rawley entra en la trampa para fantasmas. En cuanto

la toca, unas ondas se dibujan en el aire que rodea a la marca. Algunas partes de su cuerpo parecen deshacerse en unos hilillos que se separan, se juntan y giran. Aprieta los dientes.

Villiers aún no se ha liberado. Se mueve como si estuviera bajo el agua. Meto los brazos en la trampa y le agarro las manos. Entonces, cuando Rawley está totalmente dentro, Villiers se tambalea hacia delante y me aplasta contra el sillón que tenemos detrás.

Ahora, Rawley se encuentra agachado en el centro de la trampa para fantasmas.

Uno dentro. Uno fuera.

Una silueta pasa junto al gran árbol perenne de fuera. Ollie se aparta de la tela amarillenta que tapa la ventana.

—¡Hay alguien aquí!

—El Hombre Sombra —susurra Villiers, al mismo tiempo que se aparta de mí rodando para caer atravesando el mueble. Al instante, se levanta de un salto, desenvainando su estoque.

Se nos agota el tiempo.

—Podemos con él —dice Mitch—. Somos cuatro contra uno.

Una llave entra en la cerradura de la puerta principal.

—¿Eres bobo? —le espeta Rawley—. Os matará y embotellará, porque los muertos recientes tienen mucho poder. Hay un agujero en la valla de atrás, que da a un camino que discurre por detrás de las casas. Marchaos ya.

La trampa palpita y el dolor que siento en los huesos empeora.

—Vamos —le digo a Sam, agarrándolo de una manga—. Debemos irnos.

—Llévate el libro —le dice Rawley a Leonie—. El hechizo de protección está en el último capítulo; ponlo en todas las esquinas, en todo cruce de caminos.

Leonie se aprieta el tomito contra el pecho.

—No podemos dejarte aquí sin más.

La manilla de la puerta principal gira ruidosamente.

¡Sí que podemos, joder!

—¡Largaos! —exclama ahogadamente Rawley.

Mitch y Leonie corren hasta el despacho para dirigirse a la puerta de atrás. Heather y Ollie ayudan a Villiers, que desprende humo ligeramente. Sam me agarra de la mano. No miramos para atrás cuando entramos en el jardín descuidado. A nuestras espaldas, Rawley grita algo, quizá para que Gates centre su atención en él, quizá para decirnos que corramos más rápido.

Como el agujero en la valla no es muy grande, tenemos que atravesarlo de uno en uno. Los fantasmas no se andan con miramientos y atraviesan velozmente la madera podrida. Y a mí no me importa porque estoy en un estado de pánico total.

Al otro lado, hay un sendero estrecho cuyas losas están cubiertas de hierbajos. Avanzamos a un buen ritmo. Levanto bastante los pies, para evitar así tropezarme. Cuando doblamos la esquina y acabamos en otro callejón sin salida, Sam no me suelta la mano durante unos diez segundos.

Lo sé porque los cuento.

Seguimos avanzando, pero ahora andando; solo somos una pandilla de adolescentes que han salido a dar un paseo a última hora de la tarde lejos de una escena del crimen. Tengo una mancha de sangre en el lateral de mi zapatilla deportiva derecha. Lo limpio con la hierba del borde del camino.

Tenemos suerte. El autobús aparece unos minutos después de que lleguemos a la parada. Mitch le indica con una seña que pare. Nos sentamos en la parte de atrás. Ollie vigila por la ventana trasera. Sam se inclina hacia mí, solo un poquito. Aprieto mi rodilla contra la suya, deseando hacer algo más pero sin saber cómo pedírselo.

Me concentro en la vibración constante del motor que me recorre la espalda e inspiro el olor vulgar a tela sucia y gases del tubo de escape.

—Nos hemos salvado por un puñetero pelo.

Villiers se estremece.

—Pese a que sospechábamos que era un villano, Rawley ha demostrado ser un hombre honorable.

—Lo hemos juzgado mal —admite Heather.

No me puedo creer lo equivocado que estaba con Rawley. Aunque hemos tenido que descartarlo como sospechoso principal, al menos tenemos un nombre nuevo: Caleb Gates.

—Tenemos que ir a la policía —dice Mitch.

—Ni soñarlo —respondo.

Leonie niega con la cabeza.

—Hemos forzado la entrada y alterado una escena del crimen…

—Pero sabemos quién lo mató —protesta Mitch.

—Ya, pero no hay pruebas que lo demuestren.

—No podemos contarles precisamente que su fantasma nos dijo quién es su asesino —señala Sam—. Y si nos toman las huellas, podrían relacionarnos con el incendio de la capilla.

—Y Caleb Gates es un madero —digo—. ¿O no lo recordáis? Ese desconocido del pub, el de los tatuajes que llevaba el pelo rapado, es el agente que fue a casa de Leonie después del incendio de la capilla. Nos tiene en su punto de mira.

—Estás sacando unas conclusiones muy precipitadas, Charlie —comenta Heather—. ¿Estamos seguros de que es Gates?

—Si no es Rawley, debe de ser él. Tiene la constitución adecuada —contesto, mirando a Villiers, quien asiente—. Además, apareció en casa de Leonie después del incendio para interrogarla. Cuando fuimos en busca de Rawley (el hombre al que ha asesinado), ahí estaba, en el bar, poniendo la oreja. Quizá solo estaba tomando una pinta, pero ¿por qué en ese pub en ese momento? Y encima me advirtió de que no siguiera investigando de un modo que dio muy mal rollo y todo eso. Está en el ajo, tiene que estarlo.

—En el ajo, sí, pero eso no quiere decir que sea el Hombre Sombra —afirma Heather.

Ojalá Audrey estuviera aquí, ya que me apoyaría en esto.

—Bueno, ¿y qué me dices del fantasma de ojos plateados que le sigue? —pregunto—. Rawley dijo que Gates practica una magia peligrosa y que eso es una especie de espíritu que nunca antes hemos visto. ¿Podemos correr el riesgo de dar por sentado que no es Gates? Si lo es y es un policía de verdad, exista o no una división secreta de cazadores de fantasmas, entonces debemos tener aún más cuidado si cabe. No podremos detenerlo si nos enchironan.

—Oh, mierda. Vale. Nada de ir a la policía —dice Mitch, quien tiene cara de pocos amigos. Lo entiendo. A mí tampoco me ha hecho ninguna gracia dejar ahí el cadáver de Rawley para que se pudra, pero teníamos que protegernos. Leonie resopla, abre el librito de magia y lee.

Sam saca su móvil, marca un número y pone el altavoz para que oigamos todos la conversación. En cuanto el tono de la llamada retumba por el autobús, una mujer se gira para mirarnos con mala cara. Váyase a tomar por culo, señora.

—Qué rapidez. Estoy impresionada —dice Miri cuando coge la llamada—. Ya estoy dentro y buscando. Tiene muchas cosas que están relacionadas con los fantasmas, pero por ahora casi todo tiene que ver con temas turísticos.

—Rawley recibió un email anónimo de alguien que intentaba contratarlo para atrapar fantasmas —le informa Sam.

—Os acaba de decir eso, ¿verdad?

—Su fantasma —respondo—. Rawley está muerto.

Reina el silencio.

—Lamento oír eso.

—Sí, no es nuestro Hombre Sombra, sino alguien llamado Caleb Gates.

—Has dicho un email, ¿no? Esperad.

Se oye el ruido de unas uñas que chocan con unas teclas. El autobús gira con un chirrido y se detiene, su suspensión sisea. Unas cuantas personas suben y bajan.

—No está aquí —nos informa Miri—. No veo ese email. Igual estaba programado para autodestruirse pasado un tiempo.

Sam gruñe.

—Pero todo deja un rastro. Acabaré descubriendo quién lo envió y os pasaré toda la información que obtenga sobre Caleb Gates, pero podría tardar unos cuantos días. Os llamaré cuando tenga algo.

Cuelga.

Procuro no dejarme llevar por los nervios.

—Sam, no podemos esperar varios días. Gates podría alcanzarnos o atrapar más almas mientras tanto.

—Tenemos que preparar y lanzar el hechizo de protección, como nos ha pedido Rawley.

Leonie sostiene en alto el libro para que todos podamos leer el título: «Hechizos de protección, defensas y fronteras». Da unos golpecitos con un dedo a la parte inferior izquierda, donde hay un símbolo que recuerda a dos cerillas encendidas; una mirando hacia arriba; la otra, hacia abajo.

—Para que proteja a los espíritus apacibles —lee Ollie—, debe ser pintado con pelo de cerdo en todas las esquinas y cruces de caminos. Detendrá a todo aquel que intente colocar trampas para fantasmas.

—Aún se pueden comprar pinceles de pelo de cerdo en cualquier tienda de bellas artes buena —comenta Sam.

—La pintura también es especial. —Leonie frunce el ceño—. ¿Dónde podemos conseguir muérdago en esta época del año?

—¿Por internet? —me atrevo a contestar—. Se puede conseguir casi cualquier cosa por internet.

—Deja que eche un vistazo —le pide Mitch a Leonie, quien le pasa el libro para que ojee los ingredientes—. Sí, el proceso es complejo de narices, pero puedo preparar esto. Aunque no podré hacerlo en mi casa. A mamá le dará un soponcio si uso una de sus ollas buenas para esto y, como mínimo, tardaré tres días.

—En mi casa, tampoco —dice Leonie—. Papá y Al llegarán pasado mañana.

—Ni en la mía —digo. Mis padres harán demasiadas preguntas y es imposible que cuele la excusa de que esto forma parte de nuestro repaso de química.

—Podemos prepararlo en la cocina de mi casa —nos sugiere Sam—. Mi padre está trabajando en una propuesta para un contrato importante y rara vez sale de su despacho. Lo más seguro es que ni se entere de que estamos ahí.

—En todas las esquinas y cruces de caminos de York —repite Leonie—. Habrá que pintar mucho, pero si empezamos por el centro y nos desplazamos hacia fuera, podríamos tener toda la parte vieja de la ciudad pintada dentro de una semana.

—Debéis tener cuidado —les advierto—. Tal vez los fantasmas no puedan haceros daño, pero Gates sí. Es un asesino y sabe dónde vive Leonie. Nos ha visto juntos. Sabe que estáis en el ajo.

Ella traga saliva. Mitch la atrae hacia sí. Me muero de ganas de extender el brazo y tocar a Sam. Está sentado junto a mí con ese estúpido pelo rizado suyo y ese hoyuelo y esas puñeteras pestañas mientras nuestras piernas se rozan. Pero ¿y si se aparta ahora que no estamos huyendo para salvar el pellejo?

—No vamos a rajarnos —afirma Mitch, mientras se le tensan los músculos de la mandíbula.

Los miro fijamente tanto a él como a Leonie, deseando decirles que ya han hecho más que suficiente. Pero lo cierto es que a Mitch se le da bien cocinar. Confío en que será capaz de preparar bien la receta. Además, para mañana por la mañana,

Leonie tendrá el libro lleno de separadores y subrayado con rotuladores de colores. Si hay algo en él que pueda ayudarnos a entender todo esto, ella lo encontrará.

—Vamos a permanecer juntos, y no es una petición —digo—. En parejas, como mínimo. Nadie va a quedarse solo en ningún momento, y eso va también por los fantasmas. Vamos a cuidar unos de otros.

Todos asienten.

Solo entonces se me ocurre echar una ojeada al móvil. Tengo siete llamadas perdidas de mamá. La llamo.

—Charlie —me dice con mucha preocupación—, es la tía Chrissie, se ha puesto muy malita.

25

Hechizos de protección y advertencias

Esta vez sí que está mal. Como la tía Chrissie ha quedado ingresada en observación, el trío calavera está con nosotros todo el rato. He estado ayudando a mamá y luego escondiéndome en casa de Sam, con la excusa de que me está ayudando a empollar

Hamlet para mis próximos exámenes, aunque en realidad estamos preparando una poción que huele asquerosa, con la que luego pintaremos unos símbolos mágicos en todas las esquinas y cruces de caminos de York. He hecho a mis padres toda clase de promesas estúpidas sobre las notas que voy a sacar este año, así que se van a cabrear cuando vean que no apruebo ni una.

Sam demuestra ser un hombre de palabra, ya que en su casa tenemos espacio de sobra y no hemos visto a su padre; solo hemos oído unas pisadas en las escaleras o cómo se cerraba una puerta en el sótano. No salimos de la cocina de la planta baja, que es una sala grande de color crema que tiene unas encimeras relucientes, unos suelos peligrosamente resbaladizos y una auténtica lámpara de araña de cristal. Mitch está junto a los fogones, donde la pintura mágica que está preparando hierve a fuego lento sobre una llama débil y el vapor le empaña las criptolentes. Según la receta, cuando el mejunje de hierbas se espese, tenemos que machacar raíz de rubia roja y ocre y luego mezclarlo todo.

Villiers está sentado sobre la encimera, obsequiando a Mitch con grandiosos relatos en los que narra cómo frustró los planes de sus enemigos, con los que intentaban hacerle perder el favor del rey.

Yo estoy sentado a la mesa de desayuno, inclinado sobre el portátil de Sam, en el que tengo innumerables pestañas abiertas mientras busco en los archivos digitales de la Biblioteca de York cualquier cosa que pueda indicarnos quién es el Ahorcado. Frente a mí tengo a Leonie y Sam, quienes están leyendo detenidamente el libro de Rawley, intentando aprender teoría mágica básica, o al menos entender qué es la magia y por qué funciona.

Mi investigación avanza lentamente, ya que tengo muchos archivos que examinar (periódicos, fotografías históricas, árboles genealógicos) y el único punto de partida es una posible conexión con el cementerio. Para tener más posibilidades de averiguar algo, Ollie y Heather están rondando por la comisaría de Policía de Fulford, con los oídos bien abiertos, para ver si así se enteran de alguna pista que nos permita identificar al Ahorcado. Aunque tienen órdenes estrictas de huir si ven a un fantasma de ojos plateados o a Pelo Rapado, quien sigo creyendo que es Gates, continúo estando de los nervios. ¿Y si tienen algún problema y no estoy ahí para ayudarlos?

—Charlie, prácticamente puedo oír cómo te comes la cabeza —dice Sam—. No les va a pasar nada.

¿Tan transparente soy? Le sonrío tímidamente, aunque no puedo mirarle a los ojos, porque me moriría.

Lleva toda la semana echándome miraditas. Ayer nuestras manos se rozaron mientras picábamos hierbas para confeccionar la pintura. Juro que lo hizo a propósito. Lo miré con el rabillo del ojo y, al ver esa mandíbula tan definida, quise besarle. Pero ahora cada vez que lo veo tengo esta sensación confusa que hace que hablar con él me resulte cien veces más difícil.

—Oh, Dios mío, eso es —dice en voz baja Leonie—. Ya sé para qué quieren atrapar a los fantasmas.

Villiers se queda callado. Mitch la mira. Sam se endereza.

—¿Ah, sí? —pregunto ansioso.

Leonie respira hondo.

—¿Cómo es posible que los fantasmas puedan quedarse atrapados en una botella si no pueden tocar nada salvo a los videntes? O sea, deberían ser capaces de atravesar el cristal, ¿no? Bien, pues he analizado las instrucciones que vienen en el libro para crear una botella para fantasmas, ¿os acordáis de que Rawley dijo que los recipientes tenían que estar preparados de una manera especial?

Ojalá fuera al grano. Leonie es de esa clase de personas que tienen que saber por qué algo es como es y, si se puede, saber cómo funciona; luego te lo explicará, aunque no tengas ni idea de qué está hablando.

—Cuando se activa, el teorema (que, por lo que puedo ver, solo es el nombre rimbombante que se le da a un hechizo complejo) genera un bucle fantasma artificial dentro de la botella, atrapando al espíritu y volviéndolo más fuerte. Si la botella se rompe, el bucle se disuelve y el fantasma liberado se convierte en un *poltergeist*, capaz de interactuar con la materia física durante un tiempo limitado.

Sam recorre con un dedo los puntos que tiene en el cuello y tiembla.

—Aunque todavía no sé cómo lo logra —continúa hablando Leonie—, mi hipótesis es que el bucle potencia la energía fantásmica del espíritu al concentrarla aún más. Básicamente, es como darle un chute de energía al fantasma. Ahora bien, esto —da unos golpecitos con el dedo al libro de Rawley— es una manera demasiado sencilla de explicarlo, pero he encontrado otros pasajes donde se refieren a los fantasmas como «esencia suplementaria», lo cual lo explica todo. —Se calla, con los ojos muy abiertos, a la espera de que lo asimilemos. Nosotros le devolvemos la mirada en silencio con cara de tontos—. Esta energía potencial se puede almacenar. Los ocultistas usan a los fantasmas como baterías.

Sam pone muy mala cara.

—Joder, qué retorcido es esto —dice Mitch.

Me gustaría pensar que esto no son más que gilipolleces, pero Leonie es un puto genio y, de una forma horrible, todo encaja. Gates y su misterioso cliente tratan a los fantasmas como cosas de usar y tirar, no como personas que tienen unos pensamientos y sentimientos propios.

«Nada es eterno».

Estoy muy tenso y me siento raro.

—¿Crees que cuando se usa a un alma embotellada para proporcionar energía a un conjuro..., teorema..., o como quieras llamarlo..., eso hace que, ya sabes, mueran para siempre?

—Sí, debe matarlos —responde Sam—. Porque si puedes reutilizar los que ya tienes, ¿para qué te vas a tomar la molestia de capturar a nuevos fantasmas?

—Sufren una verdadera muerte —concluye Villiers con una voz teñida de miedo y asombro a partes iguales—. Ni infierno. Ni cielo. Solo... el olvido.

La puerta de la cocina se abre y el señor Harrow entra. A pesar de que viste unos pantalones chinos de *sport* y un suéter, tiene tanta clase y elegancia como esta casa.

—¡Papá! —Sam saca mis notas sobre Shakespeare, que ni he tocado, para colocarlas sobre el libro de Rawley—. ¿Qué haces aquí?

—Bueno, vivo aquí, Sam, y algunas veces tengo que comer.

Coge una barra de pan de la panera que hay sobre el mostrador y saca de la nevera unas lonchas de fiambre y queso. Resulta raro verlo hacer algo tan normal como prepararse un sándwich, cuando en esta cocina hay unos cuadros colgados en las paredes y una lámpara de araña en el techo, cuando debería tener aquí un chef personal sirviéndole unos almuerzos de cuatro platos.

—Me alegro de volver a verte, Charlie.

Sigue teniendo los ojos llorosos como la primera vez que lo

vi; seguramente, por estar tantas horas sin apartar los ojos de una pantalla.

—Y yo a usted, señor. ¿Qué tal el…, hum, trabajo?

—Pues va bien. En realidad, hoy mismo he hecho un gran avance. Seremos capaces de iniciar las pruebas con el prototipo en breve. —Puedo detectar una cierta emoción en su voz—. Sam, ¿me vas a presentar a tus otros amigos?

Sam le obedece rápida y torpemente.

—Vosotros dos lleváis unas gafas muy raras —comenta el señor Harrow.

Leonie sonríe.

—Es por ir a juego, como somos pareja…

—¿Alguien más quiere un sándwich u os conformáis con la sopa? —El señor Harrow se inclina sobre la pintura burbujeante para olerla y se aparta al instante—. ¿Estáis seguros de que esto se puede comer?

Mitch se pone muy nervioso, quiere dar una buena respuesta que no eche por tierra días y días de trabajo duro.

—No, es…, eh…, un experimento… para, hum…

—Es un tinte —dice Sam—. Un tinte natural, para una recreación histórica. Un chico de la escuela nos ha invitado a un evento medieval, pero tenemos que hacernos unos disfraces para poder participar.

—Qué interesante. —El señor Harrow sabe que es mentira. Se nota por la forma en que se le retuercen los labios como una serpiente y en que disimuladamente tuerce el gesto tras esa sonrisa—. ¿Qué estáis usando para el mordiente?

—¿El… mordiente?

—Para fijar el tinte a la ropa.

Hace hincapié en la palabra «ropa» de un modo sutil, pero lo suficiente como para que se note. Obviamente, no tenemos ninguna tela preparada para echarla en la olla. La tensión vuelve a reinar en el ambiente. Sam mira fijamente a su padre, con el pulso acelerado. Su padre le devuelve la mirada.

—Micciones —contesta Villiers.

Pero ¿qué dice?

El señor Harrow tuerce el gesto.

Villiers me mira con cara rara y me doy cuenta de qué es lo que quiere decir, nos está dando la respuesta.

—¡Orina! —exclamo con demasiada fuerza.

Todos se me quedan mirando.

—Ya veo. —Se vuelve hacia la encimera, el señor Harrow recoge los restos de comida—. En ese caso, será mejor que compre una nueva olla.

En cuanto el eco de las pisadas del señor Harrow se pierde por la escalera de mármol, Leonie se echa a reír.

—¿Una recreación histórica? Eso no se lo ha podido tragar.

—Me ha entrado el pánico —admite Sam, a la vez que se tapa la cara con las manos—. Aunque, en realidad, no le importa lo que estamos haciendo. Dadle diez minutos y se olvidará de que estamos aquí arriba. Su trabajo lo es todo para él.

Me acerco al fogón para hacer como que le echo un vistazo a la pintura porque necesito un instante de calma. Ahora que el señor Harrow se ha ido, el estrés que conlleva todo lo demás me resulta repentinamente abrumador.

A lo mejor ya es demasiado tarde y no podemos salvar a nadie. A lo mejor ya no existen.

La idea de que algo así le haya podido pasar a Audrey, o a cualquiera de los fantasmas desaparecidos, me revuelve el estómago, aunque eso también podría ser por el olor de la pintura. El señor Harrow tenía razón, apesta: es un olor a humedad que me lleva de vuelta a las ruinas de Saint-Lô y a mis pesadillas, en las que veo a un hombre de ojos gélidos que se agacha sobre unos cadáveres cubiertos de barro. Aunque los cuerpos no parecen haber cambiado nada después de que el hombre los haya dejado atrás, sí da la impresión de que han perdido algo, como si los hubiera violado de una manera todavía peor de lo que las bombas y las balas jamás podrían violarlos. Y siempre está ahí esa sensación de asco e ira y, lo que es aún peor, culpa.

«Nada es eterno».

La luz se refleja en un cristal.

En una botella. Llevaba una botella trampa en las manos.

Estaba recolectando almas.

Era un trampero de almas que estaba embotellando a los fantasmas de unos soldados muertos en la Segunda Guerra Mundial. No me había dado cuenta de ello porque lo estaba viendo con sus ojos, no con los míos, y ella no era una vidente.

No puede ser el mismo hombre que está secuestrando fantasmas en York, ya que debió morir hace mucho. Pero Audrey quería que recordara algo sobre Saint-Lô y la mujer en cuyo bucle de muerte caí ahí. ¿De verdad todo esto está relacionado?

Piensa, Frith. Piensa.

«Recuerda la capital de las ruinas».

¿Que recuerde qué? ¿Todo lo que perdí? Mi mente. Mis amigos. Mi oportunidad de tener algo con Mitch.

Ahora él está junto a mí, mirándome con preocupación.

—¿Estás bien? Me da que te estás poniendo malo.

Me agarro a la encimera, con la mirada clavada en la olla. Unas burbujitas se elevan y rompen en la superficie de la pintura.

—Es por el olor.

—Sí, apesta un huevo. —Se ríe y, entonces, mira brevemente hacia atrás; a Sam, Leonie y Villiers, quienes están discutiendo sobre cómo se podría utilizar una batería fantasmal para suministrar energía a unos teoremas avanzados—. Por cierto —añade Mitch en voz baja—, se lo conté cuando empezamos a salir.

Vuelvo a centrarme en la realidad.

—¿El qué?

Carraspea.

—Le conté a Leonie lo de que, ya sabes, lo de que besé a un chico. No le he contado que fuiste tú, porque sé que no has salido del armario en la escuela, pero creo que lo ha adivinado y le da igual. Te lo comento simplemente para que lo sepas.

—¿Le da igual?

—Sí; o sea, tampoco fue para tanto.

¿Cómo que no fue para tanto? Para mí sí que lo fue.

—Así que solo fue un experimento, ¿no? —pregunto con frialdad.

—Todo es un experimento —responde con una media sonrisa a la vez que se sonroja—. Pero la verdad es que, desde antes del viaje a Francia, llevaba semanas deseando besarte.

—Entonces, ¿eres… bi?

Mitch se encoge de hombros.

—Las personas no son más que personas. Y supongo que a mí me gusta la gente en general, pero… todavía no he salido del armario. Mis padres no lo entenderían y no quiero que me etiqueten cuando ni yo lo tengo aún claro. Sinceramente, todavía estoy hecho un lío. —Respira hondo—. Me gustabas mucho. Eres un gran tío y yo… —Traga saliva lentamente y, entonces, me mira esperanzado—. Te echo mucho de menos como amigo.

Todas esas veces que me había pedido que me sentara con él a comer, no lo había hecho únicamente para echarse unas risas. Cuando me había comentado que un chaval me estaba buscando, únicamente lo había hecho para tener una excusa para hablar, no para tomarme el pelo. Y así otra pieza más encaja en su sitio.

—¿Le dijiste a Girshaw que me dejara en paz?

A Mitch se le hinchan las fosas nasales.

—Josh es imbécil.

Eso es un sí, entonces.

Justo antes de que Josh dejara de darme de hostias, los había visto juntos y había dado por sentado que mi ex mejor amigo era ahora colega del chaval que me estaba haciendo la vida imposible, cuando en realidad Mitch le estaba advirtiendo de que más le valía no meterse conmigo.

Leonie tenía razón. Les había dado de lado. Saint-Lô fue el peor día de mi vida; acabé gritado en medio de una farmacia francesa todo cubierto de sangre mientras me ardían los brazos y mis compañeros de clase me contemplaban horrorizados. Alejé a todo el mundo de mí, me negué a hablar de ello y bloqueé ciertos detalles para mantenerme a salvo.

Ahora tengo que recordarlo de nuevo. De alguna manera, lo que pasó por aquel entonces es importante. No sé por qué, pero lo es.

—Mitch, he sido un capullo total.

Me da una cuchara de madera y señala la olla.

—¿Te parece que está lo bastante espeso?

Me lo pregunta como si le hiciera falta saber mi opinión, cuando no es así, pero de todos modos revuelvo el mejunje un poco y su superficie se arruga. Mitch asiente:

—Sí, está listo. Oye, Sam, ¿tienes una batidora?

—Sí, en el cajón de abajo, a tu izquierda.

Se la doy a Mitch y este me dice:

—Gracias, Charlie.

Y creo que, en realidad, debería ser yo quien le diera las gracias por todo y él debería responderme: «De nada, colega».

Ha pasado casi una semana desde que nos encontramos con el fantasma de Rawley y todavía no hemos colocado ni un hechizo en ningún cruce de York para protegernos del Hombre Sombra y Miri no ha podido encontrar ningún dato sobre Caleb Gates en los registros de la Policía de Yorkshire. Tal vez esté usando un nombre falso, o tal vez ni siquiera sea un madero de verdad. No tenemos ninguna manera de saberlo.

Al menos la pintura está casi lista. Mitch se encuentra delante del fogón viendo vídeos de TikTok en el móvil que sostiene en una mano mientras con la otra revuelve la pintura. Hay que agitarla sin parar hasta que cambie de color. Nos hemos turnado para hacer esto. Leonie está sesteando en el sillón que Sam ha traído a rastras de la sala de estar; tiene la chaqueta de mi chándal enrollada debajo de la cabeza a modo de almohada y las criptolentes un poco torcidas.

Todavía no les he contado lo que he recordado sobre Saint-Lô y el trampero de almas porque no lo entiendo y sería incapaz de aguantar que me acribillaran a preguntas. Las piezas del puzle que faltan van encajando poco a poco en su sitio. Al recordar me siento como si metiera la lengua en el suave agujero de un diente que se me ha caído, algo que no puedo dejar de hacer ahora que he reparado en su falta.

Estoy investigando de nuevo por internet; en concreto, estoy revisando los archivos del censo para comparar esos datos con los que aparecen en un libro, que me ha llegado esta mañana y he estado leyendo, centrado en la historia del cementerio de York. Quienquiera que fuera el Ahorcado, creo que debía tener algún vínculo con el cementerio. ¿Cómo si no pudo construir bajo la capilla una guarida entera de trampero de almas que no estaba incluida en los planos originales del arquitecto?

Por ahora, la investigación no está siendo muy fructífera. La capilla fue terminada en 1838, mucho antes de que el Ahorcado hubiera nacido. La cartilla de racionamiento que había en la cámara subterránea estaba fechada en 1944, así que no pudo haber participado ni en el diseño ni la construcción de la cripta. Pero, fuera quien fuese, tenía que ser alguien que pudiera acceder fácilmente al cementerio.

El ladrido de un perro retumba por la casa, despertando a Leonie justo cuando Ollie atraviesa la puerta de la cocina, con Dante corriendo detrás de él.

—¡Usa la puerta! —exclamo, a la vez que señalo la madera sólida que acaba de atravesar.

—Lo siento. —Se le ve hundido—. Traigo una mala noticia. El forense acaba de comunicar al equipo de investigación que es imposible identificar el cuerpo. Al parecer, el fuego no ha dejado restos suficientes y no tienen registros dentales que se remonten tan atrás en el tiempo.

—Le van a dar carpetazo —añade alguien desde el pasillo. Abro la puerta y me encuentro con Heather y su ceño fruncido—. Han descartado que sea una muerte sospechosa, así que van a cerrar el caso.

—Pues, entonces, no vamos a averiguar su nombre a través de la policía —concluye Sam, mientras se agacha para rascarle a Dante la parte superior de la cabeza.

—Y una mierda —le espeto, cabreado, al mismo tiempo que vuelvo a la mesa de desayuno y hojeo el libro de historia. Paso la página y…—. Es él —digo, alucinado.

—¿De veras? —pregunta Mitch.

—Mirad esto.

Sostengo el libro en alto y los demás se arremolinan en torno a la imagen granulada con fecha de 11 de agosto de 1940, donde se ve a tres hombres de pie alrededor del cráter abierto por una de las primeras bombas que cayeron en York. Según parece, una de ellas había caído en el cementerio, y ahí está el Ahorcado, en un lateral de la imagen, dentro del cráter, sujetando una pala. Leo el pie de foto, con la esperanza de que aparezca su nombre.

—Los encargados eran… Ruddock, Heath, Tussle… Sí, Simon Tussle.

Ese nombre resuena dentro de mí; es como cuando alguien lanza un guijarro a un río y rebota sobre su superficie generando unas ondas, que en este caso son unas ideas a medio formar.

Simon.

Busco entre las pestañas que hay abiertas en el portátil de Sam hasta llegar a un periódico donde se mencionaba brevemente a un hombre de Fishergate, una calle situada cerca del cementerio, cuya desaparición fue denunciada en el verano de 1944. Antes he vuelto a él una y otra vez, sin tener claro por qué intuía que era importante.

—Los vecinos denunciaron que actuó de manera extraña antes de esfumarse —leo—. No hay ninguna foto, pero aquí dice que trabajaba en el cementerio y, escuchad, se le identifica como el señor S. Tussle. Todo encaja. Es él.

—Buen trabajo. —Sam me da una palmadita en el hombro.

Pero aquí hay algo más, algo que se me escapa.

—¿De qué lo conocía Audrey? —pregunta Ollie—. Ella estaba en Francia cuando él murió, ¿no? Es imposible que se conocieran.

Heather se muerde un labio, pensativa.

—A menos que se conocieran antes de la guerra.

—¿Qué? ¿Ella también era una trampera de almas? —pregunta Leonie.

—Audrey no habría… —contesta Ollie, pero entonces se queda callado.

—Es… posible —señala Heather, aunque está claro que no le gusta la idea—. O sea, no sabemos mucho sobre ella, como es tan reservada… Pero lo que no entiendo es cómo sabía que el bucle de muerte de Simon Tussle estaba debajo de… ¿Qué pasa, Charlie?

Debo de estar poniendo mala cara.

—Que ese nombre…, Simon…, lo he oído recientemente.

La respuesta está bailando en los límites de mi memoria, pero me esquiva. Mierda. Qué inútil soy.

Vuelvo a pensar en el bucle de muerte, en la cara curtida de Simon deformada por la pena y la preocupación. Recuerdo el vacío que sentía, esa tristeza agónica. Había perdido algo. Y también me acuerdo de esa sensación de inevitabilidad, del dolor y el pánico que conlleva verse entre la espada y la pared. Realmente pensaba que quitarse la vida era su única opción; sí, ese fue el último acto de un hombre desesperado. Pero ¿por qué lo hizo?

Sé que no solo vivo los recuerdos de las almas que me encuentro dentro de un bucle de muerte, sino que puedo sentir y saber lo que ellos saben, y me llevo algo de eso conmigo cuando me marcho. La respuesta debe estar en algún rincón de mi mente, pero soy incapaz de dar con ella. De repente, me doy cuenta de que hay una pregunta que deberíamos habernos hecho desde un principio.

¿Por qué York?

Dicen que es la ciudad más encantada de Europa, pero eso no quiere decir que anden escasos de fantasmas en Londres o Bath o Edimburgo. Sam tiene razón. Gates entró por la fuerza en el laboratorio de Simon Tussle buscando algo concreto. El problema es que yo no tengo una memoria tan buena como la de Sam. Y como no recuerdo todos los detalles del bucle de muerte, no sé qué pieza me falta.

—No —dice Heather con rotundidad.

Levanto las manos.

—Pero si no he dicho nada…

—Oh, te conozco, Charles Frith, y conozco esa mirada. Estás empeñado en hacer algo estúpido.

Tiene razón.

Tengo que entrar de nuevo en el bucle de muerte de Simon Tussle.

26

Desatada

Tardamos veinte minutos en llegar a la escuela, yo voy montado en la bici de Leonie con Sam, que es quien pedalea, y Mitch va detrás de nosotros en su vieja BMX. Dante corre a nuestro lado, al mismo tiempo que Heather y Villiers nos siguen a pie.

Ollie está escoltando a Leonie, quien va de camino a su casa con la pintura ya terminada y todo lo que hemos investigado. No queríamos dejar todo eso en casa de Sam después de la charla que tuvimos con su padre, pero me sentiría mejor si estuviésemos todos juntos.

Creía que habría algunos profes en la escuela preparando el trimestre que comienza el lunes, pero nos encontramos las puertas cerradas. Dejamos las bicis detrás de un seto y caminamos junto a la valla metálica que rodea el campo de deportes hasta llegar a la maraña de espinos. Detrás de él, hay un agujero. Mitch agarra la tela metálica y tira de ella hacia arriba, enrollándola como si estuviera abriendo una lata de pescado.

Sam cruza el agujero con torpeza y yo lo sigo, arrastrándome por el suelo. El olor a hierba cortada y a tierra me asalta la nariz. El último en cruzarlo es Mitch, quien baja la tela metálica para que el agujero no se vea con tanta claridad. Echo un vistazo al campo de deportes mientras me cago en la humedad y el barro. Dante está lejos; corre a grandes zancadas hacia el pabellón de deportes y el bucle de muerte de Tussle.

El viejo castaño se mece en la brisa y sus ramas crujen. Desde aquí, ese punto envuelto en sombras situado bajo su copa está vacío, pero si me acerco más…

Titubeo al recordar el frío espantoso, la presión que me aplastaba la garganta, la tensión en los pulmones. Noto una mano en la espalda…, es Sam.

—Tranquilo —dice.

Al tocarme, provoca que diez mil cosas aladas vuelen por mis venas, que hacen que me olvide de este entumecimiento aplastante. Me sonrojo al encontrarme tan cerca de Sam, quien parece estar tranquilo, como si nada le preocupara. Me imagino que no me desea, no de ese modo, pero está aquí para apoyarme como amigo. Sí, puedo contar con él.

Me obligo a alzar la vista. Me obligo a avanzar.

Esto ha sido idea mía. En esa cocina, hacerme el gallito era muy fácil, pero aquí, donde la amenaza de una horca se encuentra a solo unos metros, es muy distinto. Vale, voy a entrar en él otra vez. Adrede. Voy a permanecer alerta y voy a echar un buen vistazo para averiguar qué estaba buscando Gates y qué relación tiene Simon Tussle con los fantasmas desaparecidos. Quizá recuerde más sobre cómo se sintió y qué sabía. Quizá dé con algo que indique quién es el misterioso cliente de Gates.

Mientras me acerco al árbol, piso algo. Le doy una patada para apartarlo de mi camino y continúo andando. ¿Dónde está el bucle? Creo que me sentiría mejor si pudiera verlo. El problema estriba en que, cuando esté lo bastante cerca, seré incapaz de evitar caer en él. Si entro cuando no me lo espero…

No, eso no va a pasar. Pero saber que Sam, Heather, Mitch y Villiers están aquí para sacarme de él antes de que muera estrangulado no basta para que deje de sentir este pánico que me está provocando una jaqueca.

Ahora estoy peligrosamente cerca. Me giro lentamente en el sitio donde debería estar y espero a que Simon me dé una patada en la parte posterior de la cabeza, pero no ocurre nada.

Dante ladra. Está concentrado en algo que hay en la hierba húmeda bajo el árbol. Voy a ver por qué está tan alterado.

Es por la cosa a la que he dado una patada; una piedra redonda y oscura que se parece a una pequeña bola de cristal de adivino, pero con un lado más plano. Tiene una gran grieta y su superficie está rayada. Es más pesada de lo que parece y, al tocarla, noto que está ligeramente caliente.

—Eso es turmalina negra —afirma Heather—. Mi ex, a la que le gustaban mucho los cristales, solía tener un trozo de esto junto a la cama para espantar los malos sueños.

—También se puede utilizar para fijar la energía fantasmal —señala Sam. Le ofrezco la piedra. Le quita el barro y suelta una palabrota—. ¿Veis este símbolo de aquí? Es idéntico al de los conjuros de protección que había bajo la capilla. ¿Te acuerdas de las marcas rojas de las paredes? Esto ha sido usado por un trampero de almas.

—¿Para hacer qué?

—¡Maese Frith! —Villiers se encuentra debajo del castaño, mirando hacia arriba—. Bajo estas ramas, no hay ningún alma atrapada.

En cuanto empieza a llover, me doy cuenta de dos cosas.

Una. Que el bucle de muerte de Simon Tussle ha desaparecido.

Dos. Que ya sé dónde he oído ese nombre antes.

El Snickleway Inn está a reventar. Hay un grupo tocando en vivo; el violinista está sudando la gota gorda mientras los clientes gritan. En la parte delantera del pub, Roderick, el barman isabelino, baila en círculos con la señora Tulliver; sus cuerpos espectrales atraviesan a la gente que los rodea. Me mareo. Hasta Sam parece tener unas leves náuseas.

—Menudo espectáculo —grita por encima del alboroto mientras avanzamos poco a poco hasta las escaleras.

Cuando, apretujados, doblamos la esquina del final de la barra, noto en la pierna que la bola negra de turmalina que llevo en el bolsillo se está moviendo. Le enviamos un vídeo de la piedra a Leonie, quien encontró un fragmento en el librito de Rawley donde se decía que la turmalina negra se usaba junto a un espejo para anclar y desplazar bucles de muerte intactos.

Desde el principio, todo esto ha girado en torno al Ahorcado.

Sam cree que Gates entró por la fuerza en la capilla para atrapar al fantasma de Tussle, alterando así los hechizos de protección, lo cual activó algún tipo de mecanismo de defensa que desplazó el bucle de Simon a otro lugar: al campo de deportes, mira tú por dónde. Eso significa que Simon murió sabiendo que cabía la posibilidad de que podía convertirse en un bucle de muerte y alguien podría ir a por él algún día, ya que había tomado medidas por si eso sucedía.

Pero, para empezar, ¿por qué Gates quiere el bucle de Tussle, sobre todo cuando es capaz de crear bucles artificiales usando botellas fantasmales? ¿Y cómo averiguó siquiera dónde había acabado el bucle de muerte de Simon? York es una ciudad grande; no pudo toparse con él por casualidad.

Necesitamos respuestas.

Joder, espero no meter la pata con esta corazonada.

La planta de arriba está tan llena como la de abajo. Los cristales están repletos de vaho por culpa del calor que desprenden unos cuerpos sudorosos. Da la impresión de que Sam y yo somos una avanzadilla que nuestro grupo ha enviado en busca de una mesa. Un hombre coloca una chaqueta sobre el respaldo de la única silla libre del lugar, reclamándola como suya, pero yo ya estoy buscando a alguien de pelo revuelto que se encuentra más atrás.

La última vez que estuve aquí, Ophelia mencionó a alguien llamado Simon, pero como estaba tan centrado en Millie, di por hecho que era el gilipollas que le había roto el corazón hace siglos y la había dejado atada a este lugar, a pesar de que la señora Tulliver había comentado que Ophelia había sido incapaz de abandonar esta habitación desde hacía ochenta y pico años. Pero como Ophelia es mucho más antigua, ya que falleció hace cuatro siglos (década arriba o abajo), le tuvo que pasar algo aquí hace ochenta años que la ató a este sitio. Si retrocedemos ochenta años, nos plantamos a primeros de los años cuarenta del siglo pasado, y Simon Tussle desapareció en verano de 1944.

No son más que conjeturas, pero tengo que tirar del hilo.

Ophelia está hecha un ovillo en el suelo, medio escondida entre dos mesas cerca de la ventana. Me abro paso a empujones hacia ella. Un tipo aparta la silla para que pueda pasar, sin prestarme demasiada atención, lo cual me viene bien. Ophelia levanta la vista y me reconoce. Se estira, de tal forma que esconde las piernas bajo su pesada falda mientras endereza la espalda. Le tiendo la mano. Me la agarra y tiro de ella para que se ponga en pie. Tiene las mejillas coloradas; los ojos, hinchados.

—Has vuelto. —Habla de manera lenta y lánguida—. ¿Has encontrado a Millie?

—Aún no, pero nos queda poco para dar con ella. —Ni me molesto en bajar la voz, a pesar de que la gente me mira. Paso de mirarlos para centrarme en esas manos que sostengo en las mías, ya que tengo la sensación de que, de alguna forma, es importante que la agarre así para poder decirle esto—. Tengo que preguntarte algo sobre Simon.

—Se suponía que iba a encontrarse aquí conmigo, pero nunca vino.

—Lo siento y lamento tener que preguntarte esto, pero ¿se apellidaba Tussle?

Abre los ojos como platos; entonces, adopta una expresión muy gélida y me clava sus ojos.

—¿Dónde está?

—Hum. —¿Es esta terrible sensación de culpabilidad lo que Heather sentía cada vez que tenía que comunicarle a una familia que su ser querido había fallecido?—. En la morgue municipal. Probablemente.

—No, no me refiero al cascarón vacío de su cuerpo. Lo necesito. ¿Dónde está?

Vuelvo a sentir la oleada de pena y el remordimiento que Tussle sintió antes de morir, es como si su bucle todavía me afectara de alguna manera. Eso hace que me duela mirarla.

—Estaba atrapado en un bucle de muerte en la Escuela Secundaria de York, en Acomb...

Su falda vuela cuando me obliga a girarme hacia la puerta.

—Entonces, lo vas a liberar.

—No puedo —digo con voz entrecortada, a la vez que intento mantener el equilibrio, ya que casi me tropiezo con la pata de una silla.

Sam se interpone en su camino.

—Los bucles de muerte no funcionan así, y Simon no está...

Ophelia lo aparta a un lado, haciendo uso de una fuerza antinatural que solo les he visto utilizar a los Viejos Decrépitos. Cae ruidosamente sobre una mesa, golpeando a un tipo en la cabeza con el brazo, tirando las pintas y las patatas fritas.

—¡Espera! —grito. Pero Ophelia no se detiene y desaparece tras atravesar la pared del fondo.

Ayudo a Sam a levantarse, quien intenta pedir disculpas a ese hombre, al mismo tiempo que recoge los vasos caídos y limpia la mesa de patatas de sal y vinagre.

—¡Creía que estaba atada a este lugar! —exclama.

—Pues ya no lo está —responde Heather—. Ahora es un alma libre.

—¿Adónde irá?

—Va en busca de Simon —contesto, girándome hacia Heather—. ¿Puedes alcanzarla y detenerla, e incluso quizá hablar con ella?

Heather me mira con frialdad.

—Tendré que darme prisa.

Comprendo qué está insinuando y no me gusta. He dado algún pasito que otro en este sentido, como intentar no apartar la vista cuando se ven obligados a romper mis reglas, pero ¿esto...? Sin embargo, visto lo visto, ahora mismo no nos queda otra salida.

—Hazlo —digo.

Asiente. Entonces, una sonrisa se dibuja brevemente en la boca y...

Desaparece.

Ya no hay nadie delante de mí y me enfrento a las miradas curiosas de una habitación entera llena de gente que nos contempla callada y confusa.

Lo cual me importa una puta mierda.

27

Los fantasmas de la guerra

Llueve a cántaros. La acera reluce bajo el diluvio por los charcos en los que se refleja la luz. Me subo la cremallera de la chaqueta del chándal y echo un vistazo a Goodramgate. No hay ni rastro ni de Heather ni de Ophelia.

Mitch silba. Sam y yo nos agachamos para meternos en la callejuela seca donde se ha refugiado de la lluvia.

—Yo tenía razón —le digo a Mitch—. Pero Ophelia se acaba de largar para ir en busca de Simon. ¿La has visto marchar?

No, no la ha visto. Joder. No ha podido verla porque estaba buscando a Dante, ya que ese chucho estúpido ha desaparecido tras haber olfateado algo.

A estas alturas, Ophelia podría estar en la otra punta de la ciudad. Aunque Heather logre alcanzarla no tiene ninguna manera de comunicarnos dónde están; además, tenemos muy pocas esperanzas de encontrarlas en este laberinto de calles.

A veces, sí que me gustaría que los muertos vinieran con una especie de sexto sentido. «Oh, sí, sé dónde están; Heather y yo tenemos un enlace psíquico». No me gustaría tener a nadie dentro de mi cabeza de esa forma, pero ahora mismo sí que sería muy útil.

—¿Dónde está Villiers? —pregunto.

Mitch se seca las criptolentes mojadas por la lluvia.

—Se ha largado cuando estaba buscando a Dante.

Es posible que haya seguido a Heather y Ophelia. No nos queda más remedio que mojarnos, otra vez. Les quitamos las cadenas a las bicis y nos dirigimos a pata al oeste, en dirección hacia la escuela.

Para cuando llegamos a St. Sampson's Square, estoy empapado de narices; unas gotas de lluvia caen de mi gorra y me recorren el cuello. Aunque iríamos más rápido si fuéramos en bici, vamos andando porque así, si Heather y Ophelia están hablando en alguna esquina oscura, podremos verlas. Aunque en las calles casi no hay ningún vivo, sí hay muchos muertos que van de aquí para allá; sacerdotes, soldados romanos, vikingos, todos ellos centrados en sus quehaceres habituales. ¿Qué más les da a ellos la tormenta si la lluvia simplemente los atraviesa hasta impactar contra la piedra?

Las ráfagas de viento azotan los árboles de Parliament. Agachamos la cabeza para protegernos de él y optamos por ir por calles más pequeñas, intentando que dé la sensación de que no nos chocamos con ninguno de los muertos por pura suerte. Sam y yo nos las apañamos bastante bien, yendo de un lado a otro como si estuviéramos haciendo el tonto. Lo más seguro es que cualquiera que nos vea piense que hemos estado de juerga y estamos borrachos.

—¡Maese Frith!

El viento casi se lleva su grito, pero en cuanto lo oigo, me giro y veo a Villiers volando hacia nosotros, agitando los brazos frenéticamente. Unos pocos fantasmas se paran y lo miran fijamente; acto seguido, me miran a mí y arquean las cejas cuando se dan cuenta de que puedo verlos. Dos mujeres vestidas con unos trajes de falda de otra época nos señalan; a continuación, un carnicero que lleva un delantal manchado de sangre hace lo mismo. Se me acelera el corazón a medida que la multitud aumenta hasta convertirse rápidamente en un muro de muertos; todos nos contemplan, tan silenciosos como una tumba.

«Cálmate, Frith».

Mitch se ajusta las criptolentes.

—Si nos atacan, ¿qué podré hacer para ayudarte?

—No mucho —susurro.

Sam coloca la BMX como si fuera un escudo con el que protegerse.

—¿Por qué están tan quietos?

Capto un destello plateado y la cara que acabo de ver desaparece tan rápidamente como ha aparecido. Me tenso. El fantasma de ojos plateados está aquí, en algún lugar.

Tras abrirse paso a empujones por la muchedumbre, Villiers nos alcanza.

—Heather ha detenido a la pesarosa dama en el puente,

aunque ignoro durante cuánto tiempo va a poder persuadirla de que permanezca ahí.

Sin dejar de mirar de reojo a nuestra audiencia fantasmal, nos hace de guía. Hay más muertos apiñados al final de Market Street, bloqueándonos el paso. Mientras nos acercamos a ellos, casi espero que nos agarren con sus manos muertas, pero se apartan a un lado. A lo mejor están susurrando y murmurando furiosos, pero no puedo oírlos por culpa del viento rugiente.

Ophelia y Heather están en King's Landing, justo delante del pub. Odio bajar al río. Los adoquines están resbaladizos y en el agua hay muchos fantasmas. Algunos merodean bajo su superficie y son, simplemente, unas caras pálidas en la oscuridad. Otros vagan por las orillas, todavía mojados después de un siglo o más; el perdedor de una pelea entre borrachos, un niño arrastrado por una crecida, una mujer desesperada a la que abandonó su amante, unas almas que se ahogaron cuando el puente antiguo se derrumbó y sumergió en unas aguas heladas las tiendas y las casas de las orillas.

Todos ellos están atados al río, que se queda todo cuanto atrapa.

Heather hace un gesto brusco con la mano, es como si dijera «bajad aquí». Mitch, que tiene la mano sobre la barandilla mientras contempla el río, duda. ¿Ve un borrón brillante de luz fantasmal a través de sus criptolentes o es capaz de ver sus caras con claridad? Incluso Sam parece mostrarse reticente a bajar a la ribera. Al final, soy el primero en hacerlo.

Con cara de enfado, Ophelia me indica que vaya deprisa, y me doy cuenta de que el gesto que me ha hecho Heather era una advertencia. Intenta empujar a Ophelia hacia atrás, pero, como es muy antigua y fuerte, se quita a Heather de encima con un violento golpe.

El hedor del río me asalta la nariz mientras me tambaleo hasta estrellarme contra la pared. Tengo a Ophelia pegada a la cara. Parece distinta; tiene su vestido y su viso limpios y lleva la melena cubierta por una cofia. Como se recuerda de una manera distinta, está cambiando. Esta no es el alma confusa y atada que yo conocía, sino un espíritu libre que arde de odio.

De esos que vienen a por mí sedientos de sangre.

—Entraste en su bucle, pero lo dejaste ahí —me espeta.

Sam se hace un hueco a codazos delante de mí y me veo atrapado entre la fría piedra que noto en la espalda y el calor que desprende su cuerpo.

—No podemos liberar a las almas de sus bucles, las cosas no funcionan así.

—Eso lo dice el niño que no conoce bien su don. Le dije —me mira furiosa— que les ayudara a recordar.

—¿Que les ayudara a recordar qué? —pregunto, frustrado. Miro a Heather, pero parece estar tan confusa como yo.

Ophelia levanta los brazos.

—¡A recordar su muerte! Entonces podrían liberarse.

—¿Del... bucle? —pregunta Heather.

—En todos mis vagabundeos, jamás he oído que alguien haya sido capaz de realizar tal proeza —afirma Villiers.

Ophelia gruñe.

—¡Esa es la función de los tocados por la muerte, de los videntes!

En mi opinión, esto que acaba de decir me recuerda mucho a esa gilipollez que tanto les gusta repetir a los Viejos Decrépitos de que «los videntes solo existen para servir a los muertos». Pero si es posible liberar a los fantasmas atrapados en bucles, entonces podría ayudar al chico de The Shambles y a ese Harapiento de Bedern.

—¿Tú eras como nosotros? —pregunta Sam.

—Me mataron porque tenía la visión —continúa Ophelia—. Fui acusada de «conjurar al diablo» por unos hombres temerosos que tenían unos secretos que esconder. Aunque no me convertí en un alma atrapada en un bucle, sí que estuve furiosa y perdida hasta que conocí a Simon. Los tramperos suelen ser nuestros enemigos, pero él es distinto. —Sonríe—. Nos enamoramos.

Ophelia nos explica que los Viejos Decrépitos descubrieron que tenía una relación romántica con Simon y los obligaron a romperla. La chica destrozada ha sido sustituida ya del todo por esta mujer, más sabia de lo que indica su aparente edad, serena y clara.

—Durante años, nos vimos en secreto en la sala de arriba hasta que él desapareció. —Me señala—. Haz que Simon recuerde. Libéralo.

—No puedo. Simon ha desaparecido —digo.

—¿Desaparecido?

Tras rebuscar en el bolsillo, saco la bola de turmalina negra.

—Encontramos esto donde solía estar su bucle de muerte.

Abre los ojos como platos.

—¿Una piedra de fijación? —Arruga el ceño—. Ahora es un prisionero de un trampero de almas, así como de su bucle.

—Sí, de Caleb Gates —dice Mitch.

Ophelia se sobresalta, como si acabara de reparar en que él está ahí.

—¿Quién?

—El trampero al que llamamos el Hombre Sombra —le explica—. Ha estado secuestrando fantasmas en York para un cliente misterioso. Creemos que él se ha llevado el bucle de muerte de Simon.

—¿Por qué?

Por culpa de una fuerte ráfaga de viento, la lluvia me salpica la cara. Estoy tan empapado que el chándal se me ha pegado al cuerpo.

—Esperábamos que tú pudieras darnos una respuesta.

Ophelia niega con la cabeza.

—Pues no la tengo, a menos que... el teorema de restauración, si Rachel lo consiguió, esa podría ser la razón por la que...

Rachel.

El nombre que susurré al granito bajo la capilla. Tristeza. El olor acre a humo. Una sola fotografía de un hombre y una niña entre las llamas de unas...

—Cartas —murmuro—. Menudo idiota estoy hecho... Quieren sus cartas.

Todos me miran, con unas caras donde se mezclan la sorpresa con la confusión.

—¿Qué cartas? —pregunta Heather—. ¿Quién es Rachel?

—La hija de Simon —contesta Ophelia—. Estaba obsesionada con desarrollar un hechizo que me otorgara una presencia física de forma permanente. Lo llamaba el teorema de restauración. Corría el rumor de que se podía llevar a cabo. Rachel experimentó con una mezcla de matemágicas e ingeniería fantásmica basada en los efectos secundarios conocidos que tienen las botellas trampas. Tuvo algún éxito en ese sentido, pero ni ella ni su padre contaban con los recursos económicos necesarios para seguir adelante con las investigaciones. Con el advenimiento de la guerra, los militares la reclutaron. Le ofrecieron dinero y recursos para desarrollar su trabajo, la enviaron al continente para aplicar su teorema a unos sujetos en el campo de batalla.

Las palabras de Ophelia son como unas ganzúas que fuerzan una cerradura en mi mente. Es como abrir una puerta, tras la cual hay una oscuridad larga y profunda, la clase de oscuridad que me va a engullir entero. Unas gotas de lluvia descienden por mi nariz y mis labios. Noto una quemazón en la tripa y en la parte posterior de la garganta. Aire rancio. Frío. Lo noto en los huesos, vibrando por mi médula ósea, serpenteando por mi cráneo.

Esto es lo que sé: tras embotellar las almas de los soldados, se las entregaron a Rachel para que las metiera en un mismo bucle y pudieran enviarlas a luchar y morir una y otra vez.

Y la convencieron de que era el sacrificio adecuado que había que hacer porque estábamos luchando para proteger a nuestro pueblo.

Dieciséis almas unidas en un bucle de muerte artificial pueden ganar la guerra…, pero el precio que se debe pagar…, el precio que se debe pagar es más de lo que yo (de lo que ella) puedo soportar.

Parpadeo. Tierra revuelta y piedras rotas. Vienen a por ella y está acojonada. Rachel intenta refugiarse en la casa bombardeada de Saint-Lô y me lleva consigo. Huele a sangre.

«¿Cuál es la solución del teorema? Dinos cómo estabilizarlo».

Las cartas. No es una estúpida, así que ¿por qué correría ese riesgo?

Ophelia. Todo lo hizo por ella, por el fantasma a quien amaba tanto como a su propia madre, por la mujer que hacía feliz a su padre, a quien Rachel había escrito para contarle sus avances con el teorema, revelando así sus secretos. Si lograran encontrar una fórmula alternativa, entonces Ophelia y su padre podrían estar juntos de verdad.

Mientras Rachel moría, el miedo la consumía. Un miedo que siento como propio. En cuanto Saunders acabó con ella, fue a por las cartas. Rachel solo pudo rezar para que su padre saliera de York antes de que él llamara a su puerta.

28

Restauración

Tambaleándome, me agacho para vomitar sobre los adoquines, pero no poto nada. Heather se inclina sobre mí, con una mano apoyada en mi espalda.

«Recuerda la capital de las ruinas».

—El bucle de muerte en el que caí en Saint-Lô —digo entrecortadamente entre lágrimas— era el de Rachel Tussle. He estado llevando sus secretos conmigo desde hace dos años, pero es que… no podía recordarlos.

—Saint-Lô. ¿Eso no es Normandía? —pregunta Sam, a la vez que me tiende la mano. Tira de mí para que me levante y me da un pañuelo, que lleva sus iniciales, por supuesto.

Me limpio los labios y me aclaro la garganta. Mitch me ofrece un chicle. Lo mastico un momento, dejando que la menta me refresque la boca antes de escupirlo en una papelera cercana.

—La capital de las ruinas —contesto— es donde los militares la capturaron. Esos tipos secuestraron a los fantasmas de unos soldados aliados, ¿vale? Los embotellaron, como está haciendo ahora el Hombre Sombra, y luego obligaron a Rachel a combinarlos para crear algo monstruoso con el fin de poder enviarlos de nuevo a luchar.

—Así que, en este caso, restauración es sinónimo de resurrección, ¿no? —pregunta Mitch.

Sam parece dudar.

—No recuerdo que en clase de Historia mencionaran que en la Segunda Guerra Mundial participaron unos soldados zombis imparables.

—Igual solo enseñan eso para la selectividad.

—Yo estoy preparando la selectividad y, de momento, en Historia no han hablado para nada de zombis.

—No son unos zombis —les corrijo—. El teorema no les devuelve sus cuerpos, sino que más bien los transforma en unos *poltergeists* superpoderosos.

Cierro los ojos de nuevo, intentando repasar los recuerdos que el alma de Rachel compartió conmigo en esos momentos tan dolorosos y llenos de pánico que estuve dentro de su bucle. Esto es en parte magia y en parte ciencia, y ambas se me dan como el culo. No puedo dejar de pensar en Audrey y me pregunto si ella y Rachel eran colegas y cuánto sabe sobre todo esto.

—En un principio, Rachel emparejaba a los fantasmas, creando un bucle con ambos que evitaba que la energía se acabara disipando. De esa manera se proporcionaban energía mutuamente y podían seguir así sin recuperar jamás su estado normal. Pero los jefes no querían que Rachel metiera solo dos almas en un bucle. Querían que el teorema creara algo muy poderoso, un arma potentísima hecha con dieciséis almas. Pero cuando se intentaba enlazar a más de dos fantasmas el sistema se volvía inestable. —Niego con la cabeza—. Rachel encontró la solución. Con ella, iban a ganar la guerra. Iban a salvar miles de vidas, hasta que ella lo saboteó todo.

Unas gotas de lluvia se estrellan a mis pies. Unas ondas se forman en la superficie del río, que se hincha. Unos fantasmas inquietos se agarran a la orilla y se hunden otra vez en el agua. Nadie me presiona; están callados, esperando.

—No quería utilizar a los soldados, no después de que hubieran dado la vida por su país, pero eso no fue lo que hizo que huyera, sino la solución propiamente dicha. No sé qué era, pero sí sé que era…, era algo malvado. Los militares fueron a por ella, la capturaron e intentaron arrancarle esa información torturándola. Rachel prefirió morir antes que contarles cuál era la solución que permitía estabilizar los bucles.

—No tenía ni idea, colega —susurra Mitch, negando con la cabeza—. Siento que hayas tenido que vivir todo eso.

Sam está rojo de ira.

—¿Cómo pudimos hacerles algo así a nuestros propios soldados? ¿A cualquier ser vivo?

—Porque se suponía que eso iba a terminar la guerra, ¿no? —responde de un modo pesimista Heather—. No serían los primeros en justificar atrocidades en nombre de un bien mayor.

Villiers arruga el ceño.

—La guerra transforma a todos los hombres en demonios.

—¿Qué es lo que hace esta arma? —pregunta Ollie—. ¿Es una bomba?

Hago un gesto de negación con la cabeza.

—Es aún peor. Es como un tornado imparable hecho de *poltergeists* atrapados en un bucle que jode todo lo que encuentra en su camino. Puede destrozar ejércitos o arrasar una ciudad de una forma mucho más efectiva que lanzando ataques aéreos y, además, es más fácil de controlar. Por eso, nunca iban a dejar de buscar la solución que Rachel les ocultó y que estaba en las cartas que le envió a su padre. Por eso, ella temía que fueran también a por él.

Ophelia asiente.

—Y así fue. Un hombre llamado Saunders vino a buscarlo. Simon estaba asustado y desconsolado, porque sabía que eso significaba que su hija estaba muerta.

—¿Saunders? —Sam clava sus ojos en mí—. ¿Seguro que se llamaba así?

—Sí, seguro. También era un trampero —respondo, al mismo tiempo que asiento al ver cómo más piezas del puzle van encajando—. Rachel lo vio embotellando almas. Cuando Saunders empezó a husmear por York, Simon se encerró en un sitio sobre el que lanzó unos hechizos de protección, quemó todas las cartas de su hija y se ahorcó para que los detalles no cayeran en manos enemigas. Los hechizos de las paredes y la barrera fantasmal que rodeaba la capilla tenían como fin mantener a su fantasma atrapado y oculto en caso de que su espíritu inquieto se quedara atado a la tierra.

—Audrey estaba vigilando la capilla —señala Heather—. Debía tener alguna idea de qué había debajo.

—Conocí a Audrey en Saint-Lô —les explico a los demás—. Me salvó del bucle de muerte de Rachel, así que tal vez trabajaron juntas en ese proyecto, tal vez Audrey intentó ayudarla a escapar y también la mataron. No lo sé, pero tienen que estar relacionadas de alguna manera y por eso Gates la raptó.

—Y ahora tiene a mi Simon —dice Ophelia, apretando las manos.

—Y las cartas, porque dentro de su bucle están preservados sus recuerdos. Así que Gates tiene la solución para estabilizar el teorema de restauración.

Heather tiembla.

—Eso quiere decir que quienquiera que le esté pagando sabe cómo construir un arma fantásmica con las almas que Gates ha estado embotellando.

—Tienes razón en todo menos en lo de que tienen la solución —comenta Mitch—. Porque nadie puede entrar en el bucle, ¿verdad? Salvo vosotros dos.

Nos señala a Sam y a mí.

Sam parpadea lentamente. Se le ve alucinado, perdido y muy aterrado. No puedo echárselo en cara. De repente, se gira y se aleja.

Lo alcanzo en las escaleras y le agarro de la mano. Aunque la tiene helada por culpa de la lluvia, no se la suelto. Se gira para mirarme, con unos ojos brillantes y enrojecidos.

—Esto es una puta mierda. —Niega con la cabeza—. Siento haberte metido en todo esto.

—Tú no me has metido en nada.

—Sí que lo he hecho, sí.

—Tú no me empujaste al bucle de muerte de Rachel Tussle en Normandía y sí que me sacaste del bucle de Simon, así que no, no me has metido en este lío. Y probablemente ni siquiera te he dado jamás las gracias por haberme sacado de allí, así que gracias, ¿vale?

En sus labios cobra forma una sonrisa a medias. Tengo tantas ganas de besarlo que siento que algo arde dentro de mí. Pero este no es el momento adecuado, ¿verdad? Quizá cuando todo esto haya terminado, podremos hablar y…

Se agacha, se detiene demasiado cerca de mi cara como para que sea algo casual. Me mira inquisitivamente. ¿Espera? ¿Está pensando en…? No, no porque un ocultista peligroso nos persigue y podríamos morir y, vaya, me cuesta respirar. Me da miedo moverme por si rompo la magia del momento. ¿Es esto un momento?

—Sam, ¿puedo be…?

A duras penas logro respirar y, entonces, sus labios están sobre los míos. Me está besando y, un segundo después, lo estoy besando yo. Esto está pasando de verdad. Ya no siento la lluvia. Lo único que noto es que está pegado a mí mientras yo le acaricio con el pulgar la mandíbula y él me agarra de la nuca para que sus dedos se pierdan en mi pelo. Está temblando. Yo estoy temblando. En algún lugar de mi corazón, hay una orquesta tocando y unos fuegos artificiales y una compilación de TikTok de momentos de parejas muy cuquis, ninguno de los cuales ha sucedido todavía, pero este beso parece ser una promesa.

Se aparta, y el espacio que nos separa parece estirarse.

—¿Adónde vas? —le pregunto, sintiendo aún un cosquilleo en los labios.

Deberíamos hablar de esto, porque realmente me gustaría repetirlo.

—Tengo que hacer una cosa. —Da otro paso—. Dile a Mitch que me llevo la bici de Leonie. —Un paso más. Nuestros dedos dejan de estar entrelazados—. Te llamaré luego. Por favor, cuídate.

Coge la bici de Leonie, que había dejado apoyada en la pared, y se marcha pedaleando.

—¡Sam! —Subo a todo correr las escaleras—. Vendrán a por nosotros dos, gilipollas.

Lo sigo hasta llegar al final del puente. Ha desaparecido. La lluvia me acribilla la cara, pero no aparto la mirada, todavía no. ¿Qué mosca le ha picado?

Me ha besado. Sí, me ha besado.

Y luego ha huido.

¿Será que la he cagado?

—Os aconsejo que tengáis más cuidado con lo que hacéis, vidente.

Me giro tan rápido que me acabo chocando con una pared lateral del puente. El conde Henry Percy (envuelto en su capa de terciopelo azul como es habitual en él) se acerca flotando. Sonríe de una manera desagradable. Intento dar con una vía de escape, pero no tengo adónde ir, salvo al agua, donde los fantasmas del río me ahogarían directamente. Tal vez ese sea su plan.

—Si el emperador supiera que rompisteis el acuerdo y entrasteis en la catedral, exigiría vuestra entrega y quizá también la de vuestro amigo.

Me siento alarmado, pero también siento algo más. Si cualquiera de ellos intentara ponerle alguna vez la mano encima a Sam, lo destrozaría.

—Él no es un vidente, así que déjalo en paz.

Percy levanta una mano y yo respiro hondo.

—¡No os burléis de mí, muchacho! —En vez de golpearme, gira la palma de la mano como si quisiera reafirmar lo que dice—. Vuestros intentos de engañarme me resultan ofensivos. Sin embargo, no he venido para obligaros a cumplir un acuerdo esta noche, sino para advertiros. Vuestra ignorancia, que antaño resultaba divertida, se ha convertido en un problema. Pensaba que vuestra amiga doctora ya os habría contado la verdad.

Se acerca más. Cada vez me seduce más la idea de tirarme al río. Me tiene petrificado, pero también estoy empapado de pies a cabeza, helado y exhausto. Quedan un par de segundos para que lo mande, simplemente, a tomar por culo sin que me importen una mierda las consecuencias.

«Haz que siga hablando, gana tiempo hasta que Heather pueda ahuyentarlo. Solo intenta provocarte».

—¿Qué verdad? —pregunto.

Percy sonríe ligeramente.

—Ella sabe cómo se crea a los de vuestra especie.

—¿A los videntes? Pero ¿qué cojones dices, colega? —contesto burlonamente—. Me lo habría contado.

Un grito lejano rasga el ruido del viento y el tráfico. Heather ha visto a Percy. Solo tengo que aguantar unos cuantos segundos más.

—La doctora Noble es responsable de vuestro estado actual, aunque dudo que vaya a compartir esa información libremente, puesto que vuestro nada sutil odio hacia las almas atadas a la tierra emponzoña vuestra relación con ella.

—¿Cómo es posible que Heather sea responsable de mi estado actual? —pregunto.

—Gracias a ella, sois lo que sois. —Percy habla tan bajo que a duras penas logro oírle por encima del viento—. Un vidente de almas.

Siempre he sabido que Heather tiene secretos. Por ejemplo, no me contó que estaba atada a York hasta que me marché a Francia. Pero ¿esto? Ver fantasmas, tener que mentir a mi familia todos los días, recibir ataques… ¿Todo esto es por su culpa?

—Y una mierda —le respondo. Porque es una de mis mejores amigas y nunca, ni una sola vez, ha hecho nada que pudiera hacerme daño. Perry quiere echar mierda solo por joder.

Se eleva del pavimento y flota a un metro en el aire, me mira con desdén y lástima mientras Heather se coloca entre los dos.

—Preguntádselo vos mismo.

29

Secretos que hay que guardar

—Lo siento mucho.

La culpa que tiñe la voz de Heather hace que mi mundo se desmorone. Hay mucha tensión en el ambiente. Aún no me he quitado la ropa mojada. Tengo que cambiarme y ponerme algo que esté seco, pero me siento sobrepasado.

Heather está de pie junto a la ventana de mi dormitorio, con las manos entrelazadas. El paseo de vuelta a casa ha sido incómodo. Me ha insistido en que debía expresar lo que sentía o algo así. La he ignorado hasta que se ha callado, ya que quería tener un rato de calma para pensar, pero realmente no sabía cómo asimilar lo que Percy me había revelado ni que una apenada Heather hubiera admitido que era cierto. Si Villiers estuviera aquí, nos estaría distrayendo a los dos contándonos historias sobre la corte de los Estuardo o algo así, pero se ha ido con Mitch para informar a Leonie sobre lo que habíamos descubierto, así como para proteger a ambos.

Ahora que estamos en casa, Heather no me va a dejar en paz. No puedo mirarla cuando le pregunto:

—¿Fue un accidente?

Tarda en responder.

—Convertirte en vidente ha sido la decisión que más a conciencia he tomado en la vida.

—Pero ¿por qué? Apenas me conocías; yo solo era un crío...

—¡Porque yo te maté! —Se le escapa un sollozo. Espero e intento no llorar. Lentamente, empieza a hablar—: Urgencias estaba a reventar, no teníamos suficiente personal y yo solo había dormido cuatro horas. No es una excusa, es que... pensé que tenías gripe. Les dije a tus padres que estaban exagerando y te envié a casa. Para cuando tu yaya te trajo de vuelta con una septicemia meningocócica severa, bueno..., la infección estaba tan extendida que no respondías al tratamiento. Ni siquiera me dejaron intentar salvarte; me mandaron a casa y, entonces, en el aparcamiento... —Se abraza—. Pero no estamos hablando de eso, sino de que... moriste porque hice un diagnóstico erróneo.

«Ella es responsable de vuestro estado actual».

El horror paralizante es sustituido primero por la ira y luego por la tristeza. Esto duele demasiado.

—¿Por qué no me lo contaste?

—Pensaba que me odiarías y tú eres lo único que tengo. Sí, traerte de vuelta fue una decisión deliberada, pero tardé mucho en asimilar cómo sucedió y no quería complicar las cosas explicándotelo de mala manera. Sigo sin poder explicarlo del todo; además, ya tienes bastantes problemas con los que lidiar. Después de Normandía, cada vez que intentaba hablar de ello, tú cambiabas de tema.

—Aun así, deberías habérmelo contado.

—¿Cómo? Cuando no quieres hablar sobre algo pones punto final a la conversación. Ya no hablabas ni con tus amigos vivos ni con tus padres; temía que, si supieras la verdad, también me darías de lado.

—Sí, porque me has mentido durante años, Heather.

Me estremezco cuando Ollie atraviesa la pared. Tuerce el gesto al verme la cara.

—Lo siento, pensaba que no pasaría nada si entraba en plan fantasma... Por Dios, ¿quién ha muerto? —Cuando nadie le responde, se le desorbitan los ojos—. En serio, ¿quién ha muerto?

—Yo —contesto, con una voz ronca.

—Oh.

Y, por la mirada que me echa, sé que siempre lo ha sabido y tampoco ha dicho nada. Ni siquiera después de que los fantasmas de la Torre de Clifford me persiguieran, planteando sus exigencias a voz en grito. Ni en las noches en que tenía que zarandearme para despertarme porque estaba chillando dormido ni cuando le dije que mentir a mi familia me estaba destrozando.

Él sabía que Heather me había hecho esto y no me había contado una mierda.

A Ollie se le ve avergonzado.

—Charlie…

—No digas nada.

Giro mi silla de ruedas para ir quitando de la pared el cómic de Hellboy página a página.

Heather se acerca.

—Lamento que te pasara esto. Lamento que todo esto te viniera impuesto, que no pudieras elegir. Lamento no haberte contado la verdad antes.

Estoy callado porque soy incapaz de expresar lo que siento. Esto es demasiado.

Me mató. Fue un error suyo.

—Charlie, por favor, di algo.

—Necesito estar solo.

Oigo un suspiro.

—Lo entiendo.

—Yo cuidaré de él —le promete Ollie.

Niego con la cabeza.

—Vete tú también.

Alza la vista, confuso.

—Pero…

—En serio. Necesito que os vayáis los dos cagando leches. Ahora mismo.

Susurro esas palabras con dureza, con más dureza de la que pretendía, pero no me desdigo.

En la mirada de Ollie se puede ver fugazmente que se siente dolido. Espero a que Heather proteste. Pero ambos se me quedan mirando otro largo rato, y entonces Heather se desvanece. Ollie hace lo mismo un instante después.

Por primera vez en años, estoy totalmente solo.

Se está haciendo tarde y sigue sin haber ni rastro de Dante. Quiero enterrar la cara en su pelaje y acurrucarme en la cama. Podría dormir una semana, pero los recuerdos de Rachel y Simon se filtran en mis pensamientos y me duele todo. Mi aguante tiene un límite y sé que estoy a punto de superarlo.

A pesar de que mi familia se encuentra en casa, tengo la sensación de que está vacía. No puedo dejar de pensar en la cara de Heather y en la mirada de Ollie cuando les he dicho que se vayan.

Aunque ahora quisiera encontrarlos, no podría, tan tarde no. Además, no tengo ni idea de adónde han podido ir.

También me preocupa Sam; ese beso fue…, guau. Pude sentir cómo latía su corazón contra mi pecho a mil por hora. Está sano y salvo, ¿no? La gente rica tiene muchas cerraduras y alarmas que los protegen tanto a ellos como sus hogares y sus cosas. Dudo que Gates pudiera forzar la entrada de su casa fácilmente.

Le envío un mensaje a Sam y este responde al instante:

Sigo vivo.

Lo cual no es lo mismo que estar bien, o perfectamente u OK, pero sí, aún me habla. Quiero preguntarle por qué se fue corriendo, pero me da la impresión de que eso sería una pregunta estúpida. Seguramente se acojonó porque somos los objetivos de un asesino que intentará obligarnos a entrar en un bucle de muerte para interrogar a un espíritu consumido por la pena y el arrepentimiento.

O... ¿Y si se ha dado cuenta de que lo que hay entre nosotros es una estupidez y probablemente esté destinado a fracasar y que soy un desastre?

Aunque ese beso... Ese beso...

Ojalá estuviera aquí ahora mismo, pero en esto tengo que confiar en él.

Como no quiero dormir, me hago un sándwich y limpio la cocina. Mamá aparece, con cara de sueño, y me dice que deje de armar ruido y me vaya a la cama. Pero en vez de eso, hago unas abdominales y cuento las repeticiones mentalmente para no pensar en nada más, sobre todo ni en Heather ni en Ollie.

Después, me doy una larga ducha caliente.

Al volver a mi habitación, tengo la sensación de estar en un sitio que me resulta familiar y extraño a la vez, como si este espacio ya no me perteneciera. Quiero que mi vida vuelva a ser normal, pero no normal «normal». Quiero recuperar «mi» normalidad: quiero volver a repasar las lecciones con Ollie y sacar a pasear a Dante con Heather y que las gemelas me peguen de nuevo unas gemas con purpurina en las prótesis.

Ahora mismo, daría cualquier cosa por poder hacer eso.

Me dejo caer en la cama.

Enseguida reina el silencio. Noto un cosquilleo de estática en las orejas y todo parece desmoronarse. Estoy llorando, tosiendo y temblando abrazado a la almohada, y se me saltan las lágrimas sin parar, que caen por mi nariz en forma de gotas calientes.

Espero no soñar si me duermo.

30

Mátalo piadosamente

La casa huele como a tostada quemada. Mis hermanas van de una punta a otra del pasillo armando mucho ruido y puedo oír la profunda y grave voz de papá. Debe de ser más tarde de lo que pensaba. Cuando hace el turno de noche, normalmente no se levanta antes de las diez, salvo que algo lo despierte.

Me pregunto por qué Ollie no está en su hamaca. Entonces recuerdo lo que ocurrió y quiero echarme a llorar de nuevo. Todo lo que pasó ayer me sobrepasa: las cartas de Rachel, el bucle de muerte perdido de Simon, el teorema de resurrección, la confesión de Heather.

Como me siento machacado por dentro, simplemente me quedo tumbado un rato contemplando la nada, intentando no sentir. No sé quién dijo que los chicos no lloran, pero sí sé que se puede ir a tomar por culo. Necesito llorar, así que lo hago; después, tengo la sensación de que a lo mejor puedo moverme de nuevo. Me incorporo.

Sí, Heather debería haberme contado la verdad antes. Pero tiene razón, no se lo puse fácil y no soy de los que cogen el toro por los cuernos. A veces, los sentimientos me desbordan. Es como si no cupieran dentro de mí y no sé expresar cómo me siento. No solo me convirtió en un vidente, sino que me salvó la vida. Y no puedo odiarla por eso. No sé qué ha hecho o ha dejado de hacer, ni sé qué hacer o no con mi vida ahora, pero sí sé que tengo suerte de estar aquí.

Qué capullo soy.

Cojo el móvil, pero no tengo ningún mensaje de Leonie en el que me diga que Heather y Ollie están en su casa, destrozados y cabreados, y que sería mejor que recapacitara. Aunque sí tengo un mensaje de Sam. Voy a abrirlo y, entonces, dudo.

¿Y si se arrepiente de haberme besado? A lo mejor tiene la sensación de que todo esto le supera y no quiere volver a verme. Si quiere darle la espalda a lo nuestro, entonces estoy solo.

Tanto Audrey como Heather me dirían que dejara de ser tan pesimista. A lo mejor Sam me ha enviado este mensaje para decirme que le gusto mucho y que, pase lo que pase, seremos él y yo contra el mundo.

Esperanzado, lo abro.

Es probable que te llame Miri. Dile que voy a arreglarlo todo. Si sobrevivo, quiero tener una cita como es debido contigo. Por favor, no me odies. Besos.

Lo vuelvo a leer y la alegría que siento al tener noticias de él se esfuma. «Si sobrevivo». ¿Qué leches quiere decir eso? Lo llamo, pero me salta directamente el buzón de voz. Cuelgo y lo intento de nuevo. Pero no hay suerte.

¿Y si Gates lo ha capturado? ¿Y si se ha metido en un lío?

Mi móvil centellea. Es Miri. Cojo la llamada, pero antes de que pueda hablar, me pregunta:

—¿Sam está contigo?

—No lo he visto desde anoche, pero me ha mandado un mensaje en el que decía que me llamarías.

Casi puedo intuir cómo Miri frunce el ceño.

—¿Qué más decía el mensaje?

—Algo sobre que va a arreglarlo todo, aunque no sé qué quiere arreglar.

Una serie de palabras surgen explosivamente de su boca en un idioma que no entiendo.

—¿Qué? Pero ¿a qué se refiere? —pregunto—. Por cierto, ¿has averiguado quién envió ese email?

—Primero tengo que hablar con Sam.

—¿Por qué?

Silencio.

—¿Miri?

—Seguro que hay una explicación.

—¡MIRI!

Se calla de nuevo. El pulso se me acelera a cada segundo que pasa.

—No tengo tiempo para esto —digo, a punto de colgar—. Obviamente, se ha metido en algún lío.

—No es una persona —me corrige—. El cliente que contrató a Gates e intentó contratar a Rawley es una empresa.

Juro que como prologue esto más, voy a gritar.

Al fin, me lo dice.

Y todo se desmorona.

—¿Charlie? ¿Estás ahí?

Estoy y no estoy. Estoy aquí abajo, tocándome el costado con una mano como si me hubieran apuñalado. Y estoy aquí arriba, observándolo todo desde algún lugar lejano, sin ser capaz de sentir nada, salvo que estoy mareado y destrozado por dentro.

Sistemas S y H.

Saunders y Harrow.

Miro las largas cicatrices blancas que me recorren los antebrazos y pienso en el hombre de pelo rizado que me hizo esas heridas cuando caí en el bucle de muerte de Rachel en Saint-Lô. No le puse la cara de Sam en mis pesadillas porque estuviera pensando en él, sino porque se parecen muchísimo. Además, he visto las caras de esos dos hombres antes, en una foto, y no solo en mis pesadillas: «August y Henry S. antes del despliegue, 1943».

El señor Harrow dijo que su abuelo había trabajado desarrollando armas. Desde el principio, habían sido ellos, Saunders y Harrow, quienes habían atrapado almas para usarlas en los experimentos de Rachel, quienes la habían obligado a resolver el teorema de restauración, quienes la habían perseguido y torturado.

El señor Harrow intenta replicar el teorema de Rachel y finalizar la obra de su abuelo con ese proyecto especial en el que ha hecho un gran avance recientemente: «Seremos capaces de iniciar las pruebas con el prototipo en breve», sí, eso dijo; seguro que dar con el bucle de muerte de Simon Tussle era ese gran avance al que se refería.

El extraño brillo que he visto en los ojos del señor Harrow tiene la misma tonalidad azul que las criptolentes. ¿Es que lleva unas lentillas mágicas o algo así? Dios, estuvimos preparando la pintura para el hechizo de protección en su propia cocina y pudo ver a Villiers en todo momento.

—Sistemas S y H es una empresa de Soluciones Tecnológicas Avanzadas que trabaja principalmente con el Ejército y contratistas de seguridad privados —me informa Miri, obligándome así a concentrarme de nuevo en su voz—. Pero las están pasando canutas porque perdieron un gran contrato militar hace tres años y eso casi los llevó a la quiebra.

Seguro que un arma fantásmica que fusiona a unos poderosos fantasmas muy cabreados, que han sido capturados en el campo de batalla, en un *poltergeist* superpoderoso capaz de provocar una destrucción extrema sería más que suficiente para conseguir un contrato nuevo. El mismo señor Harrow me confesó lo importante que es para él el negocio familiar.

¿Sam estaba en el ajo desde el principio?

Los ojos se me llenan de unas lágrimas de ira. El muy mamón me dijo que todo lo que sabía de ocultismo lo había descubierto a través de Google, cuando seguramente le viene de familia. No me extraña que Audrey lo temiera. Como ayudó a Rachel a escapar de Saunders y él en Saint-Lô, debió de reconocerle, ya que se parece mucho a su bisabuelo. Por eso intentó evitar que nos conociéramos. Ella sabía quién estaba detrás de todo esto desde un primer momento.

A lo mejor Sam solo se hizo amigo mío para conseguir que me metiera en el bucle de muerte de Simon y averiguara la solución del teorema, pero eso no tiene ningún sentido. Aunque afirma que nunca ha estado dentro de uno, no hay nada que yo pueda hacer que él no haga mejor. Así que a lo mejor se acercó a mí porque necesitaba aprender cómo sobrevivir a un bucle de muerte.

Estoy cabreado más que otra cosa. Sí, no es que esté enamorado de ese chaval, eso es una estupidez, solo nos conocemos desde hace unas pocas semanas. Y anoche, ese beso, sus dedos en mi pelo, eso no quiere decir que estemos…

No quiere decir que yo esté…

Mierda.

Si Sam volvió a casa de su padre anoche, entonces es posible que ya haya entrado en el bucle de muerte de Simon Tussle, haya leído las cartas antes de que las quemara y haya salido de ahí con la fórmula para estabilizar el teorema.

O podría estar muerto.

Me seco las lágrimas. Sam es duro, listo y se le da mucho mejor que a mí esto de ver a los muertos. Lo logrará.

Pero no es tan sencillo, ¿no? Yo apenas conseguí echar un vistazo a las cartas antes de que ardieran, no me dio tiempo a memorizarlas. Sam tiene buena memoria, pero Ollie me comentó en su día que eso de la memoria fotográfica es un mito. Nadie tiene una memoria tan buena. Sam tendrá que entrar en el bucle de muerte más de una vez.

—Charlie, ¿me estás escuchando? —pregunta Miri—. Estamos hablando de contratos militares. De muchísimo dinero.

—Sí —miento. Había olvidado que seguía teniendo el móvil pegado a la oreja.

Debería sentirme más cabreado. Debería odiar a Sam por haberme utilizado, y lo odio. Pero pensar que va a tener que entrar una y otra vez en el bucle de Tussle para buscar respuestas y que lo sacarán de ahí después de que la cuerda se tense bruscamente alrededor de su cuello solo para meterlo de nuevo es algo que me está matando por dentro.

Entonces, todo encaja.

Va a entrar en ese bucle para que no tenga que hacerlo yo.

Sam Harrow, pero qué gilipollas eres.

—¿Qué vas a hacer? —pregunta Miri.

Dudo. ¿Puedo confiar en ella?

—Charlie, temo por mi amigo y estoy a ocho horas de vuelo de ahí.

Todos los fantasmas capturados por Gates o bien eran poderosos y habían fallecido hace mucho, o bien estaban cabreados y habían muerto recientemente. Si Sam da con la solución final que estabiliza el teorema de restauración de Rachel, ya sea gracias a las cartas del bucle o directamente gracias al fantasma de Tussle, entonces el señor Harrow los va a transformar en algo monstruoso.

El teorema está pensado para dieciséis almas, lo cual quiere decir que Gates pronto tendrá que salir a cazar de nuevo.

Primero, tengo que encontrar a Heather y Ollie; luego, debo hablar con Mitch y Leonie. Si podemos proteger ciertas calles con el hechizo, tal vez seamos capaces de centrarnos en las zonas donde se encuentran los objetivos del señor Harrow y tenderles una trampa tanto a Gates como a él. Y si Sam está con ellos…

—Intentaré ayudarle —le prometo a Miri.

Y hablo muy en serio.

Unos gritos retumban por el pasillo. Mi padre está discutiendo con alguien en la cocina. Oigo que mencionan mi nombre. La puerta del dormitorio se abre ruidosamente. Poppy, Lorna y nuestra prima Danielle entran dando tumbos, aún en pijama.

—Estás en un buen lío —dice Lorna.

Poppy está temblando.

—¡Ha venido un policía a casa!

—¿Has matado a alguien? —pregunta Danielle.

31

Persiguiendo sombras

Mis medias de compresión sisean al rozar la alfombra del pasillo cuando me arrastro, pegado a la pared, y asomo la cabeza por el marco de la puerta de la cocina. Mamá está de espaldas a mí, con los hombros encorvados y temblando.

—... un testigo sitúa a un adolescente que encaja con la descripción de Charlie en la zona poco antes de que se descubriera el cuerpo. ¿Ha notado algún cambio en su comportamiento? ¿Últimamente se ha mostrado más retraído de lo habitual?

Aunque no puedo ver quién está hablando, reconozco esa voz. La última vez que la oí, su dueño estaba sentado en un taburete del Fleece y me advertía de que debía dejar de buscar a los fantasmas desaparecidos. Yo tenía razón: Pelo Rapado, el tipo del tatuaje espeluznante en el que se veía una mano sosteniendo una antorcha, es Caleb Gates. ¿Quién si no iba a ser?

En este instante, me doy cuenta de que el Hombre Sombra está en mi casa con mi familia.

—Debo hablar con su hijo —dice.

—Muy bien, ya lo llevaré yo luego a la comisaría —responde con dureza papá, a quien no puedo ver porque está fuera de mi campo de visión.

Gates y Harrow tienen a Sam, así que ¿por qué siguen yendo a por mí? Se me viene a la mente la imagen de la cabeza aplastada de Rawley, asesinado porque se interpuso en su camino.

Están atando cabos sueltos, se están deshaciendo de los testigos.

Vuelvo sigilosamente a mi dormitorio mientras intento pensar.

—¿Te va a detener? —pregunta Lorna, a quien le indico con una seña que se calle.

Mientras me pongo los calcetines y los *liners* y me coloco las prótesis, me sigue mirando enfadada, esperando que le responda, así que asiento.

Como mis padres todavía no saben que estoy levantado, tengo un par de minutos extra, pero llamarán a mi puerta enseguida.

Poppy me trae un pantalón de chándal. Me lo pongo y luego saco una camiseta limpia y una chaqueta de chándal, meto un billete de cinco libras y el móvil en un bolsillo y me pongo el plumífero y mi segunda gorra favorita.

—Da miedo. —Poppy muestra una carita muy seria—. No quiero que te vayas con él.

—No me voy a ir con él, Pops, te lo prometo. Creo que no es un policía de verdad. —Me arrodillo para abrazarla. De repente parece tan pequeña, tan niña—. Tengo que alejarlo de aquí para que todos estéis a salvo, ¿vale? Su objetivo soy yo.

—¿Por qué? —pregunta Lorna.

—¿Porque has matado a alguien? —dice Danielle.

—Claro que no —contesto, y mi respuesta parece decepcionarla de verdad.

Poppy abre los ojos como platos.

—Esto es por la gente invisible.

¿Está insinuando…?

—¡No son reales! —exclama Danielle—. Jamie dice que nos estáis tomando el pelo.

—Son reales —protesta Lorna.

—¿Podéis... ver a la gente que me rodea? —susurro a medias.

—No, pero a veces podemos notar que están ahí.

Mis hermanas se quedan tan panchas, como si no acabaran de cambiar todo lo que creía saber sobre los videntes. Quiero preguntarles desde cuándo lo saben, qué es lo que saben y qué quieren decir con «notar», pero ahora no es el momento.

—Tengo que huir a toda prisa.

Poppy está llorando.

—Pero si tú no puedes correr muy rápido, Charlie.

—Ya lo sé, Pops...

—Tienes un plan, ¿no? —pregunta Danielle, cruzándose de brazos.

—Sí, más o menos.

Ya se me ocurrirá algo.

Las niñas hacen un corrillo; enseguida se separan y me miran con unos ojazos inocentes.

Lorna sonríe maliciosamente.

—Nosotras lo distraeremos. Tú pínchale las ruedas.

Una lluvia fina cae mientras salto por la ventana y doblo, sigilosamente, la esquina del lateral del bungaló hasta alcanzar el taxi de papá, detrás del cual me agacho, sosteniendo la afilada lezna de la yaya; un punzón de metal tan largo como mi mano, de punta muy fina y mango de madera.

Aún estoy alucinando con lo retorcidas que son mis hermanitas. Se me había olvidado que la yaya se dedicaba a curtir cuero cuando yo era crío. Y en cuanto a sus truquitos, la habilidad que tiene Danielle para potar cuando quiere es realmente flipante. Como puede atestiguar su hermano; ay, vaya líos montan.

El coche del Hombre Sombra (que no es un vehículo oficial de la policía) se encuentra en la carretera bloqueando la salida al taxi de papá. Coloco la punta de la lezna sobre la rueda trasera y presiono, apoyando todo el peso de mi cuerpo sobre el mango. El neumático resiste, hasta que la lezna entra haciendo un suave «pop». La retuerzo, la goma cruje y oigo el agudo siseo del aire al salir.

—Tardará horas en desinflarse.

Me giro tan rápido que acabo cayéndome de culo. El señor Broomwood se alza imponente sobre mí.

—Yo que tú le pincharía también la rueda delantera, por si acaso. —Al ver que lo miro embobado, arquea las cejas—. Date prisa, chaval, antes de que salga.

Hago lo que me ordena.

Momentos después, estoy bajando a todo correr por la carretera. Broomwood me sigue, hablando sin parar en voz alta de todos los rumores sobre mí que ha oído esta semana: que estoy intentando salvar a los fantasmas de York, que yo soy el Hombre Sombra, que estoy conchabado con los tramperos de almas o que trabajo para los Viejos Decrépitos.

Esperaba que Heather y Ollie estuvieran por aquí, en algún sitio, pero no están, por supuesto, ya que si no me habrían avisado de que venía Gates.

No hay ningún lugar donde agacharse y esconderse, solo hileras de céspedes amplios y abiertos, en cuyos bordes hay macetas de narcisos y campanillas de invierno. La señora Ginty, que está junto a su coche y sostiene una bolsa de Tesco en cada mano, me observa, se la ve ansiosa por tener algo nuevo que cotillear.

La puerta principal de mi casa se abre. Miro para atrás. Papá está en la entrada, discutiendo con Gates.

La tremenda curiosidad que había en la mirada de la señora Ginty da paso al recelo. Lanza un gritito alarmada y se mete en el coche. Me deslizo a medias por el capó y abro de un tirón la puerta del pasajero para entrar en el vehículo.

—¿Qué estás…? —pregunta con voz entrecortada.

Gates ha dejado a papá atrás y se dirige hacia aquí. Papá corre tras él, gritando algo mientras baja por la carretera.

—¡Arranque! —exclamo ahogadamente—. ¡Vamos!

—¡Sal! —me ordena Ginty.

—Qué testaruda es.

Me giro y veo al señor Broomwood en el asiento de atrás.

—Cuando Norman quiso talar su manzano, ella montó la de Dios es Cristo porque no se respetaban los límites...

Dejo de hacer caso a Broomwood y me vuelvo hacia la señora Ginty, que se encoge de miedo. La estoy asustando y lo lamento.

—No voy a hacerle daño. Usted conduzca, por favor.

Gates se está acercando. Acojona más de lo que recordaba de cuando le vi en el bar. Detrás de él está Ojos Plateados, que tiene clavada su intensa mirada en mí como si yo fuera una especie de presa.

Joder.

La señora Ginty intenta abrir su puerta. Extiendo el brazo y la cierro de un tirón. Ella me da un codazo en el pecho y me caigo hacia atrás.

—El señor Broomwood está en el asiento de atrás quejándose de lo del manzano de Norman —le digo.

Eso hace que se detenga. Mira nerviosamente hacia atrás.

—Él es un fantasma, y ese tío de ahí no es un madero de verdad. Sí, viene a por mí. Y no es una buena persona. Ha estado raptando a algunos fantasmas de York porque el padre de mi cuasinovio intenta reconstruir un teorema de la Segunda Guerra Mundial que transforma la energía fantásmica en un *superpoltergeist*, y siento meterla en este lío, pero tiene que arrancar ahora mismo porque mató a otro tío que se interpuso en su camino. ¡Hablo en serio! Mis amigos y yo encontramos el cuerpo y creo que a mí también me va a matar.

La señora Ginty me mira fijamente como si me hubiera vuelto loco.

Unos brazos atraviesan el lateral del coche y tiran de mí hacia atrás, contra la ventanilla del pasajero. Unas uñas rojas me arañan el plumífero. Intento soltarme, pero Ojos Plateados es muy fuerte. Tras lanzar un grito de batalla, Broomwood atraviesa la carrocería del coche y se abalanza sobre él, tirándolo a la acera. Mientras caen, unas uñas afiladas me arañan la piel, dejándome la mejilla marcada.

—Tu… tu cara —dice entrecortadamente la señora Ginty.

—¡Arranca, vieja bruja! —grita Broomwood, a la vez que atraviesa la puerta arrastrándose y se coloca de nuevo en el asiento de atrás.

—Por favor, arranque —repito.

No sé si es por la desesperación que hay en mi voz, por el arañazo imposible que tengo en el pómulo o por la furia que brilla en los ojos de Gates cuando este alcanza el coche y grita mi nombre, pero lo cierto es que la señora Ginty gira la llave de contacto, pisa a fondo el acelerador y sale del camino de su casa, haciendo chirriar los neumáticos. Miro por la ventana de atrás y veo que Gates ha agarrado a Ojos Plateados del hombro, para que no nos persiga.

Caleb Gates es un vidente.

Como no sé qué pensar al respecto, me reclino en el asiento, temblando de alivio.

—Habrá anotado la matrícula —me avisa Broomwood.

Claro, por supuesto. Eso quiere decir que no puede dejarme en casa de Leonie, así que le pido a la señora Ginty que se dirija a la ciudad, interrumpiendo así la batería de preguntas que no tengo tiempo para contestar ahora mismo. Gira de repente a la izquierda sin marcar con el intermitente y me estampo contra el lateral del coche.

Nadie lleva puesto el cinturón de seguridad. Deberíamos llevarlos puestos. ¿Por qué estoy pensando en eso si Broomwood ni siquiera lo necesita?

—Siempre supe que había algo después de la muerte —dice

la señora Ginty, echando un vistazo de nuevo a mi mejilla, como si quisiera asegurarse así de que no se lo ha imaginado.

La ignoro y saco el móvil. Tengo siete llamadas perdidas de Mitch. Lo llamo.

—Charlie, menos mal… Estoy en el hospital. El Hombre Sombra estuvo en casa de Leonie anoche.

—¿Qué? ¿Está bien?

—No, tiene una conmoción cerebral, un labio partido, la nariz rota y varios moratones. Villiers la avisó justo a tiempo, pero Gates usó su sombra, había oscuridad por todas partes y… —Mitch respira agitada y ruidosamente—. Acabó lanzando a Leonie contra la pared cuando esta intentó evitar que destruyera la pintura. Así que adiós a la pintura y al libro de Rawley y a todos nuestros mapas y notas…

—¿Y qué le pasó a Villiers?

—Está aquí. El padre de Leonie y sus hermanos están muy nerviosos, creen que las sombras fueron una especie de bomba de humo. La policía está haciendo preguntas y no sé qué contarles. O sea, ya sé que Miri dice que Gates no es un poli de verdad, pero ¿y si se equivoca? ¿Y si la policía está en el ajo?

«Cuando tu presa está acorralada, no le dejes ninguna vía de escape». No sé de dónde es esa cita que acabo de recordar, creo que de alguna peli sobre vaqueros espaciales que Ollie me obligó a ver, pero tiene sentido.

—Quédate con Leonie. Esconde las criptolentes hasta que sepamos en quién podemos confiar, si es que podemos fiarnos de alguien. Gates acaba de intentar capturarme.

Mitch suelta un taco.

—¿Estás herido?

—Estoy bien.

—¿Y Sam?

Ahora me toca a mí quedarme callado.

—El señor Harrow es el cliente. —Trago saliva—. Ahora mismo, no podemos fiarnos de Sam.

—No, o sea..., ¿de verdad? —Reina el silencio mientras Mitch lo asimila—. Colega, vaya mierda, sé que vosotros dos...

—Ya.

Parpadeo rápidamente.

—¿Qué vas a hacer?

No lo sé. Porque ya no tengo un plan. Primero debo encontrar a Heather y Ollie. No puedo hacer esto sin ellos.

—Espera, Leonie quiere hablar contigo. Dame un segundo.

Se oye cómo una tela roza el micrófono y entonces:

—¿Charlie? —dice con una voz entrecortada, como si le doliera al hablar.

—Leonie, lo siento mucho.

—Se los ha llevado.

—¿Qué?

Tose; es una tos áspera, como si estuviera expulsando algún coágulo.

—Ni siquiera le vi la cara..., estaba muy oscuro, pero dijo... Me dijo... que te dijera que... se ha llevado a Heather y Ollie.

Ni siquiera soy capaz de oír mis propios gritos. Lo único que siento es la tensión de pánico y la desesperación. La señora Ginty da un volantazo y me ruega que me calme. La estoy asustando, y eso no está bien. Le pido que pare. Lo hace. Me meto en el tráfico, me caigo sobre el asfalto y grito una disculpa mientras me largo de la carretera corriendo con dificultad.

Estamos en la Torre Lendal. Bajo por las escaleras de hierro hasta el paseo del río, donde se me engancha la chaqueta en el áspero ladrillo, mientras resuenan los ecos del chapoteo del agua contra el puente. Aquí abajo todo está muy sucio y apesta a pis y al empalagoso y fuerte olor de la marihuana, pero nadie me ve, al menos nadie vivo.

Leonie está en el hospital. Heather ha sido capturada. Ollie ha sido capturado. Y todo es culpa mía, joder. No he podido decirle a Heather que la perdono por todo, porque la perdono, claro que sí. Tanto a ella como a Ollie los apoyaré en cualquier cosa porque son como de mi familia.

Gates quería que supiera que los tiene, lo cual quiere decir que me necesita para algo. Probablemente vino a mi casa para proponerme que, si me entregaba, los liberaría. Bien, pueden quedarse conmigo. Voy a ir ahora mismo a casa de Sam y me voy a entregar.

Broomwood me ofrece el brazo para que me agarre a él.

—Eso es una mala idea.

—Pero si no sabe qué estoy pensando.

Me giro para apartarme y siento un dolor en las costillas, ya que es ahí donde me he golpeado al caerme en la carretera. Necesito que Heather me eche un vistazo. Necesito que Ollie haga un chiste.

—Estás planeando entregarte a cambio de tus amigos, porque eso sería un trato justo. Pero déjame que te diga, chaval, que he visto bastantes reposiciones de *CSI* como para saber que las cosas no funcionan así. Si te entregas, ¿qué les va a impedir retenerlos a ellos también?

Tiene razón. Me apoyo en la pared y me desplomo.

Necesito preparar un plan de verdad, pero no puedo dejar de temblar.

Mis amigos han sido embotellados, lo cual quiere decir que están dentro de un bucle artificial donde se ven obligados a revivir sus muertes una y otra vez, un infierno que nadie debería sufrir.

—Estoy solo.

Debo de haber dicho eso en voz alta porque el señor Broomwood resopla y dice:

—¿Y yo qué soy, un puñetero espejismo?

Sam dijo que volvimos cambiados por una razón.

Dijo que si uno tiene un don como el nuestro, debe utilizarlo.

Dijo muchas cosas y creo que la mayoría eran gilipolleces. Pero en eso no se equivocaba.

—Señor Broomwood, la noche en que Heather no consiguió convencer al emperador de que convocara una asamblea, usted dijo que eso se debió a que este intentó alcanzar un acuerdo, pero que ella no dio su brazo a torcer.

—Sí.

—¿Qué quería él de ella a cambio?

Broomwood ladea la cabeza.

—Creo que ambos sabemos la respuesta a esa pregunta, ¿eh, chaval?

Sí. La sabemos.

Podría entregarme a Gates, pero Broomwood tiene razón, lo tengo todo en contra. Debo reclutar a unos cuantos aliados; a alguien que sea más fuerte y más despiadado que los tramperos de almas, a alguien que sea una verdadera amenaza para Gates, quien es un vidente como yo y, por tanto, vulnerable.

Tampoco es que haya hecho grandes planes de futuro. No tengo un puesto de aprendiz esperándome en un restaurante de lujo como Mitch. Como no se me da bien nada, tendré que mejorar para poder ser el chivo expiatorio de los muertos si así se arreglan las cosas.

Cuando me dirijo al camino que lleva a la catedral, Broomwood corre detrás de mí hasta llegar a la parte superior de la cuesta.

—¡Eh, Charlie! ¿Adónde vas ahora?

Me vuelvo y meto las manos en los bolsillos.

—A vender mi alma.

32

Sacrificio

El fantasma de la peluca empolvada sigue tumbado en el suelo de la catedral, tarareando una melodía alegre. Me agacho sobre él tapándole la vista, de tal manera que no puede ver la torre del crucero del techo. Parpadea y se incorpora.

Doy un paso atrás.

—¿Dónde está el emperador?

Peluca Empolvada me mira, boquiabierto.

—Tengo prisa, colega —le digo, con la adrenalina por las nubes.

Un grupo de monjas se detiene y mira. El problema de las monjas es que son atemporales y no tengo ni idea de si estas están muertas o vivas hasta que una de ellas dice:

—Las Almas Antiguas se han reunido en la Sala Capitular por petición del conde Percy.

Me limpio el sudor de las palmas de las manos en el pantalón del chándal, mascullo un «gracias» y dejo atrás rápidamente el gigantesco reloj astronómico para dirigirme a la amplia antecámara con forma de L. Entro en ella como si entrara en mi propio funeral.

Oigo a los Viejos Decrépitos antes de verlos. Los percibo antes de oírlos, lo cual es algo nuevo. De alguna forma, el aire es más denso y está cargado de estática. Todos los nervios de mi cuerpo están en alerta. No soy consciente de que estoy apretando las manos hasta que se me clavan las uñas en las palmas.

Heather.

Ollie.

Audrey.

Alice la Loca.

Peter el Harapiento.

La pequeña Beth.

Millie.

Reid el Gaitero.

Peter Rawley.

Simon Tussle.

Repito los nombres de los secuestrados a los que he venido a salvar aquí como si fuera un mantra.

«Y no te olvides de Sam».

A Sam también voy a salvarlo.

Desde fuera, la Sala Capitular es un gigantesco joyero circular. Por dentro todo está hecho con una mampostería pálida y lujosa que soporta unas vastas vidrieras, las cuales se unen muy por encima de mi cabeza en una bóveda de piedra con forma de estrella. Debajo, están reunidas las siete Almas Antiguas de York. En cuanto entro, el conde Percy se gira y los demás lo imitan; ponen caras de sorpresa e ira, salvo uno que se muestra serenamente triunfal.

Se me echan encima formando un amasijo de seda y manos nervudas que atraviesan mi ropa para agarrarme. Mi primera reacción instintiva es morder y arañar mientras unos dedos me raspan el cuero cabelludo y me pellizcan. Me arrastran, me elevan en el aire y me hacen girar como un pelele.

Exhausto, dejo de resistirme. Los fantasmas me tienen bien agarrado y tan lejos del suelo que noto cómo el aire se desplaza por debajo de nosotros. Si alguien entrara ahora para echar un vistazo al famoso techo de la Sala Capitular, se llevaría el mayor susto de su vida.

—Ha venido solo —afirma Inge de Jorvik.

Sir Danville se ríe de un modo desagradable.

—Cuando la señora Noble descubra su duplicidad, habrá de enfrentarse a su enojo.

El emperador se inclina. Es un hombre imponente: de cara redonda, con barba y un pelo muy rizado.

—¿Por qué habéis violado el acuerdo?

—H-he venido a pactar.

El corazón se me desboca, les cuento lo de Simon y Rachel y el teorema de restauración. Les explico lo que sé sobre Caleb Gates y el señor Harrow. Soy lo más sincero que puedo sin mencionar a Sam. Cuando he acabado, los Viejos Decrépitos se miran unos a otros y la tensión se puede cortar con un cuchillo.

El emperador mira amenazadoramente a Percy.

—Según parece, habéis hecho muy pocos avances en la tarea que se os encomendó mientras un mero muchacho ha sido capaz de descubrir tal conspiración.

El conde resopla.

—Esta sarta de falsedades que acaba de soltar me tienen atónito, majestad imperial.

—Este mentecato es incapaz de inventarse ninguna falsedad —asevera sir Danville, señalándome.

O sea, en teoría, me está defendiendo, pero tampoco hace falta ser tan capullo.

El rey Aelle parece preocupado.

—Deberíamos hacerle caso. Deberíamos huir de inmediato para protegernos de este demonio.

Una furia terrible me domina.

—¿Eso es todo? ¿Vais a huir asustados mientras Gates secuestra a quien le dé la gana? Si yo puedo mover el culo y hacer algo al respecto, vosotros también.

Unos murmullos recorren la sala. El emperador hace un gesto, un leve movimiento con los dedos, y me sueltan. Me caigo y lanzo un fuerte grito al estrellarme contra las duras baldosas. Respiro hondo mientras el dolor va a menos y, entonces, miro cabreado a los fantasmas que me rodean.

—Escuchad, Gates tiene a Heather y Ollie. —Me cuesta hablar porque tengo un nudo en la garganta—. No puedo vencerlo yo solo. Necesito vuestra ayuda. Es un vidente como yo, así que podéis hacerle daño, ¿no?

—Si os ayudáramos en este asunto, ¿qué nos ofreceríais a cambio? —pregunta el emperador.

—Seré vuestro durante diez años. Trabajaré para vosotros, llevaré mensajes a los vivos, seré vuestras manos y vuestra voz en el mundo, haré lo que queráis.

Vuelven a murmurar entre ellos y, entonces, me doy cuenta de que no desprecian mi propuesta sino que se ríen de ella. Se están riendo de mí.

—¿Qué? —Me pongo de pie haciendo un gran esfuerzo, rojo de furia—. Eso es lo que queréis, ¿no? Un sirviente.

El rey Aelle estalla en carcajadas.

—Vale, que sean veinte años —les propongo.

Inge cae en picado hasta alcanzar el suelo.

—Su majestad imperial no desea vuestros servicios, vidente, sino vuestra carne.

Oh, mierda.

O los Viejos Decrépitos son unos Hambrientos, o Septimio Severo quiere tener una relación carnal conmigo y, sinceramente, no sé qué es más espantoso.

—Si me coméis, no volveréis a estar vivos —les advierto—. Eso es una gilipollez, y lo sabéis.

El emperador sonríe cruelmente.

—No consumiré vuestra carne, sino que la llevaré puesta. Otros hombres vivos son como vapor para nosotros, pues los atravesamos. Pero vos, que habéis conocido la muerte y habéis regresado a expensas de otro, sois un asidero a este mundo. A pesar de vuestras carencias, podéis comer, respirar, fornicar, luchar. Gracias a vos, yo podré gozar de nuevo de todo eso.

No es que no haya oído lo que estaba diciendo: sí, sé que ha dicho que va a llevar mi cuerpo como si fuera un traje. Me he quedado atascado en lo de «habéis regresado a expensas de otro», ya que creo que sé lo que significa, pero si fuera capaz de asimilar el resto de lo que ha dicho, estaría aún más acojonado, porque es imposible que vaya a poseerme sin que yo acabe pareciéndome a una víctima de Freddy Krueger. Pero lo único que oigo en mi cabeza es a Heather diciendo:

«La decisión que más a conciencia he tomado en la vida».

Al instante, lo tengo claro; es una revelación tan dolorosa que me llevo las manos al estómago. Estábamos en cirugía al mismo tiempo, nuestros quirófanos estaban el uno al lado del otro y los médicos luchaban para salvarnos la vida a los dos. Los colegas de Heather no llegaron tarde para salvarla. Ella debería haber vuelto y no yo, que estaba desahuciado. Se cambió por mí porque se consideraba responsable de mi muerte. Heather sacrificó su vida para salvar la mía.

Oh, Dios mío. Sam. El lago. Su amiga Luci.

Por lo visto, cuando dos personas mueren en el mismo sitio al mismo tiempo y una sacrifica su vida por la otra, el alma salvada se despierta cambiada..., transformada en vidente.

Sir Danville me bloquea la vía de escape.

—Se trata de un experimento bonito cuyo resultado será mejor que el del anterior —señala lady Peckitt, al mismo tiempo que junta las manos.

Lo que están a punto de hacerme me da tanto miedo que mi neblina mental se disipa.

—¿H-habéis hecho esto antes?

—Sí, pero sin ningún éxito —admite Inge—. Todo experimento fracasado termina de un modo desastroso y espantoso.

Ojalá la adrenalina inundase mi cuerpo y me ayudara a luchar contra ellos, pero solo siento un terror paralizante y doloroso.

—Como la doctora Noble no está presente y habéis quebrado el acuerdo voluntariamente, ¿cómo se dice…? —pregunta el emperador, pasando a hablar de una forma más moderna—. Ah, sí —se abalanza sobre mí, agarrándome del cuello y acercando mi cara a la suya—, blanco y en botella.

Grito pidiendo ayuda. Me da igual quién venga, me da igual que esté vivo o muerto, pero que venga alguien. Entonces el emperador me tapa la boca con una mano y sir Danville e Inge me agarran de los brazos. Me resisto inútilmente. Tengo la frente empapada de sudor. El emperador va a intentar poseerme ahora mismo, pero eso no va a funcionar porque para él soy un ser sólido, de carne y hueso, y esto es una puta locura.

Noto un dolor agudo en el pecho cuando me araña la piel, para intentar abrirse camino por ella. Chillo a pesar de que me está tapando la boca.

—¡Basta!

Alguien aparta violentamente al emperador, que sale volando y, al caer, atraviesa la pared de la Sala Capitular. Se oyen unos gritos ahogados. El dolor que siento en el pecho se reduce hasta ser unas punzadas sordas. Miro hacia atrás para ver quién me ha salvado.

De todos los fantasmas de York que hubiera esperado que dieran la cara por mí, el conde Henry Percy no era de los primeros de mi lista, pero me conformo con lo que hay. Mira con desprecio a todos ellos. Las Almas Antiguas se vuelven contra uno de los suyos. Sir Danville e Inge se distraen y me sueltan.

Sigo agachado, intentando repartir mi peso entre las prótesis para mantener el equilibrio, dispuesto a salir corriendo en cuanto se me presente la oportunidad de escapar. Tengo las manos apoyadas sobre las baldosas. Me siento como un corredor antes de oír el disparo de salida.

—¡CÓMO OS ATREVÉIS! —exclama atronadoramente el emperador cuando reemerge por la pared, dirigiéndose a Percy.

Inge arremete contra él, pero el conde esquiva velozmente sus garras.

—Al igual que vos, Septimio, deseo vivir de nuevo, tocar el mundo y dejar mi huella en él —responde—. No deberíais forzar vuestra entrada en el receptáculo sin haberlo preparado antes debidamente. A pesar de que habéis fracasado durante siglos, no se os ha ocurrido utilizar los teoremas ocultistas de nuestros enemigos para alcanzar vuestra meta.

Algo se mueve bajo mis dedos y noto un leve tirón en el esternón. Hay cenizas en el aire y algo que huele más fuerte. Sal.

—Eso no son más que herejías y falsedades. Los muertos no pueden dominar unas artes tan viles —asevera el emperador.

—Tal vez. —Percy sonríe de un modo siniestro—. Pero al contrario que vos, mi orgullo no me impide trabar amistad con aquellos que sí pueden.

Unos símbolos brillan en el suelo; unas líneas entrecruzadas que rodean la enorme sala para dar forma a una vasta trampa para fantasmas. Al activarse, aleja a los muertos unos de otros como si se tratara de unas limaduras de hierro atraídas por un imán. Los coloca en unos puntos equidistantes alrededor del centro, donde yo sigo agachado. Los Viejos Decrépitos arañan el aire, rugiendo de ira, pero la magia los mantiene a raya.

Percy es el único que no se resiste, sino que sonríe de oreja a oreja como si le hubiera tocado la lotería.

—Seré la primera alma en ser restaurada en carne y hueso. Mis aliados cuentan con el teorema de restauración, lo único que necesitan es energía adicional, y vosotros, mis queridos amigos, serviréis bien a ese propósito.

Unas espirales de humo oscuro recorren el suelo mientras el Hombre Sombra entra en la Sala Capitular.

No es quien esperaba; de hecho, tardo un instante en reconocer al tipo con el cuello de toro del Fleece, el que espantó al estudiante que intentaba captar clientes para un tour fantasmal. Por un momento, me siento confuso; medio esperanzado, medio aterrado. ¿Qué hace él aquí?

Entonces veo que lleva una bandolera doble llena de botellas trampa bajo su abrigo oscuro abierto y unos guantes en las manos.

—Aquí tenéis a los siete, tal y como pedisteis, señor Gates —dice el conde Percy—. El vidente os lo entregaré sin ningún coste adicional.

¿Señor Gates?

Lo he entendido todo mal. Cuello de Toro es Caleb Gates, el Hombre Sombra. Entonces, ¿quién leches es Pelo Rapado y su fantasma de ojos plateados? Después de todo, ¿es un policía de verdad o los dos trabajan para el Hombre Sombra?

Gates clava sus ojos en mí.

—Huye si quieres, chaval. Pero si huyes, destruiré a tus mascotitas fantasmales.

Aprieto los puños y me quedo donde estoy. ¿Qué puedo hacer? Echo una ojeada a su bandolera, con la esperanza de que tenga ahí a Heather y Ollie. Si es así, a lo mejor soy capaz de quitarle las botellas y romperlas. Entonces estará en un buen lío. Heather podría ser un *poltergeist* de la leche. Pero todas las botellas que consigo ver están vacías.

Gates saca uno de los lazos de cuero de su bandolera y rebusca algo en sus bolsillos: un palo de cera. No lleva unas criptolentes, así que ¿cómo puede ver a los muertos? ¿Es otro vidente como el madero misterioso?

Los videntes son como los autobuses; o no aparece ninguno, o aparecen tres seguidos.

Gates ya se encuentra muy dentro de la trampa. La luz coloreada por las vidrieras le ilumina la cara. Pierdo toda esperanza al ver cómo le centellean los ojos con un tono perlado. Es el mismo brillo azul que tienen los cristales de las criptolentes y los ojos del señor Harrow; simplemente, lleva unas lentillas especiales o algo así.

Gates coloca una botella a los pies de cada Alma Antigua. Cuando llega al conde, Percy pone cara de sorpresa.

—¿Qué estáis haciendo? Los he reunido como me pedisteis. Ellos serán la fuente de energía que me restaurará. —Se hincha como un pavo—. Liberadme y cumplid vuestra promesa.

En un primer momento, creo que Gates le está respondiendo. El conde debe de pensar lo mismo que yo, ya que intenta inclinarse más, ansioso por obtener una contestación, pero en realidad Gates está canturreando algo en voz baja. No tengo ni idea de qué es lo que está haciendo, pero puedo notar sus consecuencias: una sensación mareante de que algo me tira del pecho.

Los Viejos Decrépitos chillan, se tiran de las mangas y los pelos mientras la sangre fluye de su piel agrietada. Sus tendones se separan. Sus huesos se hacen añicos, la magia imparable los atrae hacia el interior de las botellas situadas a sus pies.

Gruño de dolor. Pero ¿por qué esto me hace daño?

Es por mi alma. Porque la trampa intenta arrancármela a pesar de que sigo vivo.

Corro lo más rápido que puedo. La magia no me impide marcharme porque tengo el privilegio de no estar todavía muerto. El alarido salvaje y desgarrador del conde Percy retumba por el vestíbulo a mi espalda. Han cerrado y atrancado la puerta metálica del fondo y han colocado un cartel al otro lado. Me agarro al frío enrejado y tiro de él ruidosamente mientras hurgo en la cerradura. No me da tiempo a forzarla. Gates ya está doblando la esquina y viene a por mí.

El grito con el que suplico ayuda se ve engullido por la vastedad de la catedral y ahogado por el martilleo de las obras de restauración. Pero los fantasmas de York me oyen. El hombre de la peluca empolvada, dos monjas con toca y los caballeros con grandes golas aparecen en un visto y no visto. El señor Broomwood los acompaña:

—Vigila tu espalda, chaval, que aquí viene.

Los muertos atraviesan el metal, pero no pueden hacer daño al Hombre Sombra ni tampoco pueden traer a la caballería..., porque no la hay.

Cojo torpemente mi móvil. Una mano áspera me tapa la cara y me ahoga con una sombra oscura. Se me cae el teléfono y, un segundo después, oigo un crujido; lo acaba de reventar de un pisotón.

—Deja de tocar los cojones —me susurra Gates al oído. Me tiene agarrado de los brazos. Aunque parpadeo intensamente, sigo sin ver nada—. Soy un hombre justo. Si cooperas, dejaré que tus fantasmitas se vayan. Puedes acompañarme y hacer lo que hay que hacer, o puedes luchar. Pero si luchas, yo ganaré. Y, por las molestias causadas, mataré a tus familiares y los embotellaré uno a uno. Tú eliges.

No tengo alternativa. Me rindo y dejo que la oscuridad me lleve.

33

Sistemas S y H

Pero no me desmayo, ni siquiera por unos cuantos minutos de bendito alivio. Se oye un ruido cuando se abre la puerta y yo avanzo dando tumbos siguiendo las órdenes de Gates. Me tiene agarrado de los brazos para que no me caiga. Me duele el

pecho. Me arden los ojos. Oigo voces.

—No, no, mi chaval se ha mareado, sin más.

Noto un aire frío y húmedo en la cara. La puerta de un vehículo se abre; huele a aceite de motor y grasa y a una peste intensa a hierbas que me lleva a pensar en Sam, lo cual hace que quiera llorar. Me tumbo en la parte posterior de lo que creo que es una furgoneta y noto cada bache y giro mientras me ahogo y sudo. Me zumba la cabeza y me duele el pecho. Toso y me siento como si me hubieran apuñalado por dentro. Igual tengo una costilla rota. Heather sabrá lo que es.

Si es que vuelvo a verla alguna vez.

Parpadeo intensamente. Las sombras cenicientas se están disipando. Creo que si aquí dentro no estuviera tan oscuro sería capaz de ver. Ha usado unas bridas de plástico o algo así para atarme las muñecas.

Mis exámenes finales comienzan mañana.

Pensar en eso es una estupidez porque ahora mismo tengo problemas más gordos.

Me cago en mi vida. Me cago en Gates. Y me cago en mi estupidez. Si no fuera tan cobarde, le habría mirado como es debido cuando subía por el camino que llevaba a casa de Rawley, le habría visto la cara y habría sabido que él era nuestro enemigo, y no Pelo Rapado.

De todas maneras, ¿quién es ese tío? Si no trabaja ni para Gates ni para Harrow, entonces, ¿qué quieren de mí Ojos Plateados y él?

Rebusco entre mis recuerdos, pero no encuentro ninguna respuesta. No puedo hacer nada, salvo sudar y esperar mientras me dan calambres y el corazón me late a mil por hora.

En cuanto las puertas se abren, sé dónde estamos: en una casa señorial, con unas escaleras pulidas y unos cristales relucientes. Tras sacarme a rastras de su furgoneta, Gates mira a un lado y otro de una calle donde los chavales como yo o los delincuentes como él no somos bienvenidos. La gente de este distrito postal es más de delitos de guante blanco. O de crímenes relacionados con el ocultismo, según parece.

Una vez dentro, dejamos atrás el tocador del gran vestíbulo y Gates me obliga a detenerme en seco. Coge la foto en la que se ve a Harrow y Saunders de jóvenes y, mientras la mira, se le hinchan las fosas nasales; después la golpea contra la pared hasta romper el marco; tras sacarla del marco roto, la dobla y se la mete en el abrigo sin decir palabra.

Bajamos a una planta donde una larga mesa de comedor lleva hasta una pared de cristal, desde donde puede contemplarse una vista espléndida de un pequeño pero elegante jardín trasero de setos recortados con forma de cuadrado y terrazas escalonadas. Gates me lleva en la dirección contraria. Algo brilla ahí; la luz de una lámpara que se refleja en un gran espejo dorado.

El señor Harrow está sentado en un sillón amplio, como si

este fuera un trono. La bata blanca de laboratorio que lleva encima del traje podría ser perfectamente un batín por el modo en que está recostado; al parecer, no le importa lo más mínimo que le estén trayendo a rastras a un adolescente magullado.

—Ah, buen trabajo. —El señor Harrow deja el libro que está leyendo sobre la mesita y veo que se trata del cuaderno de Sam, abierto en una página donde está dibujado el bucle de muerte de Simon Tussle. Si Gates no me estuviera agarrando los brazos, me abalanzaría sobre el cuaderno. ¿Qué derecho tiene a espiar los secretos de su hijo?

Contengo una risa hueca. No sé por qué me pongo así. Lo más seguro es que Sam se lo haya entregado. «Toma, papá, mira lo bien que me lo he estado pasando con los pringados de esta ciudad. No, los muy imbéciles no tienen ni idea».

Aunque él no haría eso, ¿verdad?

—¿Los tienes? —le pregunta Harrow a Gates.

—Sí, a los siete.

—Bien. Aunque vas a tener que irte de nuevo. Me faltan fantasmas. La anciana y el niño estaban corruptos por culpa de una alteración en la atadura contigua secundaria. Aunque lo he remediado, se ha producido tal desestabilización que ha hecho trizas lo que quedaba de ambas entidades.

«Ha hecho trizas».

Por la forma en que habla, parece que únicamente ha perdido algunos documentos viejos, pero se está refiriendo a personas. A almas.

—Necesito dos más. —El señor Harrow me mira—. Hoy mismo, ya que no tardarán en echar de menos al hijo de los Frith.

—No se preocupe por eso. —Gates da unos golpecitos a su bandolera—. Capturé a dos más anoche para mantener a este a raya.

A Heather y Ollie.

El señor Harrow se muestra escéptico.

—¿Son fuertes?

—Más fuertes que Rawley, y a él lo aceptó. El chaval pelirrojo murió hace un siglo, y la doctora se siente tan culpable que podría suministrar energía a todo el invento ella sola.

Al parecer, el señor Harrow confía en Gates y se fía de lo que opina sobre lo útiles que pueden llegar a ser Heather y Ollie, ya que agacha la cabeza.

—Aun así, todavía necesitamos uno más para tener dieciséis.

NO. Tengo que detener esto. Me revuelvo, pataleo y monto un pollo que seguramente se puede oír hasta en The Shambles, o se podría si esa ventana enorme no tuviera un puñetero panel triple. Un brazo musculoso me aplasta el pecho. Aunque soy un chaval grande, Gates es más grande aún y me tiene bien agarrado. Respiro agitadamente por culpa del esfuerzo que estoy haciendo. Tengo las mejillas húmedas por las lágrimas y se me caen los mocos.

—¿Charlie?

Sam está al final de las escaleras. Al verlo me quedo sin aire, sin oxígeno. A duras penas puede sostenerse en pie. Lleva un trozo de gasa enorme en el cuello. Alguien le ha cortado las mangas de la camisa y tiene los antebrazos cubiertos de vendas gruesas. Se le ven los ojos inyectados en sangre, llorosos y ojerosos.

—Vuelve arriba —le dice el señor Harrow—. Deberías descansar.

—No le necesitas. —Sam me mira fijamente, desconsolado y horrorizado—. Te dije que yo lo haría.

El señor Harrow se acerca a su hijo.

—No voy a dejar que mi único vástago…

—He sobrevivido a la primera fusión.

—No sobrevivirás a esto.

—Soy más fuerte de lo que crees.

—Sé razonable. El teorema de restauración requiere un sifón…

El señor Harrow intenta llevarlo de nuevo a la planta de arriba, pero Sam se lo quita de encima.

—O tú o él, muchacho —afirma Gates, mientras me zarandea—. Tiene que ser un vidente.

—¡Parad ya! —grita Sam—. Por ningún legado merece la pena hacer este sacrificio, papá.

El señor Harrow aprieta los puños.

—Esto lo es todo. Si perdemos la licitación, la compañía quebrará.

—¿Y qué? Solo es dinero.

El señor Harrow hace un gesto de negación con la cabeza.

—Tú nunca has tenido que luchar, Sam.

—Sí, porque ser yo es todo un fiestón, obviamente.

—Te he dado todo lo que has querido...

—No, no lo has hecho. —Todas las palabras que brotan de los labios de Sam son muy duras—. Joder, si de verdad te preocuparas por mí, quizá me preguntarías cómo me van las cosas con mis citas en la clínica de cambio de sexo, si me va bien o no... Por cierto, no me va nada bien..., pero eso te la sopla. Sí, me pagarás un tratamiento privado, pero no te sentarás a hablar en serio conmigo porque nunca tienes tiempo. Si te importara, no me habrías robado mi diario, ni me habrías mentido, ni habrías amenazado a mis amigos para conseguir lo que quieres ni me lo habrías ocultado todo.

—Todo esto lo estoy haciendo por tu madre y por ti. Ahora, gracias a ti, podemos salvar la empresa. Todo está preparado y los cálculos se han completado. Debería haber sido más comunicativo, pero había que tomar decisiones muy difíciles y tú siempre has tenido un gran corazón. No quería que eso recayera sobre tu conciencia.

—Pero ¿esto sí? —Sam me señala—. ¿Crees que olvidaré sin más que tuvimos que matar a mi amigo para que mamá pueda seguir celebrando sus fiestas pseudoespirituales en esos yates? Por eso vinimos a York, ¿verdad? Porque querías que encontrara a Charlie. Ese fue siempre el plan.

—No, eso fue algo... inesperado.

Sam me mira y mi mundo se encoge, se convierte en un túnel, donde solo existen él y su expresión de dolor y determinación.

—Entonces, sigue adelante con tus planes como si él y yo nunca nos hubiéramos conocido.

El señor Harrow niega con la cabeza.

—Eso no lo puedo permitir.

—Pero si yo no hubiera dado con Charlie —replica Sam—, no te habría quedado más remedio que dejar que me encargara de fusionar cada bucle.

—Habría encontrado a otro.

Sam estalla en unas carcajadas huecas.

—Sí, claro, como los videntes crecen en los árboles.

—Señor Harrow… —dice Gates.

El padre de Sam levanta una mano.

—Ahora no.

—Este proyecto es vital. No puede cagarse encima como un cobarde porque su hijo se ha enamorado.

El señor Harrow se queda amenazadoramente callado.

—Así no es como deben hablarme mis empleados si desean conservar su trabajo.

—Ya que lo menciona, debemos hablar sobre mi contrato. —Gates se agacha, obligándome a inclinarme mientras coge algo que lleva en el tobillo; al instante, se endereza y se coloca a mi derecha—. Creo que es hora de renegociar las condiciones.

Algo metálico me roza a gran velocidad la cara, oigo un estruendo tan fuerte que me caigo redondo. Me arden las muñecas cuando, instintivamente, intento llevarme las manos a los oídos para tapármelos.

La mandíbula del señor Harrow se hace añicos en medio de una lluvia de fragmentos de hueso y carne desgarrada.

Una alarma muy aguda está sonando a todo trapo dentro de mi cráneo. El señor Harrow mira fijamente a Gates, con la incredulidad dibujada en los restos de su cara, la lengua moviéndose en el agujero que tiene en la garganta. La sangre brota de él en forma de neblina. Se desploma a los pies de su hijo.

Un horrorizado Sam se tambalea hacia atrás y tropieza al final de las escaleras hasta caer al suelo, donde se agarra el estómago con unas manos temblorosas.

«Aparta la vista, aparta la vista», le digo en silencio. Pero no lo hace. Quizá porque no puede.

Gates baja la pistola y la vuelve a colocar en la cartuchera que lleva en el tobillo, como si supiera que no la va a necesitar para controlarnos. O a lo mejor necesita tener las dos manos libres para lo que ocurre a continuación.

El alma sale del cuerpo y se eleva como si fuera algo vaporoso, sinuoso y retorcido; sus articulaciones, que ahora forman unos ángulos antinaturales, van encajando en su sitio. La cara es lo último en cobrar forma, con la mandíbula colgando y el pómulo reventado. Aunque el fantasma del señor Harrow intenta hablar, solo brota un gorgoteo de su garganta.

De repente, vuelve a estar como siempre, con su hermoso pelo plateado y la cara intactos.

—Sam —dice con voz ronca. Se le parte la mandíbula y se tambalea.

Creo que está recordando cómo era mientras intenta comprender qué ha ocurrido. Si no es capaz de entenderlo, se convertirá en un bucle. Y si eso ocurre, Sam se encuentra demasiado cerca.

Estoy de rodillas, me arden las muñecas porque he intentado romper las bridas. Trato de levantarme, pero el suelo está resbaladizo.

Gates saca una botella, idéntica a las que usó con los Viejos Decrépitos. Entona un encantamiento. La carne espectral del señor Harrow se deshace; los fragmentos desprendidos desaparecen en el interior de la botella que sostiene Gates. Puedo ver la forma de su cráneo destrozado, su mandíbula girando. Entonces desaparece, el eco de su gemido se esfuma hasta que lo único que queda de su espíritu es el doloroso zumbido que oigo en mis oídos.

Sam me mira como si su mente se hubiera apagado e ido a otra parte; no llora, no dice nada. Entonces se mueve de golpe, intentando arañar a Gates, intentando desesperadamente quitarle las botellas trampa.

Gates lanza un puñetazo; un solo golpe con el que le revienta el hueso. Sam cae, jadeando, llevándose las manos a la nariz. Más sangre. Grito algo que no es una palabra mientras intento romper mis bridas. Usando un mechero, Gates sella la botella fantasmal con cera roja, atrapando así el alma del señor Harrow dentro de ella. Tras sacar un cuchillo de la parte inferior de su bandolera, Gates me corta las bridas de las muñecas; luego, gira el mentón para señalar a Sam.

—Levántalo y seguidme los dos.

34

Heredero y suplente

Gates nos guía hasta un ascensor que se encuentra en un hueco, al fondo de la habitación. Unas puertas brillantes de cromo se cierran como una trampa. Nos da la espalda porque sabe que no somos una amenaza. Sam está temblando. Intento limpiarle la sangre de las mejillas y la barbilla, pero solo se la extiendo más.

Si pudiera quitarle a Gates una de las botellas fantasmales de la bandolera y liberar a un *poltergeist,* quizá tendríamos alguna posibilidad de escapar.

El problema es que debería soltar a Sam y no creo que ahora mismo sea capaz de mantenerse de pie por sí solo.

Además, Gates podría girarse y reventarme el cráneo contra la pared en un suspiro.

Y, oh, si liberara a un *poltergeist* cabreado en un espacio tan reducido, nosotros también acabaríamos muertos.

Contemplo mi reflejo borroso en las paredes relucientes mientras intento calmarme, mientras intento pensar bien las cosas. Lo único en lo que puedo centrarme es en el ruido que hace Sam al respirar y en el hecho de que su padre acaba de ser asesinado delante de él. Me ha rodeado la cintura con un brazo para agarrarse a mi chaqueta. Yo lo agarro con más fuerza si cabe.

El ascensor se detiene y las puertas se abren. Estamos en un laboratorio de paredes limpias y alicatadas y acero brillante, donde hay una larga pizarra blanca, en la que han garabateado unos símbolos mágicos y unas ecuaciones. Hay armarios a cada lado y una mesa sobre la que se encuentra un botellero lleno de botellas vacías hechas de un cristal tan denso que no puedo ver lo que hay al otro lado. Aquí debe de haber suficientes recipientes como para atrapar a la mitad de las almas de York.

Con un zumbido, las puertas del ascensor se cierran detrás de nosotros y es como si se cerraran las puertas del destino.

Como hace frío, nos sale vaho por la boca. Siento un cosquilleo en la piel cuando el sudor se me seca. Pero no es solo un frío externo, sino que también me cala los huesos, generando unas oleadas de dolor que me destrozan. Esta es la clase de frío que solo se siente al estar en un bucle de muerte. Un zumbido eléctrico rasga el aire. Percibo en la lengua su sabor amargo y quebradizo.

Sam se inclina hacia mí.

—Charlie, te juro que no lo sabía. No hasta lo del río. Cuando me enfrenté a mi padre, me juró que te dejaría en paz si lo ayudaba…

Gates se vuelve y se lleva un dedo a los labios.

—Los novios de los chicos que hablan cuando no deben suelen acabar recibiendo un balazo.

Sam se calla al instante.

Deberíamos haber luchado en vez de dejar que el Hombre Sombra nos trajera aquí, pero el cuerpo del señor Harrow aún está caliente en la planta de arriba y Gates sigue teniendo esa pistola. Chasquea la lengua y se frota el pulgar con el índice. Nosotros lo seguimos como unos perritos falderos.

Mientras rodeamos el botellero, echo una ojeada al laboratorio en busca de algo que me pueda ser útil. Es una habitación profunda y cuadrada con un hueco circular en su centro. Cuatro escalones más abajo, hay una zona plana y ancha rodeada por una estructura de arcos de cobre reforzados con lo que parecen ser unas esferas de turmalina negra. El artilugio entero es enorme, y las aberturas que hay entre cada sección son lo bastante anchas como para que podamos caminar por ellas. En la base, justo fuera de la jaula, hay un círculo con marcas de trampero. Dentro de este, por todo el suelo, hay esquirlas de un espejo roto. A una misma distancia, en la parte central de los arcos, hay unos soportes de cobre que están soldados a la estructura; en cada uno de ellos encaja perfectamente una botella fantasmal. Un conjunto de cables pende del centro de cada arco hasta caer al espacio central, donde algo se mueve.

El bucle de muerte de Simon Tussle se retuerce y tiembla dentro de la estructura, su cuerpo pende de una cuerda invisible. Se oye un chisporroteo eléctrico y el cuerpo de Simon se esfuma, para ser sustituido por una mujer con un vestido sucio y los brazos a la espalda.

Unas gotas de sangre caen de su boca amoratada...

Se ve una luz y se oye un zumbido chisporroteante. El aire crepita. Ella cambia y se desvanece.

... Simon se balancea, quieto y sin vida, mientras unas gotas de pis caen al suelo...

La mujer boquiabierta, con la cabeza hacia atrás, con los brazos ensangrentados...

El zumbido se vuelve más débil y cambia una octava. Otro chisporroteo.

... un Simon aún vivo está atando la cuerda...

... la mujer solloza con el tremendo alivio de alguien que sabe que su final está cerca...

Es Rachel Tussle.

Se han hecho con su bucle de muerte. Pero ¿cómo es posible? ¿Gates logró hacerse con el bucle de Rachel en Saint-Lô y lo trajo luego a York? Los dos fantasmas (padre e hija) se encuentran en el mismo bucle, superpuestos. No, es más que eso. Están unidos, sus bucles se retuercen el uno dentro del otro mientras la energía circula... es un multibucle. He aquí la aplicación práctica del teorema de restauración de Rachel.

Me acuerdo de lo que Sam ha dicho en la planta de arriba: «He sobrevivido a la primera fusión».

Saint-Lô. Los cortes en los brazos de Rachel. Mis cicatrices largas y pálidas. Las vendas de Sam. Ha entrado en el bucle de muerte doble para leer las cartas que Rachel le envió a su padre y averiguar así cómo se estabiliza el teorema. Estos son los primeros pasos que llevarán a la creación del arma fantásmica con la que Saunders y Harrow soñaron. Y, gracias a Sam, Gates sabe ahora cómo completarla.

—Tú —le espeta a Sam, a la vez que lo empuja hacia la mesa sobre la que están las botellas—. Espera ahí.

Aunque Sam arruga el ceño y casi se cae, al final logra mantener el equilibrio.

—Tú, aquí —me dice Gates, a la vez que me clava los dedos en el hombro. Aprieto los dientes e intento resistirme, pero es mucho más fuerte que yo. Saca una brida nueva del bolsillo de su abrigo.

No sé cómo consigo que mis doloridas extremidades se muevan, pero lo logro. Gracias a un último chute de adrenalina, consigo quitármelo de encima y, al caer al suelo, le atizo con la punta del codo en la parte posterior de la rodilla. Aunque es un plan estúpido, funciona. Cae lanzando un grito, pero logra estirar el brazo y arrastrarme al suelo con él.

—¡Corre! —le grito a Sam, mientras intento alejarme a gatas de Gates.

Noto cómo me aplasta la columna con todo su peso. Me está estrujando contra el suelo; el dolor danza por mi espalda y a través de mi pecho dolorido. Sam chilla mi nombre. Lo maldigo por no haberse ido cagando leches. Gates nos está gritando. Tira de mí hacia atrás y la capucha de la camiseta se me clava en la garganta. Gates me lanza contra una pata de la mesa y me lastimo aún más la espalda magullada.

—Hijo de pu…

Me da tal hostia que se me quitan las ganas de insultarlo. Se me llena la boca de sangre. Noto que algo hecho de plástico tira de mi muñeca izquierda… ¡NO! Lanzo patadas, pero mis prótesis son muy pesadas para mis agotados músculos. Aun así, le doy a Gates en el tobillo. Recibo de vuelta una patada en un costado y un dolor agudo me recorre las costillas. Encogido de dolor, cierro los ojos. Gates me da otro puntapié que me deja sin aire. Dice algo, pero no oigo esas palabras, solo capto la furia cruel que tiñe su voz cuando me da otra patada en la cabeza que me hace ver las estrellas.

La boca me sabe a cobre y me arden los huesos. Escupo sangre y me incorporo con dificultad. Tengo la muñeca derecha atada a la pata de la mesa. Tiro con fuerza del plástico, pero la pata está atornillada con firmeza al suelo.

Sam está hecho un ovillo, apoyado sobre los armarios de acero inoxidable situados a mi izquierda, con una mano por encima de la cabeza, ya que se la han atado al tirador de un armario. Gates se agacha delante de él, arrugando la nariz, como si estuviera oliendo algo repugnante.

—No tenías por qué matar a mi padre —susurra Sam.

Gates desdobla la foto que cogió en la planta de arriba.

—Tu bisabuelo no sabía nada sobre las entidades ni el ocultismo. Solo era un parásito que seguía a Henry a todas partes, recogiendo sus migajas y siguiendo sus órdenes. Nuestra familia levantó Sistemas S y H, hasta que tu padre engañó a mi madre y le impidió quedarse con la parte que le correspondía del negocio, hasta que se hizo con la compañía y la hundió. —Suelta la foto—. Aunque tenga el apellido de mi viejo, soy un Saunders por los cuatro costados. Sí, no tenía por qué matar a tu padre. Pero quería hacerlo.

—¿Has hecho todo esto por… venganza? —a Sam se le quiebra la voz.

—Oh, no, eso sería patético, ¿verdad? Y nosotros, los Saunders, no somos patéticos. Considerémoslo un extra. Lo único que tuve que hacer fue mostrarle a Harrow la investigación y dejar que se imaginara cómo podría convertir en un arma a esos fantasmitas para salvar la empresa. Tenía una mentalidad demasiado cerrada como para ver que esto —Gates señala la jaula de cobre en cuyo interior están los bucles de muerte parpadeantes— es mucho más que un arma; es el siguiente paso de un antiguo teorema matemágico. La mayoría de los tipos que afirman ser ocultistas no son más que unos meros coleccionistas, que desperdician la energía fantásmica robada a los espíritus atrapados para confeccionar unos hechizos patéticos y arrogantes. No se atreven a aplicar las grandes teorías. Seré yo quien vaya más allá de los límites de lo posible. Llevo la magia en la sangre. Tengo derecho a ello.

Sam contempla la foto que tiene a los pies.

—También me vas a matar a mí.

—Sí. —Con unos dedos gruesos, Gates le acaricia el pelo a Sam. De pronto le agarra de los rizos con fuerza, para obligarlo a levantar la cabeza y echarla hacia atrás—. Es inevitable. Mira, no he sido tocado por la muerte como tú. Yo no puedo convertirme en un refugio confortable para almas errantes, y esa es la clase de poder que abre las puertas a toda clase de posibilidades matemágicas. Tienes que ser tú quien lo haga.

Sam deja de mirarlo con tanta furia.

—Entonces, deja marchar a Charlie. Él no tiene nada que ver con esto.

—Me temo que eso no es posible. Sabe demasiado y, si algo va mal contigo, voy a necesitar un repuesto. —Un feliz Gates sonríe amplia y cruelmente—. Pero si esto funciona, será testigo del avance más importante en el campo de las matemágicas de los dos últimos siglos. —Me mira y guiña un ojo—. Qué suerte tiene el cabrón, ¿eh?

Gates saca su cuchillo. Grito, creyendo que va a rajar a Sam, pero Gates se hace un corte en la mano y, tras apretar el puño, su sangre mancha el suelo. A continuación, va de aquí para allá alrededor de la estructura de cobre, agachándose para redibujar con su sangre las marcas de trampero del suelo. Cuando completa la tarea, coloca unas botellas trampa, que saca de su bandolera, en los soportes que hay para eso en la estructura, cuyas partes inferiores se apoyan en los arcos metálicos. Dentro de uno de los soportes ya hay restos de una botella rota. En la estructura, hay sitio para quince botellas en total; dieciséis si incluimos el bucle de muerte de Simon.

Se me hace un nudo en la garganta por culpa del pánico. Todo lo que le ha dicho Sam a su padre, así como las palabras de Gates: «Tienes que ser tú quien lo haga», cobran al fin sentido. Por fin entiendo por qué Rachel huyó.

Los videntes, como Sam y yo, somos la solución del teorema.

Caminamos por una extraña línea que divide la vida y la muerte. Tal y como el emperador me dijo, la gente normal es tan insustancial como el aire para los fantasmas, pero los cuerpos de los videntes sí tienen una solidez física fija. Gracias a esa misma estabilidad, nuestros cuerpos de carne y hueso pueden establecer vínculos entre múltiples bucles de muerte y darles sustancia, darles algo a lo que aferrarse para que no se desmoronen.

Sin duda, mañana no voy a hacer mis exámenes. He estado dos años estudiando para sacarme el Certificado General de Educación Secundaria, con el fin de prepararme para un futuro que no voy a tener.

Tras colocar el mango de su cuchillo por encima de una de las botellas, Gates se detiene, susurra algo y la golpea. La botella se hace añicos.

Los olores cambian; percibo el intenso olor a electricidad estática del ozono y un sabor a hierro, como si me estuviera lamiendo un corte que me hubiera hecho dentro de la boca. Algo repugnante y destrozado se desliza por el arco de cobre. Los bucles de muerte fusionados sufren una sacudida en cuanto santa Margaret aparece dentro del multibucle, con los brazos y piernas en cruz; tiene el cuerpo aplastado, los miembros rotos.

Un impaciente y entusiasmado Gates sonríe de oreja a oreja; sí, se siente muy seguro de sí mismo. Me doy cuenta de que nunca atenderá a razones, nunca se detendrá, nunca parará, porque sabe lo que quiere y le da igual a quién se lleve por delante.

En el suelo, los círculos mágicos de trampero brillan con un color rojo. El multibucle se deforma. Rachel, Simon y santa Margaret revolotean dentro de la estructura, chillando. No puedo taparme los dos oídos porque sigo teniendo la muñeca atada a la mesa. Sam arruga el ceño y, como yo, intenta no escuchar el chillido agónico que retumba por el laboratorio. No puedo pensar en otra cosa. Solo quiero que pare.

Y para. Un zumbido eléctrico ocupa su lugar; primero, sube de tono; luego, baja; y, por último, se mantiene.

Gates me mira detenidamente.

—¿Lo estás viendo, chaval? Uno menos, quedan trece.

35

Dieciséis almas

Cada vez que hace añicos una botella con el cuchillo, hago un gesto de dolor. Uno a uno, los muertos acaban atrapados en la estructura de cobre y recorren los cables que llevan hasta el centro del multibucle; de este modo, el arma va cobrando forma alma a alma.

Simon cae, la cuerda se tensa, su cuerpo se balancea.

La sangre mana por los brazos de Rachel.

Santa Margaret lanza un grito ahogado bajo una pesada puerta de madera.

Un joven guapo grita cuando lo abren en canal y le arrancan los intestinos.

El conde Percy cae de rodillas, con una flecha clavada en el hombro.

Peter Rawley recibe un golpe en la cabeza que le destroza el cráneo.

Una joven es aplastada por la rueda de un carro.

Lady Peckitt está tumbada, boca arriba, sufriendo convulsiones.

Inge de Jorvik llora cuando unos latigazos le desgarran la espalda.

Una cría, que parece más un esqueleto que una niña, no puede moverse porque está muy débil.

Sir Danville está ahorcado, la caída le ha roto el cuello.

Por la boca del rey Aelle, surge un grito silencioso mientras le arrancan la piel de la espalda, le rompen las costillas y se las separan.

El emperador Septimio Severo se agarra el pecho, con el rostro deformado por la agonía.

Unas burbujas de espuma brotan de las comisuras de los labios azulados de Ollie, en los que hay dibujado un gesto de dolor.

Heather se aprieta la tripa mientras la sangre se le escurre entre los dedos.

Una bala le destroza la cara al señor Harrow.

Dieciséis almas parpadean en bucle en un torrente de muerte y desesperación, que se rompe y reconstruye. El frío aumenta. El crepitar eléctrico tiene un tono tan agudo y frenético que recuerda al chirrido de un motor al que se le exige demasiado. Unas fisuras brillantes que desprenden chispas atraviesan a los fantasmas atrapados en el bucle, añadiendo así un calor repentino al aire gélido.

Dieciséis almas.

El terror se abre paso violentamente por mis nervios, ya que me doy cuenta de que aún falta uno de los fantasmas raptados. ¿Dónde está Audrey? El miedo que siento se mezcla con la pena. Gates la secuestró, pero todavía no la ha metido en el multibucle. ¿Y si ya la ha destruido como destruyó a Alice la Loca y Peter el Harapiento? No, no puede haber… sido aniquilada sin más.

Gates se quita el abrigo, la bandolera y la camisa, y luego se coloca la punta del cuchillo sobre el pecho. La sangre gotea por su torso desnudo. Dios, se está tallando una trampa para fantasmas en la piel. El fulgor de color óxido de los bucles de muerte ilumina su rostro impaciente. Ahora tiene mirada de loco, como si estuviera en pleno subidón de alguna sustancia.

Con su corpulenta silueta recortada por la luz del brillante multibucle, extiende lentamente los brazos. Las marcas de trampero talladas en el suelo se mueven en espiral, como si fueran unos engranajes gigantes. El siseo de las chispas eléctricas tapa los cánticos que entona. La trampa para fantasmas que se ha grabado en el pecho comienza a brillar al rojo vivo, como la punta de un cigarrillo.

El chirrido que rasga el aire baja de tono cuando un colosal rayo atraviesa el multibucle. Gates ya no sonríe. Tiene el ceño fruncido. Aprieta los labios de dolor. Alza la mano y chasquea los dedos en dirección hacia Sam.

La brida sale disparada de la muñeca de Sam, que así queda suelto.

Pero ¿qué...? Rápidamente, intento darle un sentido a lo que acabo de ver. Sí, domina la telequinesis, como la Bruja Escarlata o Jean Grey. ¿Cómo es eso posible?

Con lo que ha dicho antes de que él no podía ser «un refugio confortable para almas errantes», se refería a algún tipo de posesión. Se ha grabado las marcas de una trampa en su propia piel, así que está intentando que las almas se queden atrapadas dentro de él, ¿no?

No, no directamente. De alguna manera, sus cánticos, los símbolos del suelo y la trampa para fantasmas que se ha dibujado en el pecho le permiten absorber la energía fantásmica que generan las almas fusionadas en el bucle, arrancándola así de ese sistema. Y eso le está convirtiendo en una especie de hombre-X superpoderoso capaz de dominar la telequinesis.

Ese es el avance en matemágicas del que hablaba antes. No quiere vender el multibucle como un arma, sino que quiere convertirse en un arma, en un humano superpoderoso que extrae energía de los muertos. Si ya es capaz de romper unas bridas de plástico con solo chasquear los dedos, ¿en qué se convertirá cuando la energía de las dieciséis almas esté dentro de él?

¿Será una bomba con patas capaz de arrasar ciudades? Podría destruir York en un visto y no visto. Podría acabar con cientos de miles de vidas por puro capricho. Podría chantajear a los Gobiernos.

Por lo que dijo el emperador, daba la impresión de que, si lograba poseerme, él sería quien tendría el control; pero esto es distinto, estos fantasmas están atrapados, no son más que unas baterías. Están indefensos ante lo que les está sucediendo.

—Ven aquí —le ordena Gates a Sam.

Sam se pone en pie temblorosamente, frotándose las muñecas. Dios, qué mala cara tiene, pero cómo le brillan los ojos.

—¡No lo hagas! —grito.

—No me queda más remedio. —Sam cierra los ojos un instante y entonces los abre—. Uno de nosotros tiene que estabilizar el multibucle o las ataduras contiguas se harán pedazos y todas las almas de ahí dentro serán destruidas.

No sé qué es una atadura contigua, pero me hago una idea.
Si uno de nosotros no entra en el corazón del multibucle, con el fin de que nuestro cuerpo de carne y hueso estabilice los vínculos entre los distintos fantasmas, el multibucle entero se autodestruirá. Eso es una mala noticia para Gates, pero todavía peor para las almas atrapadas en el sistema.

En solo unos minutos voy a perder a Heather y Ollie para siempre. Peter el Harapiento y Alice la Loca ya han muerto. Han sido aniquilados. No puedo permitir que eso le ocurra a nadie más.

Quien entre en el multibucle va a morir. El señor Harrow lo dejó muy claro. Sam sobrevivió a la fusión de dos bucles de muerte, pero ¿a dieciséis fantasmas uno detrás de otro? No, eso es imposible.

No quiero morir. Sí, realmente deseo vivir. Pero el que quede vivo tendrá que detener al arma en que se va a convertir Gates cuando tenga a dieciséis *poltergeists* superpoderosos atrapados dentro de él. Como Sam es más listo que yo y se le da mejor la magia, tal vez tenga alguna posibilidad real de vencerle.

Al tirar de la brida, se me rasga la piel.

—¡Voy a entrar yo! Sam, para. No seas gilipollas, voy a hacerlo yo.

Sam solloza intensamente. Ignora mi grito y camina hacia Gates y el bucle. ¿Lo hará picadillo al instante? ¿O será algo lento, en el que se enfrentará a esas muertes de una en una, en el que su propio fin se pospondrá hasta el último momento posible?

A pesar de que me resbala la muñeca por la brida porque la tengo llena de sangre, no logro sacar mi mano aplastada de ahí. No puedo soltarme. No puedo detenerle. Estoy llorando y las lágrimas me impiden ver con claridad. Sam está a punto de morir.

Entra en el círculo de símbolos situado en la base de la estructura de cobre y se para. Durante un segundo, creo que se va a dar la vuelta para mirarme y despedirse para siempre. Pero no lo hace.

36

El camino especular

Sam cae hacia atrás, lejos de los arcos de cobre y el multibucle que se está agrietando. ¿Cómo es eso posible? Ojos Plateados se encuentra sobre él, con los dedos doblados como garras. ¿De dónde leches ha salido? Agarra a Sam de la camisa y lo arrastra lejos de Gates y el multibucle.

Un ladrido. Dante pasa a todo correr a mi lado, dirigiéndose hacia Sam. El señor Broomwood sigue velozmente al perro, arrastrando el cinturón de su bata. Ophelia le pisa los talones y detrás de ella viene la señora Tulliver, pavoneándose y cabreada.

Ojos Plateados se esfuma y reaparece junto a mí. Aunque no puedo evitar encogerme de miedo, se limita a señalar la brida de mi muñeca y trazar un gesto en el aire perezosamente. La atadura se rompe. Me quedo mirándolo, alucinado y acojonado. No es un *poltergeist*. Al igual que ellos, es capaz de tocar cosas físicas, pero parece controlar esa habilidad, lo cual debería ser imposible. Además, ¿cómo puede ser tan fuerte?

Me indica que me ponga de pie, pero no puedo. Solo no. Me duele terriblemente la cabeza y me siento enfermo.

—¡Maese Frith! Gracias a Dios, temíamos llegar demasiado tarde —dice Villiers, quien me agarra en brazos y me da un beso en la frente que me raspa.

Tras haber visto que Sam está bien, Dante me lame la cara, gimiendo de emoción. Villiers también le está acariciando mientras le dice que es un buen perro y que, sin él, nunca nos habrían encontrado.

La señora Tulliver y Broomwood llevan a Sam al lugar donde estoy agachado. Me caigo sobre él y noto su pelo en mi frente, sus latidos sobre los míos.

—Eres un capullo, ¿lo sabes? —digo con voz entrecortada.

Me rodea con los brazos y mis lágrimas le manchan la camisa.

—Sí, soy lo peor.

—Primero escapad, ya os abrazaréis en breve —susurra Villiers, a la vez que nos ayuda a levantarnos.

El ascensor se está abriendo. Hay alguien más aquí. Alguien vivo. Creo que va a ser Mitch, pero ojalá no hubiera venido porque va a acabar herido, pero cuando la puerta se abre del todo, quien entra es Pelo Rapado. Sostiene una porra que no promete nada bueno, como la que suelen llevar los maderos, pero en vez de vestir con uniforme de policía, lleva una ropa oscura y un abrigo largo, como Gates. Según parece, los tipos espeluznantes a los que les van estas mierdas ocultistas tienen su propio código de vestir.

Ojos Plateados revolotea hasta colocarse a su lado.

Nunca he visto a un fantasma moverse así. Sí, los he visto aparecer y reaparecer, pero nunca tan rápido. ¿Qué es?

—Caleb Gates, vas a detener esta aberración —dice Pelo Rapado.

La energía que flota en el ambiente se vuelve más densa y la marca de la trampa del pecho de Gates brilla con más fuerza.

—Eres de La Mano —responde Gates.

—Soy Jan Liska. —Liska le muestra a Gates el tatuaje que tiene en la muñeca izquierda; acto seguido, señala a Ojos Plateados—. Y este es Dusan.

—¿Dusan? —pregunta Gates, con una mueca de desprecio.

—Como no podía recordar su nombre, escogió otro que le pegara.

Dusan mueve las manos y me doy cuenta de que está hablando en lenguaje de signos. Liska le traduce.

—Dice que, aunque tal vez seamos pocos, estamos muy bien relacionados. Meryem sabía que lo intentarías por otro camino.

—Meryem se puede ir a tomar por culo. Mi familia empezó todo esto.

El multibucle crepita y surge un relámpago del cobre que impacta en Gates, que ni se inmuta.

—Esta atrocidad está construida sobre unos susurros que no pudimos silenciar. Rachel Tussle fue quien empezó esto. —Liska inclina la cabeza ante Ophelia—. Y por muy nobles que fueran sus intenciones, los ocultistas no deben jugar con los secretos de La Mano.

—No podéis permitir que alguien mejore vuestros teoremas de mierda, ¿verdad?

—El camino especular es sagrado para los tocados por la muerte.

Dusan señala algo y Liska asiente.

—Dice que deseas esclavizar a los muertos en vez de pagar el precio que conlleva la simbiosis y la unidad de verdad.

—¡Oh, no me jodas! —exclama Gates—. Sí, preocuparse por la escoria humana es algo muy propio de La Mano, cuando solo importamos nosotros, los que tenemos poder. Nosotros deberíamos ser sus amos, no sus sirvientes.

—Yo no soy un sirviente —replica Liska—. Nosotros somos socios.

—Qué romántico.

—Si haces esto, te convertirás en un ser monstruoso, Caleb. Aunque sea posible dar ciertos pasos, no hay por qué darlos. —Liska nos mira a Sam y a mí, pero cuando habla, se dirige a Villiers—. Sácalos de aquí ya. Hagas lo que hagas, mantenlos lejos de la abertura.

¿Abertura? Se debe de referir a ese chisme del multibucle que tiene una jaula de cobre que lanza rayos. Al arma fantásmica.

Los fantasmas atrapados son ahora un horror que gira sobre sí mismo. Un pálido y boquiabierto Ollie se retuerce y fragmenta, para ser sustituido por Heather, luego por el emperador, después por Reid el Gaitero…

Me da que queda poco para que el multibucle se destruya. No es que sea un experto ni nada parecido, pero el chisporroteo chirriante que rasga el aire tiene un tono muy agudo, es como si el sistema ya estuviera en las últimas.

Liska se cuadra de hombros y gira la muñeca. La porra extensible que sostiene se expande al máximo. Gates se mueve; gira bruscamente la muñeca y la porra sale disparada de la mano de Liska, gira por encima de sus cabezas y acaba estrellándose ruidosamente contra el mostrador.

Gates se abalanza sobre Liska, mostrando los dientes, levantando el puño, pero este se queda quieto. Dusan sí se mueve, se dirige hacia Liska hasta que están tan cerca que se tocan. Entonces entra en él y su cuerpo entero es engullido por Liska, quien se lleva todo el impacto del puñetazo de Gates en la cara. Aunque la cabeza se le va violentamente hacia atrás, crujiendo como cuando un ladrillo se rompe, no cae. Gates lanza otro puñetazo, pero esta vez Liska se aparta a la derecha con un movimiento rápido y suave que juro que es inhumanamente veloz; acto seguido, se gira, pilla a Gates desequilibrado y le golpea en el pecho.

Villiers tira de Sam y de mí para apartarnos mientras Gates cae sobre el botellero; una lluvia de botellas trampa cae sobre él, las cuales revientan al chocar contra el suelo. Puedo percibir que el fantasma está dentro de Liska, como una sombra bajo su piel. Ahora los dos tienen los ojos plateados.

Sí, la posesión es posible. Y en este instante me doy cuenta de que esto era lo que quería Gates: poseer una velocidad, una fuerza y un poder inhumanos, pero ha ido demasiado lejos.

¿Quién tiene el control cuando Dusan posee a Liska? No puedo saberlo, pero estoy seguro de una cosa: son más fuertes juntos y colaboran como iguales.

El aire se espesa, la magia grita. Las pocas botellas que quedan intactas tintinean en el botellero, un estruendo al que se suman las esquirlas de unas botellas rotas. Hay un olor raro en el aire; una peste intensa a sustancias químicas. Liska cae; al parecer, le cuesta respirar; a continuación salta hacia arriba y las esquirlas de cristal vuelan hacia Gates, quien las desvía.

¿Y si Gates al extraer energía de la abertura para luchar contra Dusan y Liska está provocando que los bucles de muerte de su interior se fragmenten más rápidamente?

Sí, ese es su objetivo. Lo están obligando a defenderse mientras Sam y yo escapamos. No hacen esto porque se preocupen por nosotros, ni porque tengan un plan para salvar a los fantasmas atrapados, sino porque quieren impedir que Gates absorba la energía fantásmica y se convierta en un arma viviente. Intentan que agote con rapidez la energía del multibucle, para que este se fragmente. Heather, Ollie y los demás serán aniquilados, borrados de la existencia.

Pero no hoy.

De alguna forma, tengo que destruir el multibucle y desconectar el sistema sin hacer daño a las almas que hay dentro. Debe de haber alguna solución que ni estabilice el teorema ni canalice el poder hacia Gates. Ophelia dijo que era posible liberar a un alma de un bucle de muerte si se le recordaba que estaba muerta. Pero ¿cómo? Si dentro de un bucle de muerte a duras penas soy capaz de recordar quién soy, ¿cómo voy a salvar a nadie?

Miro más allá de Liska y Gates, quienes siguen enzarzados en su lucha, y de los añicos de cristal que giran en el aire, y veo que Ophelia se encuentra junto al bucle parpadeante, estirando el brazo hacia su familia perdida. Detrás de los arcos de cobre, la cara de Rachel se mantiene unos pocos segundos y juro que me está mirando directamente.

Salvo que ya no es Rachel.

Durante medio segundo, estoy contemplando el fantasma de alguien que sé que no está atrapado en el multibucle. ¿Es un truco o algo así, o me estoy imaginando cosas? Pero ahora veo el parecido, no puedo dejar de verlo. Da igual que tenga un pelo distinto, una ropa distinta, que todo en ella sea distinto, joder.

Pero es ella. Siempre ha sido ella.

Y eso lo cambia todo.

—Sé cómo detener esto —le grito a Sam sobre el crepitante zumbido del multibucle.

Él me agarra de las manos y creo que va a discutir conmigo. Pero en vez de eso, asiente.

—¿Qué hacemos?

Habla en plural, como si fuéramos un equipo.

Podría besarlo.

—Tenemos que entrar en el multibucle para liberar a las almas. —Intento que parezca que tengo mucha confianza en mí mismo—. Puedo hacerlo, pero me olvidaré de quién soy. Siempre me pasa lo mismo. Así que, cuando entremos ahí, necesitaré que me recuerdes quién soy.

—Vale —responde Sam, como si fuera así de sencillo. Me aprieta la mano aún más. Joder, qué valiente es.

Villiers tuerce el gesto.

—Maese Liska expresó con mucha claridad que no debéis entrar en la abertura.

—Moriréis —señala la señora Tulliver, al mismo tiempo que Broomwood grita algo acerca de que soy un chaval muy idiota.

Nos arriesgamos a darle cierta ventaja a Gates, pero si tengo razón, eso dará igual.

—Confiad en mí —les digo.

Villiers contempla el multibucle como si se le estuviera partiendo el corazón y, acto seguido, asiente.

—Que nuestro Señor os bendiga y proteja a ambos.

Sam y yo, más que correr, nos agachamos y avanzamos con dificultad, pegados a las paredes de la habitación. Sam lanza un grito ahogado cuando un trozo de cristal que vuela por el aire le roza la frente; tras limpiarse la sangre, seguimos avanzando.

Liska lanza un grito. Dusan se mueve dentro de su piel. Nos gritan de nuevo; en sus ojos plateados, se reflejan el pánico y la furia. Gates los obliga a retroceder de un golpe. Estamos a solo unos segundos de llegar a la abertura. Aunque unas descargas eléctricas recorren mis miembros, solo noto una levísima electricidad estática. Es el frío lo que hace que sienta dolor. Nuestro aliento se transforma en unas densas nubes blancas.

Algo me golpea en el pecho y no puedo avanzar más. Sam también se tambalea. El aire se espesa y cuesta mucho atravesarlo. ¿Quién está provocando esto?

Liska y Dusan. Tienen extendido un brazo, con los dedos doblados como si nos estuvieran agarrando. Gates hace un gesto brusco. La presión pasa a ser un calor abrasador que hace que el aire que los rodea brille. Aunque bloquean el ataque bastante bien, están sudando, la sangre les recorre la cara y aprietan los dientes, muy concentrados.

Algo metálico los alcanza; los restos retorcidos del botellero. Sam y yo nos caemos de bruces cuando Dusan se abalanza sobre nosotros y su cuerpo se separa del de Liska. Empujo a Sam, que está delante de mí. Pongo las manos, que me escuecen, por delante, amortiguando así mi caída.

Alzo la vista hacia Sam. Estoy a un metro de los arcos de cobre, pero Sam ha aterrizado sobre el círculo de marcas de trampero que rodean la base del multibucle. Dusan me tiene agarrado de la prótesis izquierda. Aunque le doy una patada, no logro que me suelte.

Detrás de él, Liska está recibiendo hostias como panes. Sin la fuerza ni la velocidad de Dusan, no es rival para Gates y me doy cuenta de que sacrificará su vida si debe hacerlo para detener esto. Eso hace que me remuerda la conciencia, pero no me da tiempo a explicarle mi plan.

Dusan tira de mi pierna y me alejo del multibucle. ¡NO!

De repente, Villiers aparece, agarra a Dusan del cuello por detrás y me lo quita de encima. Dusan titila y se esfuma, para reaparecer detrás de Villiers, a quien hace volar por los aires de un golpe. Pero Broomwood, Ophelia y la señora Tulliver sustituyen a Villiers y arremeten contra Dusan.

—¡Vamos! —grita Broomwood.

Sam tira de mí para que me levante. Nuestros cuerpos atraviesan la superficie de la abertura. Mientras caemos en los fragmentos de unas vidas vividas y perdidas, lo último que oigo es el grito triunfal de Gates antes de que el mundo entero chille.

37

Nightingale

Hace un frío tremendo, unos fragmentos de hielo se me clavan directamente en el tuétano, me duelen los dientes y se me agrietan los labios. Unas manos me arañan la cara y el pelo. Me doy la vuelta y me pongo en pie.

Estoy en una calle, solo. Esto es York, reconozco los edificios, a pesar de que carecen de sus escaparates modernos, de que no hay ni anuncios ni luces parpadeantes, ni tampoco coches. El aire huele a otoño y estiércol. Una joven, cuya cara refleja que está harta de vivir, me observa. Es Millie. Entro en la carretera para dirigirme hacia ella. Se oye el traqueteo de un carro al pasar por encima de los adoquines. Algo me empuja hacia atrás.

No, tira de mí.

Un hombre con un aliento apestoso me rasga mi vestido de lana. Lo conozco y lo odio. Me llama traidora, puta, bruja. Inge me agarra la mano, aprieta los dientes ante el primer restallido del látigo.

Avanzo con dificultad. La tierra que hay bajo mis dedos se convierte en un fino lino, empapado de sudor. El aire hiede a enfermedad y vejez, es la peste de un cuerpo que muere. Me pesan los pulmones, lanzo un estertor cada vez que respiro y la tensión viene acompañada por el miedo y la tristeza.

Me quito las mantas de encima. He venido aquí en busca de alguien.

Una cuerda me raspa la cara cuando el verdugo me desliza el nudo por la cabeza.

¡No! Sus muertes no son la mía. Caigo en la oscuridad hasta aterrizar en el aparcamiento de un hospital. Estoy exhausto y llorando porque ese crío va a morir y es culpa mía. No me fijo en el hombre que sale de los arbustos junto al sendero hasta que me ataca. Me duele la mano. Noto algo cálido y húmedo que me mancha la ropa. Puedo oírle gritar, ¿o soy yo?

Unas manos me aprietan. Estoy en un bosque, junto a un campo abierto repleto de cuerpos putrefactos. Una bandada de cuervos traza círculos en el cielo y desciende para dar picotazos a los muertos. Me domina el miedo, tengo las muñecas y los tobillos atados, estoy descamisado, desnudo y dolorido. Me hacen los cortes lentamente, y una agonía intensa me recorre la

columna vertebral a ambos lados. A continuación me arrancarán la piel de la espalda, me romperán las costillas una a una…, nunca sobreviviré.

La brisa me acaricia el rostro sudoroso. Huele a fuego y sé que toda esperanza está ardiendo. No debería haber venido aquí. No soy lo bastante fuerte. Nunca lo he sido.

Hay una boca sobre la mía, que me aplasta tanto los labios que sangro. Sabe a sal y hierro. La cuerda se desliza por mis muñecas. Como ahora tengo los pies sueltos, me adentro en el bosque, agarrado a Sam; un muchacho ahogado en busca de tierra firme. Noto el calor de sus manos a través de la ropa.

—Charlie —susurra, a la vez que detiene la caída de una lágrima por mi mejilla con el pulgar.

No soy un rey llamado Aelle ni un hombre llamado Simon. No soy una mujer llamada Heather ni una niña llamada Millie.

Soy Charlie y aún no ha llegado mi hora.

Recuerda que tienes que ayudarlos.

Agarro a Sam de la mano.

—Tenemos que dar con Rachel.

Aunque el tiempo se retuerce sobre sí mismo, ahora controlo la situación. El multibucle cambia siguiendo mis órdenes. Los árboles humeantes y el puto campo de batalla se transforman en las ruinas de Saint-Lô. Rachel, que está inclinada hacia delante, levanta la vista y nos mira con unos ojos enrojecidos. ¿De verdad es ella? Me arrodillo, le echo el pelo hacia atrás y veo otra cara en sus huesos.

—¡Audrey! —susurro, mientras la zarandeo con la mayor delicadeza posible—. Audrey, soy Charlie.

Tose.

—Me llamo Rachel…

—Lo sé, lo sé, pero ahora te llamas Audrey. —Estoy arrodillado en un charco de sangre. ¿Es mía? ¿O suya? Eso no importa—. Estabas huyendo de esos tipos, ¿vale? Cambiabas de identidad todo el rato y, cuando moriste, bueno, supongo que de forma instintiva seguiste escondiéndote. Te convertiste en otra persona por un tiempo, por si acaso seguían buscándote.

Los fantasmas se recuerdan a sí mismos. La ropa que visten y su aspecto se inspiran en cómo eran cuando estaban vivos. Si tienen el control suficiente y la autoconciencia necesaria, son capaces de cambiar de aspecto, como hizo Ophelia cuando rompí su atadura. No es normal que alguien cambie tan radicalmente como lo hizo Rachel, pero no conozco a ninguna otra alma que sea más consciente del dolor que conlleva ser humano.

—¡Charlie! —exclama Sam con una voz teñida de pánico. Unas sombras oscuras se están juntando en la esquina, fundiéndose para dar forma a dos hombres. Saunders y Harrow.

—En realidad, no están aquí —afirmo, sin estar seguro de si le estoy hablando a Sam o a Rachel, o si intento evitar que el pánico me domine—. Todo esto es un recuerdo.

A Sam le sangran otra vez los brazos. Soy consciente únicamente a medias del calor húmedo que desciende por mi espalda destrozada.

—Moriste aquí —le digo—. Esos hombres te asesinaron.

—No —contesta Rachel, cerrando los ojos con fuerza.

—¡Sí! Escucha, por favor. Ya hemos hecho esto, pero yo solo era un crío entonces. Caí en tu bucle en Saint-Lô. Estaba asustado, ¿lo recuerdas?

—Me gritaste.

—Sí, ¿te acuerdas de lo que dije?

Abre los ojos, que están llenos de lágrimas.

—¡Estás muerta, estás muerta, estás muerta, estás muerta!

—Estás. Muerta. —Hago hincapié en cada palabra—. Pensaba que Audrey me había sacado de tu bucle, pero tú eres Audrey. Yo te salvé, pero estaba tan asustado que enterré los recuerdos sobre lo que había pasado. Viniste a York conmigo, ¿recuerdas? Seguramente, para proteger el laboratorio de tu padre...

—Quería contártelo todo, quería avisarte de lo que pasaba y pedirte que entraras en la capilla —contesta Rachel, y me parece atisbar a Audrey en su cara y su voz—, ya que así habría sabido al fin qué le había pasado. Pero no estabas preparado, Charlie, y quizá yo tampoco lo estaba. Era muy peligroso. El teorema de restauración no se puede usar, jamás podrá ser...

—Ya ha sido usado; ahora mismo, estamos dentro de un multibucle. Sabías que esto podría pasar y me dejaste un mensaje en el que me pedías que me acordara de Saint-Lô, que me acordara de este momento y de cómo te liberé. Pues bien, lo he recordado, así que aquí estoy otra vez, contándote lo que te conté entonces, que estás muerta, Rachel Tussle, que estás muerta y eso significa que eres libre.

—Soy libre —susurra—. Todos somos libres.

Me levanto a la vez que ella. Otras figuras entran en el sótano y se reúnen como si fueran sombras, con unas caras estiradas y distantes. Ollie y Heather están aquí, uno a cada lado de la pequeña Beth. El señor Harrow se encuentra junto a su hijo; en su rostro, se mezclan de un modo complicado el orgullo y el arrepentimiento. Sam lo mira fijamente, con los ojos llenos de lágrimas; entonces, me tiende la mano. Se la cojo y me siento más fuerte.

—Estáis muertos —les digo a todos—. Esta es una trampa construida para robaros y utilizar vuestra energía. El hombre que la está absorbiendo hará daño a la gente, pero ninguno de vosotros tiene por qué quedarse aquí.

—Yo sí —afirma el señor Harrow—. Este es mi proyecto, mi legado.

Las demás almas se arremolinan, confusas y asustadas. La pequeña Beth se echa a llorar mientras los bucles cambian a nuestro alrededor, las paredes de ladrillo se derrumban y dan paso a unos montones de harapos sobre unos tablones, a una sangre que cae a gotas sobre unas hojas mojadas, a una calle empedrada, a una cama con dosel con unas cortinas pesadas, a una cámara con azulejos brillantes, a los colores de cada lugar que giran hasta mezclarse en uno solo.

—Charlie, puedo ver el laboratorio —dice Sam.

Tiene razón. Los límites de este lugar se desdibujan. Logro atisbar a duras penas la habitación que nos rodea, las figuras que se mueven más allá de las siluetas de los arcos de cobre.

Las ropas rotas de Rachel se convierten en un traje de falda a medida, su cara recobra su esplendor; sus labios, su color rojo habitual. Ahora tiene el pelo más rubio y unos rizos perfectos.

Rachel sonríe con la sonrisa de Audrey.

—Charlie, lo has recordado.

Asiento.

—Tú también.

—Gracias.

—La próxima vez no seas tan puñeteramente críptica, ¿vale?

—No tengo más secretos. —Se vuelve hacia el grupito que nos rodea—. Agarraos a los videntes.

Los fantasmas extienden los brazos hacia nosotros. Tengo a Heather a un lado y a Ollie al otro. Al ver a su padre, Audrey cambia de aspecto para ser Rachel de nuevo. Ahora controla totalmente su apariencia, más que cualquier otro espíritu que jamás haya conocido. Ella coge a Sam de una mano y a Simon de la otra. Ollie se aferra a Millie, quien agarra a su vez a Reid el Gaitero, quien está abrazando a la pequeña Beth. Rawley me coge del hombro. El conde Percy me agarra de la manga con unas manos tensas, con cara de desesperación. Le dejo que lo haga. El resto de los Viejos Decrépitos murmuran y discuten entre ellos.

—¡Agarraos! —les digo.

Una luz cruza mi campo de visión en zigzag. Detrás de ella, están los azulejos blancos y el cromo brillante del laboratorio. Miro a Sam para comprobar si está listo, y, uno al lado del otro, salimos del multibucle guiando a los muertos que tenemos detrás.

No todos nos siguen.

38

Todo se desmorona

Todo sucede a la vez.

Abandonamos la abertura en medio de una descarga de energía fantásmica mientras el multibucle se fragmenta. Fragmentos de voces de otro mundo gritan cuando un torrente de muertos pasa junto a Sam y a mí, retorciéndose como una cuerda para entrar en Gates. Su cuerpo se eleva del suelo, donde estaba tumbado e inmóvil. Tiene los ojos y la boca muy abiertos, como si estuviera gritando.

El cobre se astilla, surgen chispas, el calor y la luz crepitan y una onda expansiva me golpea y me lanza hacia delante; caigo de cabeza hasta chocar contra Sam. Gates está ahora erguido, flotando a un metro del suelo. Las almas perdidas se retuercen dentro de su piel, y unos destellos de energía fantásmica dejan en el aire un olor similar al del metal y la sal. Sus ojos brillan con un color plateado. Unas ondas atraviesan su carne.

¡No! Esto no debería estar pasando. No hemos muerto, sino que hemos liberado a los fantasmas al abrir y romper el multibucle. Heather está aquí, al igual que Ollie, Rawley, Millie, el conde Percy, la pequeña Beth y Reid el Gaitero. Villiers y Reid están abrazados, besándose apasionadamente. Ophelia abraza a Rachel y Simon con fuerza.

Pero no los hemos salvado a todos.

Sam está temblando, tiene la ropa empapada de sangre. Miro hacia abajo. La mía está igual. Por eso tengo la espalda mojada y pegajosa. Hemos sangrado dentro del multibucle. Esa sangre de vidente ha debido ser suficiente para estabilizar el teorema y para que el sistema aún tuviera energía. El señor Harrow prefirió su proyecto a ser libre, y la mayoría de los Viejos Decrépitos eran demasiado testarudos y obstinados como para seguirnos.

Ahora se han convertido en algo terrible.

Gates se mira las manos como si fuera un recién nacido que ve el mundo por primera vez. Aprieta frenéticamente los dientes al mismo tiempo que sonríe ampliamente; entonces, junta las palmas de las manos y la presión del aire cambia. Mis oídos están a punto de estallar. Extiende los brazos de repente y una onda expansiva recorre violentamente la habitación, la presión nos mantiene a Sam y a mí pegados al suelo mientras los armarios a nuestro lado se fracturan, los tiradores salen volando y las puertas explotan en una lluvia de astillas afiladas.

¿Dónde están Liska y Dusan? No puedo verlos.

Un tirador metálico vuela hacia mi cara. Heather se lanza hacia delante. El acero inoxidable rebota en su brazo y se clava en la pared, agrietando los azulejos.

—Hostia puta —susurra, y se echa a reír.

Es una *poltergeist;* todos los fantasmas que hemos liberado de la abertura son ahora unos *poltergeists,* al menos por un corto espacio de tiempo.

Gates está temblando, quizá por la tensión que conlleva contener la energía fantasmal que hay dentro de él. Los azulejos salen disparados de las paredes. Unas grietas se expanden por el techo en zigzag. El edificio entero gruñe.

—Heather, saca a los chicos de aquí —grita Rachel.

—¿Y tú qué vas a hacer? —pregunta.

—Papá y yo tenemos que poner punto final a esto.

Ophelia le coge la mano a Simon y entrelazan sus dedos.

—Cuando te quedes sin energía, absorbe la mía hasta que esto termine.

Simon posa la mano sobre la mejilla de Ophelia.

—La tuya no, cariño.

—Somos familia —replica simplemente—. Vamos a hacer esto juntos.

Rachel la agarra de la otra mano, sonriendo con tristeza pero con determinación. Qué valientes son.

—Contad conmigo —dice Rawley, quien tiene su mirada furiosa clavada en Gates—. Lo entrené cuando era un chaval. Creo que, por esa razón, soy responsable de esto.

Cuando los cuatro *poltergeists* avanzan sigilosamente hacia Gates, agarrados de la mano, el suelo se ondula bajo sus pies. La presión del aire aumenta. La mesa se gira violentamente y gime. Por encima de nosotros, el techo cruje.

Un grito surge desde el rincón derecho más lejano del laboratorio, cerca del ascensor. Dusan está ayudando a Liska a levantarse de…, oh, mierda. El cadáver destrozado de Liska yace dentro del botellero de metal retorcido. Su fantasma se aferra a Dusan.

—¡Eh! —les grito.

Dusan nos hace una seña. Aunque no sé qué está diciendo exactamente, sí entiendo qué quiere indicarnos con tanta insistencia. Nos está diciendo que nos larguemos.

Quiero decirle que siento que Liska haya muerto, pero pasan a nuestro lado para enfrentarse a Gates. Liska, que está ahora totalmente erguido, parece estar menos conmocionado y tener la situación más controlada; en este instante, comprendo que sabe combatir tan bien que ni siquiera la muerte le impedirá participar en esta batalla.

Ollie lanza a gritos una advertencia. Me arrojo encima de Sam, intentando protegerle de los afilados azulejos que giran en el aire en dirección hacia nosotros. Pero Ollie levanta súbitamente los brazos y las corrientes de aire cambian, comprimiendo los azulejos hasta que estallan en un fino polvo.

—¿Habéis visto eso? —pregunta animadamente—. Soy básicamente un Vengador.

—No deberíamos quedarnos más aquí —dice Millie.

—Ya la habéis oído. ¡Largaos! —exclama Heather.

Sam y yo nos dirigimos al ascensor tambaleándonos, apoyándonos el uno en el otro. Se ha ido la luz, así que estamos jodidos. Nunca pensé que diría esto, pero ojalá hubiera unas escaleras. Los escombros vuelan por todas partes, pero Heather, Ollie y los demás nos protegen de lo peor. Unos fragmentos voladores de cobre, madera y piedra se deshacen en fragmentos inofensivos o cambian de dirección en el aire, dejándonos así el camino despejado.

Miro hacia atrás, hacia la abertura rota y veo cómo los seis fantasmas rodean a Gates. Un humo extraño brota de sus manos unidas. El aire a su alrededor brilla con un blanco cegador.

Los ladrillos crujen. El hormigón se deshace. Me cae una lluvia de polvo en la cara, que se me mete en la boca. Siento un dolor agónico en la espalda. Toso. Apenas queda aire que respirar. El suelo se mueve. Gritando, nos deslizamos por el ladrillo y la piedra, hasta detenernos, jadeando.

Creo que la casa de Sam se nos acaba de caer encima.

—¿Heather? —murmuro; a continuación, el polvo me cubre la lengua. Lo escupo.

Estaba sobre nosotros, con las manos por encima de la cabeza, como si estuviera sosteniendo el mundo.

—¡Empujad hacia arriba! —exclama—. ¡Mantened abierto ese agujero de aire!

Ollie, Millie, Reid el Gaitero y la pequeña Beth están a su lado. Los ladrillos se mueven y hay menos luz, pero todavía puedo distinguir sus caras; todos están haciendo un gran esfuerzo, todos están usando sus nuevos poderes para impedir que muramos aplastados.

—No... podré... seguir... así... mucho más —dice entrecortadamente Reid.

—Charlie —solloza Sam—. Tengo el hombro... No puedo sentir los dedos.

Noto en el cuello el calor que desprenden sus cortas respiraciones. Me duele la espalda una barbaridad porque algo se me está clavando como una cuña en las heridas que tengo en ella. En cuanto intento moverme ligeramente, Sam chilla.

Vale, mejor no me muevo.

—Aguanta —le digo—. Todo va a ir bien.

Una mentira descarada y estúpida. Los escombros se desplazan hasta bloquear el último atisbo de luz. Aunque en esta nueva oscuridad nadie menciona lo que todos sabemos que va a pasar, puedo oír a Leonie en mis pensamientos explicándonos la situación: «La amplificación de la energía fantásmica no dura mucho una vez que el *poltergeist* sale de la botella trampa».

Pronto, en algún momento, sus nuevas fuerzas les fallarán y Heather, Ollie y los demás *poltergeists* volverán a ser unas almas normales, cuyos cuerpos fantasmales atravesarán el mundo material. El agujero donde estamos atrapados se colapsará, aplastándonos.

—Confiad en mí, maese Reid —dice Villiers en medio de esa oscuridad polvorienta.

—Y en mí.

Ese es Broomwood, reconozco su tono melodioso por todas esas noches en las que le he oído echar pestes de algo.

—Si os esforzáis demasiado, vuestras energías se agotarán —les advierte Ollie—. Podríais tardar siglos en recuperaros.

—Eso no nos importa —afirma la señora Tulliver.

—Dolerá —afirma Heather, con un tono de voz que me indica que conoce perfectamente ese dolor.

Yo sabía que los fantasmas se podían hacer daño unos a otros, pero ignoraba que uno pudiera entregar su energía o esencia a otro. O arrebatársela por la fuerza. ¿Esto fue lo que los Viejos Decrépitos le hicieron cuando pensaron que se había excedido y debía ser castigada? ¿Por eso desapareció durante días o incluso semanas en cada ocasión, porque no se encontraba lo bastante fuerte como para poder mantener su esencia fantásmica unida?

—Coged un poco de muchos —dice una voz por encima de nosotros. No sé quién está hablando; reconozco la voz, pero no sé de qué.

Ahora se oyen más voces, diez, veinte o más, todas gritan su apoyo y les invitan a aprovechar su energía. Las percibo. Es un cosquilleo que me atraviesa la columna y las manos. Al menos, espero que esto sea una especie de sexto sentido y no un síntoma de que he sufrido una herida muy grave.

Me imagino unas manos fantasmales atravesando los ladrillos y el hormigón a nuestro alrededor, prestando a Heather y los demás las fuerzas necesarias para impedir que el techo se caiga y para que el agujerito por el que entra el aire siga abierto, y todo para mantenernos vivos a Sam y a mí.

En mis mejillas, las lágrimas se mezclan con el polvo y la sangre. Los fantasmas de York han venido aquí a ayudarnos.

39

Dos chicos en una habitación

—¡Mamáááá! —oigo gritarme al oído a alguien que tiene una voz aguda—. ¡Se está despertando!

Estoy en la sala diecisiete con un gotero en el dorso de la mano, por el que me están metiendo líquidos, antibióticos y, por cómo me siento, quizá también calmantes. Poppy está sentada en una silla al lado de mi cama. La agarro para darle un abrazo. Oigo un correteo y noto un peso sobre el costado cuando Lorna se sube a la cama junto a su hermana mientras no para de hablar a mil por hora.

No respondo. No puedo. Pero lo único que me hace falta es ignorar el dolor y abrazar a mis hermanas un segundo, porque nunca, en toda la vida, me he sentido más agradecido de ver a estas mocosas.

—Echadme una mano —digo—. Ayudadme a incorporarme.

Se divierten jugando con los botones de control y, entonces, la mitad superior de mi cama se eleva lentamente. Estoy tan tieso que apenas puedo moverme. Cuando lo intento, todo mi cuerpo, desde el cuello a la cadera, está muy duro y tenso.

—Ten cuidado, te han suturado las heridas de la espalda y te van a doler a poco que hagas —dice Heather, quien atraviesa las cortinas que rodean mi cama. La tela no se mueve; ya no tiene poderes de *poltergeist*.

Abro la mano y sus dedos se entrelazan con los míos. ¿Se dibuja una sonrisa en sus labios que, de alguna forma, abarca el orgullo y el amor y la historia de todo lo que hemos pasado?

—¿Podrás perdonarme, Charlie?

Parpadeo para contener las lágrimas.

—Si tú puedes perdonarme a mí, sí.

Lorna me mira con el ceño fruncido.

—¿Tu gente invisible está aquí?

Dudo. Heather arquea una ceja. Recuerdo que las niñas dijeron que podían «notar que los fantasmas estaban ahí», pero ahora mismo el cerebro no me da para más.

—Solo uno de ellos —contesto, sin dejar de mirar a los ojos a Heather—. Es la doctora Heather Noble y me ha salvado la vida. Básicamente, es una superheroína.

Lorna sonríe de oreja a oreja.

—Mola.

—Hay muchos más fuera —susurra Poppy.

—¿Más fantasmas? —pregunto.

—Ya conoces a Broomwood. —Heather se encoge de hombros—. Consiguió reclutar a unas cuantas almas bondadosas para rescatarte. Después de todo lo que pasó, ha corrido la voz y ahora casi todos los fantasmas de York saben lo que Sam y tú habéis hecho por ellos. También habéis despertado su interés, obviamente. Desde hace horas, las almas libres están viniendo al hospital en masa. Ollie y Dante están fuera recordando a esas hordas que no deben acercarse a esta sala y deben dejarte tranquilo.

—¿Dónde está Sam?

—Su madre ha conseguido que le den una habitación privada al fondo del pasillo. Villiers y Reid están en la puerta, vigilando.

—Pero ¿está herido? —pregunto, preocupado—. Su hombro…

Se ajusta el cordón de su identificación del hospital. Cuando habla, lo hace con la experiencia y la autoridad que tiene por ser una profesional de la medicina.

—Además de las heridas del cuello, que indican que ha sufrido un ahorcamiento parcial, de la fractura de nariz y de las laceraciones profundas en ambos brazos, ha sufrido una luxación anterior del hombro derecho y una fractura compleja en el antebrazo derecho. Ayer lo operaron para reducir las lesiones y cerrar la herida. No ha habido complicaciones. Está estable.

Me muevo inquieto en la cama, pongo mala cara cuando el dolor me atraviesa la espalda.

—¿Puedo verlo?

Tuerce el gesto.

—Está… Necesita un poco de tiempo. Acaba de perder a su padre. Dos veces. Y le han dado muchos calmantes; es demasiado, está sobrepasado.

Lo entiendo. Algo así, lo que ha visto, lo que ha hecho, lo que se le ha hecho, no desaparece sin más. Pero… ¿y si esa sensación de que esto es demasiado nunca se va? ¿Y si necesita marcharse para no volver a verme jamás? Estoy dispuesto a levantarme de la cama e ir hasta el fondo del pasillo, me da igual cuántos fantasmas haya ahí fuera, pero no puedo obligarle a verme si no quiere. Todos tenemos nuestros límites y tengo que respetar los suyos, por mucho que me duela.

Alguien aparta la cortina que rodea mi cama. Es mamá, quien me besa en la frente.

—Gracias a Dios, gracias a Dios. —Me vuelve a besar—. Papá viene de camino, acaba de dejar a tus primos con Chrissie. Sí, sí, ha vuelto a casa, está respondiendo bien al tratamiento. ¿Cómo te sientes? ¿Quieres que llame a una enfermera?

Tiene más marcadas las patas de gallo por culpa de las preocupaciones. Estará pensando en que han estado otra vez a punto de perderme.

—Te quiero, mamá, y lo siento.

—Oh, Charlie, te quiero con toda mi alma. Y no lo sientas, no es culpa tuya. Gracias a Dios, te sacaron antes de que… —Lanza un sollozo y apoya la frente sobre mi mano durante un largo instante; luego, niega con la cabeza—. La policía manejó muy mal la situación. Todo fue un malentendido, no eres sospechoso de nada. Ahora afirman que nunca enviaron a un agente a nuestra casa.

Tiene sentido. Jan Liska se valió del uniforme para ganarse la confianza de la gente y acceder a ciertos sitios, pero nunca formó parte de la policía. Dusan y él fueron enviados por La Mano, sea quien sea esa gente.

—Eh, mirad quién está despierto.

Es papá. Tras dar dos pasos, ya está despeinándome y besándome en la coronilla. Las lágrimas hacen que le brillen los ojos. Lo abrazo lo mejor que puedo sin que se me estiren los puntos y nos quedamos así un rato.

—¿Alguien tiene un papel y un boli? —pregunto cuando nos separamos.

—¿Para qué? —pregunta mamá.

—Tengo que escribir una carta muy seria sobre cómo cuidar bien de las rosas del jardín.

—¿Estás seguro de esto? —pregunta Mitch.

Apoyo el brazo en sus hombros, procurando no torcerle las criptolentes, y me acomodo sobre el borde del colchón.

—Sí, colega. Hagámoslo.

Como la cortina que rodea mi cama está corrida a medias, rodeo con el otro brazo a Ollie y juntos me ayudan a ponerme en pie. Hago un gesto de dolor cuando me tiran los puntos.

—¿Serás capaz de mantener el equilibrio? —pregunta Leonie, quien parece estar mucho mejor hoy, pero transmite una cierta sensación de recelo que es nueva en ella. Ahora tiembla si oye un ruido fuerte y, por lo que ha comentado Mitch, duerme con las luces encendidas cuando logra pegar ojo.

Tras hacer una mueca y asentir, me sueltan. Intento dar un paso. Aunque me duele el torso entero, soy capaz de caminar con mis prótesis.

Por muy estúpido que suene, la versión oficial es que resulté herido cuando la casa de Sam se nos cayó encima. El derrumbe se produjo como consecuencia de una lenta fuga de gas que se topó con una llama; la explosión resultante desestabilizó los cimientos y derribó la casa de los Harrow y parte de la propiedad colindante.

Es una gilipollez tan enorme que creo que otro miembro de La Mano debe estar detrás, tapándolo todo. Ollie piensa que alguna autoridad vendrá a hablar con nosotros enseguida, pero por ahora nadie se ha presentado con ninguna respuesta, ni muerto ni vivo.

Y estoy decidido a obtener algunas respuestas, joder. Los periódicos han informado de que ha habido tres fallecidos: el empresario millonario Francis Lish Harrow, su empleado Caleb Gates y alguien que seguía sin ser identificado: Liska.

Hemos sufrido bajas. Hemos perdido a gente buena y valiente. Liska, Dusan, Peter Rawley, Rachel, Simon y Ophelia ya no están con nosotros. Heather me ha comentado que no han sido aniquilados, sino que se han disuelto; su conciencia, o aquello de lo que están hechos los fantasmas, sea lo que sea, se ha esparcido por toda la ciudad. Volverán, se irán reconstruyendo poco a poco, pero podrían tardar toda una vida.

Gates está muerto. Pero en mi mundo, que haya muerto no quiere decir que se haya ido. Si cabe la posibilidad de que su fantasma esté ahí fuera, necesito saberlo.

Pero primero quiero ver a Sam.

Ahora podría no quererme ni siquiera como amigo, y mucho menos como algo más. No pretendo forzar las cosas, pero sigo teniendo pesadillas que, en todo caso, han empeorado. Debo comprobar por mí mismo que está bien. Entonces le dejaré en paz.

Mitch me abre la puerta de la sala del hospital. En cuanto entro en el pasillo, me paro en seco como si me hubieran dado un puñetazo.

No me jodas. Heather no bromeaba. El pasillo continúa lleno de muertos, tanto de fallecidos recientemente como hace mucho; hay varios ciclistas, un hombre cubierto de polvo de ladrillo, una mujer vestida con un traje elegante. Roderick, el del Snickleway Inn, está charlando con un grupito de monjas. También hay un conjunto de nobles con golas, un hombre que viste una armadura completa, unas mujeres con el pelo enmarañado y las mejillas pintadas con colorete, unos fallecidos que llevan batas de paciente, una enfermera que lleva un reloj antiguo sujeto con un imperdible a su mandil, unos adolescentes que llevan unos vaqueros rotos y calzan unas Converse, y muchos muchos más, que ocupan hasta el fondo del pasillo.

Todos se giran a la vez para mirarme fijamente, y los murmullos dan paso al silencio. Aprieto los puños mientras deseo ser capaz de mantener el equilibrio.

—Abrid paso —grita Ollie—. El noble protector de los corpóreamente diferentes quiere pasar.

Me echaría a reír si no estuviera tan alucinado. Mientras los fantasmas retroceden para dejarme pasar, los doctores, celadores y pacientes vivos los atraviesan, pero ya no me siento tan inquieto al ver cómo ambos mundos (el de los vivos y el del más allá) se encuentran.

Unas manos fantasmales intentan rozarme cuando pasamos, pero lo hacen con suavidad, no intentan agarrarme. Con indecisión, extiendo los brazos. Los murmullos de agradecimiento se convierten en unos vítores entusiastas. Un anciano me coge de ambas manos en señal de agradecimiento. Unas mujeres me hacen una reverencia, de tal modo que sus prendas de seda y lana susurran. Algunos se agachan a mi paso, llevándose la mano al corazón.

Me siento al mismo tiempo atontado y a tope. No llores. No llores. Todo esto es demasiado para asimilarlo a la vez. Intento no temblar.

La señora Tulliver está ahí delante. Me detengo a saludarla y se sonroja. Agacho la cabeza para saludar a Roderick, el barman isabelino, y le doy las gracias entre susurros a los demás fantasmas que sé que entregaron una parte de ellos mismos para protegernos a Sam y a mí hasta que los bomberos y las ambulancias pudieron sacarnos de ahí. Alrededor de algún lugar de mi diafragma ha cobrado forma una burbuja de esperanza, gracias a la cual creo que tal vez, solo tal vez, ya no hace falta que tenga tanto miedo.

Una enfermera viva nos impide entrar en la habitación de Sam.

—Discúlpeme, pero esta es una habitación privada. ¿Quién es usted?

Noto una opresión en el pecho.

—Charlie. Soy un amigo de Sam.

—Lo siento, pero solo pueden entrar familiares.

—Él es de la familia —se oye decir a alguien por detrás de la puerta.

La enfermera la abre de un empujón. Sam está despierto, incorporado a medias sobre las almohadas, con Seamus, el gato de la señora Tulliver, acurrucado a sus pies.

—Es mi novio secreto.

Casi me ahogo al reír de felicidad. Noto cómo las chispas de una sensación cálida y suave se encienden dentro de mí, es como si a unas ascuas que se estuvieran apagando se les diera una ráfaga de oxígeno.

Mis amigos se quedan en la puerta, que se cierra a mis espaldas, ocultándonos así de las miradas curiosas de los impacientes muertos; de repente, estoy a solas con Sam. Tiene la nariz hinchada y los ojos morados. Lleva un brazo vendado y el otro enyesado; la escayola está llena de tornillos que sobresalen para unirse en una placa de fijación externa que le cubre todo el antebrazo.

Me mira fijamente, como si tal vez no quisiera volver a apartar la vista jamás.

—Espero que no te importe que esté aquí —murmuro—. Sé que querías estar a solas…

—Sube aquí.

Le da unas palmaditas a la cama y tuerce un poco el gesto cuando se aparta para dejarme sitio.

Me acomodo junto a él, acurrucándome con cuidado contra su cuerpo, y coloco la cabeza sobre su hombro ileso para no tener que tumbarme sobre mi espalda dolorida. Seamus abre un ojo, nos mira con cara de pocos amigos y se da la vuelta para continuar durmiendo.

—Así que te gustan los gatos, ¿eh? —digo.

—Más bien, él me ha adoptado —contesta Sam.

—Eso no le va a gustar a Dante.

Reina el silencio. Dejo que se prolongue un buen rato mientras disfruto, simplemente, de que estemos juntos.

Como creo que lo oigo susurrar algo, levanto la cabeza. Está llorando, unas lágrimas silenciosas caen por sus pómulos hinchados. No le digo que todo va a ir bien y que va a salir más fuerte de esta, porque la tristeza no funciona así. Lo único que puedo hacer es estar aquí con él, si él quiere. Sigue callado un rato más. Le dejo en paz.

—Mi madre quiere que nos mudemos a Italia en cuanto me haya recuperado lo suficiente. —Su voz retumba por su caja torácica—. Está buscando un piso en Florencia. Ahí hay una clínica privada de cambio de sexo que me aceptará y una universidad a la que podré ir.

—Oh. —Me cuesta mantenerme impasible, porque si quiere irse, no se lo podré impedir…, no se lo impediré. Quiero que esté allá donde necesite estar.

—¿Y tú qué vas a hacer ahora? —me pregunta.

Pues esto es lo que hay. Ha decidido que se va a marchar.

Cuando creo que puedo hablar sin venirme abajo, me incorporo y le miro a los ojos.

—Curarme. Estudiar porque, como me he perdido todos los exámenes para sacar el Certificado General de Educación Secundaria, quiero aprobar alguno en la próxima convocatoria y luego…

Dudo un poco.

El Charlie de hace un mes no habría dicho lo que voy a decir a continuación. Las últimas noches, no he pegado ojo pensando en ello, y da igual que Sam no vaya a estar aquí porque eso no cambia lo que necesito hacer. Estoy centrado en qué voy a hacer con esta vida que Heather me ha dado.

—Voy a preparar otra remesa de esa pintura para proteger las calles con ella —digo—. Da igual cuánto tarde. Voy a buscar libros sobre teoremas y a aprender a usarlos, aunque me cueste mucho. Voy a encontrar a Meryem y al resto de La Mano, sean quienes sean, estén donde estén, y aprenderé lo que pueda sobre qué supone ser un tocado por la muerte, o un vidente o como quieras llamarlo. Como ahora sé qué hay que hacer para liberar a los fantasmas de los bucles de muerte y todavía hay muchas almas atrapadas por toda la ciudad, voy a hacer lo que pueda por ellos. Y si otro trampero de almas como Caleb Gates aparece, seré yo quien proteja a los fantasmas de York.

—¿Aunque eso sea peligroso? —pregunta Sam.

—Sí. Dijiste que esto era un don, pero no lo es. Siempre diré que no lo es. Pero es lo que soy y está en mis manos decidir qué voy a hacer con ello. Todo esto ha hecho que me dé cuenta de que, al final, lo que realmente importa son las personas. Si puedo mejorar sus vidas, o vidas después de la muerte, entonces quiero intentarlo.

Sam me mira intensamente y deja de fruncir el ceño.

—Bueno, si vamos a proteger la ciudad entera, nos va a hacer falta una olla más grande.

Alzo la vista bruscamente.

—No voy a marcharme de York, Charlie. ¿Cómo podría hacer eso?

Oh.

Aliviado, estallo en carcajadas y me echo a llorar al mismo tiempo mientras me apoyo en él. Me besa en la mejilla, y yo me muevo para que mis labios se encuentren con los suyos. Él está tan blandito y calentito... Huele a cítrico y a sueño. Procuro recordarlo todo, grabando a fuego en mi memoria cada segundo que comparto con él porque tenemos una suerte de la leche de estar aquí y ahora.

Sam traga saliva. Le tiembla la barbilla.

—No estoy bien, Charlie, y... no sé si lo estaré, quizá no en mucho tiempo. —Sus dedos se encuentran con los míos—. Pero he estado hablando con Miri y me ha ayudado a darme cuenta de que mudarme a Florencia sería huir. Para mí, York fue un gran punto de partida. Ha sido el lugar donde he llegado a ser quien realmente soy, y aquí, contigo y nuestros fantasmas, soy yo mismo. —De repente, se le curvan los labios—. Además, todavía me debes una cita.

—Ah, sí. —Sonrío al notar cómo una sensación cálida se me extiende por el pecho: la promesa de que sonará una música orquestal y estallarán unos fuegos artificiales—. ¿Adónde quieres ir?

—A cualquier sitio donde no tengamos que forzar la entrada a una propiedad eclesiástica.

Me río de nuevo. Y lo beso otra vez, porque puedo, porque no estoy solo.

Nunca lo he estado.

Agradecimientos

Dicen que se necesita una aldea entera para criar a un niño. Un libro se parece mucho a un bebé: es una tarea ardua que requiere toda tu atención pero es increíblemente gratificante. Desde luego, para conseguir que Charlie y sus fantasmas acaben en manos de los lectores, han sido necesarios toda una comunidad y algunos giros de guion impresionantes.

En primer lugar, quiero dar las gracias a Palomi Kotecha por su apoyo y amistad infinitos. Sin ti, probablemente, estaría perdida en el bosque, preguntándome cuántos años tengo. Si logro cualquier cosa es porque me has recordado con firmeza que puedo hacerlo. Además, te agradezco aquella vez que me obligaste a comprar un móvil inteligente.

Gracias a aquellos que echasteis una primera ojeada a esta novela: la Prologue Preservation Society, Laura Bartlett y toda la gente de Curtis Brown Creative. Siento haber sido tan impaciente.

Gracias a Tash McAdams por creer en esta historia justo cuando yo más lo necesitaba, y a Cynthia Murphy, ¡la mejor mentora de escritores que existe! Gracias a Lee Newbury por ser un amigo maravilloso y una gran inspiración.

Les estaré eternamente agradecida a mis increíbles asesores en temas sensibles: a Reuben Thomas por afirmar que esta historia es adorable, y a Amber Sidbury y Dan Sidbury por sus consejos sobre la discapacidad de Charlie. Cualquier error o inexactitud es responsabilidad únicamente mía.

Gracias a Leonie Lock, mi maravillosa editora, por la pasión que has mostrado por *Dieciséis almas* y las reuniones por Zoom en batamanta, por los asombrosos consejos editoriales y (sobre todo) por tu amistad.

Gracias a Becka Moor, mi encantadora maquetadora, por tu infinita paciencia y hermosos diseños.

¡¿Me permitís que me muestre muy entusiasmada con la portada?! Mi increíble y talentoso diseñador de portada Andrew Davis me ha dejado alucinada. ¡¡¡ALUCINADA!!! Gracias por decir que sí.

Siempre estaré eternamente agradecida a la maravillosa Yasmin Morrissey, quien creyó en *Dieciséis almas,* se arriesgó con una novela que estaba a punto de ser publicada de manera independiente e hizo realidad mi sueño de ser escritora. A Harriet Dunlea, Hannah Griffiths, Ellen Thomson, Claire Yeo, Sarah Dutton y a todo el equipo de Scholastic por ser tan increíbles. ¡Es un honor ser una de vuestras autoras!

Les estoy profundamente agradecida por su asombroso apoyo a mis compañeros de Waterstones Booksellers. A Lydia, quien ha leído esta historia más veces de las que nadie debería haberlo hecho. A Kurde, por ser el mejor representante del mundo y por creer en mí como escritora. A Tabitha, por todas las charlas sobre escritura. A Gemma por los manjares caseros. Al equipo del Cheltenham Festival por ser los que más gritaban. ¡Nos veremos en Bentley's, amigos míos! Gracias a muchos otros miembros de la empresa por promocionar de forma entusiasta mi historia protagonizada por unos personajes gais; ojalá pudiera nombraros a todos individualmente.

Dar las gracias también a los escritores Lee Newbury (¡sí, te doy las gracias de nuevo!), Amy McCaw, Brianna Bourne, Marisa Noelle, K. D. Edwards, Erik J. Brown, Menna van Pragg, Kathryn Foxfield, Rory Michelson, H. M. Long, Bex Hogan, Kat Ellis, Dawn Kurtagich, Phil Stamper y Adam Sass por escribir unos libros tan estupendos y apoyar el mío.

Quiero dar las gracias especialmente a la comunidad de BookTok y a todos mis amigos online. Sin vosotros, nunca habría podido ofrecer *Dieciséis almas* al mundo, y no estoy exagerando. A todos los que habéis hecho publicaciones sobre este libro, que lo habéis reservado por adelantado, que habéis escrito reseñas y organizado sesiones de lectura, me habéis cambiado la vida, ¡gracias!

A Jacob Demlow por ser mi mejor amigo en el campo de la literatura. Sin ti, Londres es un lugar muy solitario.

A Becky Albertalli. No hay palabras para definir lo inmensamente agradecida que me siento por todo lo que has hecho por mí como mujer bisexual y escritora que tenía miedo a compartir sus historias con el mundo.

Gracias a ti, papá, que nunca leerás este libro pero crees en él. A mamá, por ser mi mejor amiga (a pesar de que crees que eso es un poco triste). A mis hermanas, Helly y Emma, por apoyar tanto mis sueños.

A Ed. Mi fantasma se aparecerá al tuyo.

Y, por último, a ti, querido lector. Gracias por darle una oportunidad a un extraño librito sobre unos fantasmas caóticos en York. Te lo agradezco más de lo que te puedes imaginar.

Este libro utiliza el tipo Aldus, que toma su nombre
del vanguardista impresor del Renacimiento
italiano, Aldus Manutius. Hermann Zapf
diseñó el tipo Aldus para la imprenta
Stempel en 1954, como una réplica
más ligera y elegante del
popular tipo
Palatino

Dieciséis almas se acabó de imprimir
en un día de primavera de 2023,
en los talleres gráficos
de Liberdúplex, S. L.
Crta. BV 2241, km 7,4
Polígono Torrentfondo
08791 Sant Llorenç d'Hortons
(Barcelona)